八月迷雾

[德] 罗伯特·多梅斯/著
（ROBERT DOMES）
黄晓艳/译

中信出版集团·北京

图书在版编目（CIP）数据

八月迷雾 /（德）罗伯特·多梅斯著；黄晓艳译.
-- 北京：中信出版社，2018.5
ISBN 978-7-5086-8632-5

I. ① 八… II. ① 罗… ②黄… Ⅲ. ①长篇小说－德国－现代 Ⅳ. ① I516.45

中国版本图书馆 CIP 数据核字（2018）第 030893 号

八月迷雾

著　　者：［德］罗伯特·多梅斯
译　　者：黄晓艳
出版发行：中信出版集团股份有限公司
　　　　（北京市朝阳区惠新东街甲 4 号富盛大厦 2 座　邮编　100029）
承 印 者：北京盛通印刷股份有限公司

开　　本：880mm × 1230mm　1/32　　印　　张：10.25　　字　　数：219 千字
版　　次：2018 年 5 月第 1 版　　印　　次：2018 年 5 月第 1 次印刷
京权图字：01-2018-1697　　广告经营许可证：京朝工商广字第 8087 号
书　　号：ISBN 978-7-5086-8632-5
定　　价：42.00 元

目　录

前　言

恩斯特·洛莎从我 27 岁起就陪伴着我。我不知道能否称他为朋友，但我可以想象，以他的经历是绝对不会和一个精神科医生做朋友的。对此我只能接受。我们的“相识”由来已久。

1939 年至 1945 年的纳粹时期，**希特勒**[①] 以个人名义批准医生和医务工作者杀害了近 20 万名精神病患者。他们声称精神病人“无生命价值”，侮辱他们、迫害他们、谋杀他们。这些施暴者不在少数，而且还是德国精神科医生中的精英。

“二战”后，盟军尤其是美国人对此类事件进行了彻底的调查。他们针对纽伦堡医生诉讼案件收集了证据，并于 1947 年在纽伦堡对此做出判决。事实上，实施安乐死手术的主要案犯只有两人被处以绞刑，之后就没有进一步深入核查。

大多数主犯和从犯没有被调查，他们仍从事医务工作，没有被停职，没有转行。这些丑恶的历史被掩盖和否认。

另一方面，战争的经验改变了德国人民的认知：人们变得极为重

① 加粗的词语在书后词汇表中按照出现的先后顺序排列，且有简单的注释。——编者注

视自身的幸福、权利和责任，公民自由和人权成为新民主的基石。然而这种思潮很晚才进入那些偏远、封闭隔绝的大机构，例如当时治疗精神病患的大医院。直至 1975 年，德国联邦议院才开始处理精神病院里“残暴且无视人性的情况”，并决定改革精神病院。此次改革的目的是：取缔大医院，将治疗和护理病人的工作转移到生活社区。这阵新风大大鼓舞了我们年轻医生的士气，大家纷纷走进疗养院，助力改革。

1980 年 5 月，我接管了考夫博伊伦一所类似的精神病院的工作，开始内部改革。几周之后我就意识到：想要改革成功，我们必须直面所有过往，以史为鉴，拨开沉默和麻木的迷雾。我们查阅管理文件、诉讼档案，整理被害人的现存病史，约谈证人。在此期间，恩斯特·洛莎的名字一再出现。1945 年，第一批调查医院案件的美国官员们显然和之后调查的我们有同样的经历。在审讯医生和医务人员的过程中，他们遇到了难以置信的事情，希望更深入了解这些事件，尤其是其中的一个个案。许多关于恩斯特的证词浮出水面。此外，目前仍在世的恩斯特的妹妹阿玛利亚和安娜的补充证词，以及罗伯特·多梅斯全面调查的结果都成为本书的基础。

上百万的人成为此次大屠杀的牺牲者，成千上万的病人在战争中被杀害，这个庞大的数字往往使我们忽略个体的情况。当我第一次读到恩斯特的病史，他那夹在档案里面的照片使我深深震动，再也移不开双眼。自从我与他进行心灵交流以来，每当我在工作上面临艰难抉择时，我常常以恩斯特的视角来看待我要解决的问题，于是我就知道该怎样决定。照片上的恩斯特用充满挑衅且悲伤的目光注视着我们，无论“我们”是孩子还是大人。所有看到照片的人都会设身处地地想象着：一个孩子是怎样在那样恶劣的处境下挣扎和生存下来的。恩斯特的经历就如同罗伯特·多梅斯的小说所描述的，另外罗伯特还运用小说的手法强调突出了他的内心世界。阅读小说时，读者要进入恩斯特的角色，从恩斯特的视角感受他的经历。

当我今天直面恩斯特时，我深切地期盼一切都未发生。然而众所周知，这是不可能的，即便是弥补也不可能。（弥补是一个多么不幸、粉饰太平的词语，这是当时为补偿大屠杀中的死难者而选择的单词！）如同这本小说一样，许多书籍恢复了恩斯特们的尊严，这正是所有死难者们被残忍剥夺的。

米夏埃尔·冯·克拉纳赫博士
（考夫博伊伦区医院前任院长）
2007 年 11 月，埃根塔尔

米夏埃尔·冯·克拉纳赫，医学博士、精神科医生、心理医生，出生于 1941 年，曾在慕尼黑和伦敦工作，1980 年接任考夫博伊伦区精神病院的院长工作，直到 2006 年退休。他主要依据社会精神病学的理论，致力于废除隔离精神病人的治疗方法，不仅在医院系统里，也在国际组织（世界卫生组织和欧盟）中宣传推广这种方法。在此基础上，他深入研究了纳粹时期的精神病学。目前，他在慕尼黑经营一家精神病私人诊所，并继续投身于精神病学的“去耻辱化”工作。

序　章

通往前厅的门开着一条缝，那里亮着灯，然而昏暗的灯光却一丝都没有漏进病房。恩斯特静静地听着其他人的呼吸声：两个人熟睡着，只有*海因茨*[①]还醒着。他的右手紧紧抓着耳垂，左手一遍又一遍地把被子抚平、折起、再抚平。和海因茨没办法多说话，他整天都呆呆地瞪着一双空洞的眼睛，和谁也看不见的人说着谁也听不懂的话。恩斯特不认识熟睡着的那两个人。一个紧紧裹着被子睡觉，也不怕热。另一个人轻轻地打着鼾，吸气的时候发出"呼噜呼噜"的声音，呼气的时候则是"咕嘟咕嘟"，就好像躺在水里似的。

三个同屋的小伙伴都比恩斯特小，最大的才六七岁，而恩斯特再过三个月就15岁了，已经远远超过待在儿童医院的年龄。他很不乐意今晚得睡在这里，他宁愿和那边的男人们待在一起。

通常他做了坏事，就被送进儿童病房，因为他们在这儿能更

---

① 本书根据真实事件创作而成，因此尽可能使用相关人的真实姓名。有两种情况除外：其一，出于隐私保护，未使用真名；其二，由于历史原因，部分人名不能查证。这些人名是修改过的，首次出现时用斜体标注。——原注

好地监视他。但是这一次他什么坏事都没做。海瑟雷说，他可能得了伤寒。伤寒是很严重的病，据说几个星期以来已经有十个病人死于伤寒。但是那些人都很虚弱，脸色灰绿，肚子剧痛，身体蜷成虾米，屎都拉在床上。相反，恩斯特却觉得自己很久没这么精神过了。也许伤寒的事情只是海瑟雷的诡计，就是为了让恩斯特吃药。

恩斯特闭上眼睛，试图平复激动的心情。妈妈的声音从遥远的时空传来。她总是说，太阳落山后天使就会出现。恩斯特想象着有个天使来到医院，经过傻的、笨的、瘸的、瞎的、被绑在床上喊叫的和安静地淌着口水的孩子们。天使走过的地方，一片祥和。最后，天使来到恩斯特身边，用翅膀触碰他的肩膀，朝他眨着眼睛。

恩斯特从床上坐起来，可他周围一个人都没有。只听到走廊里回响着重重的脚步声，吧嗒吧嗒，海瑟雷迈着瘸腿正在巡视。他锁好前厅，前厅分隔开病房和走廊。当他巨大的身影占满房门时，恩斯特赶紧闭上眼睛——一定要让海瑟雷相信他已经睡着了，不然他又得吃药了。几个孩子呼吸平稳，未受一丝干扰，看护人发出满意的嘟哝声。恩斯特听到海瑟雷锁好门，吧嗒吧嗒的声音渐渐远去。

病房的下面两层，格奥尔格·弗里克正坐在办公室里。这位疗养院行政主管正焦躁地敲着厚重的办公桌桌面，把文件推来推去，没法集中精力工作。他点上一支烟，这时响起了敲门声。

弗里克喊道："进来！"他等这位晚到的来访者已经很久了。

护士长脸色阴郁。弗里克指了指椅子，递给她一盒烟。

她接过烟，激动地问："为什么你们让我做这种事？海瑟雷又不是不能做。"

弗里克耸了耸肩。"他对院长说，他做不了。"

她哈哈大笑。"那家伙做不了！好吧，男人都需要护士保利娜。"

"也许这样更好，一个人做还是不行。"弗里克说，"别低估这家伙。"

"我想，他才 14 岁？"

"快 15 岁了。"

保利娜吐了口烟。"就这事你们这么费神？"

"你不了解他。这家伙什么坏事都做得出来。"

护士长摇了摇头。接着两个人就等着，边吸烟边等。保利娜在房里踱步，弗里克整理桌上的一堆文件。终于电话铃响了。

弗里克拿起话筒，边听边点头，又挂上。"他睡了。"他说。

护士长把烟塞进烟灰缸。"好了，开工。你去吗？"

弗里克点点头。"一起吧，更稳妥些。"

恩斯特等待着，直到走廊完全安静，看护人的房门也上了锁。然后他从床上爬起来，到了倾斜的窗边，只有这里还有些新鲜空气。他通过硬纸板间的缝隙向外望去，在没有月光的夜晚里，八月的天空看不分明，厚厚的院墙填满了前几天的热气。恩斯特希望能看到几颗星星，可是天空乌云密布，雷雨快来了。

他心绪不宁地躺回床上，辗转反侧，时而清醒时而迷糊，似乎奔跑在一条狭窄的山脊上，一边是光明，一边是黑暗。小时候的画面浮现在脑海中，浓雾弥漫的乡下，那里的声音、气味、迎面吹来的风。1933 年夏天，他最后一次和父母一起出行。距今已经十一年了。

恩斯特看到爸妈坐在旧敞篷马车里，绿色的田野，红色的罂粟花。身在布豪的外婆，正做着果酱煎饼。流着汗的乡村警察，正骂着“吉卜赛流氓”。夜晚的篝火旁，妈妈在唱歌，爸爸在拉手风琴，天上的星星闪闪发光。在奥格斯堡那间满是霉味的房子前，妈妈站在门口招手，然后慢慢消失在烟雾中。奶奶芭贝特在冬天的迷雾中越来越透明。恩斯特看到两个妹妹梅琴和南娜穿着长长的睡衣飘荡在漆黑的走廊里，消瘦的父亲穿着破旧的西装坐在教养院的院子里。火车驶进阿尔高，那是地平面上闪耀的群山。还有疗养院，以及在那里消失的人们和在那里被遗忘的孩子们。他感受到脸颊上的亲吻，看见一个红发碧眼的女孩，还有长着罂粟的燕麦地。

走廊里响起脚步声。恩斯特脑海中的画面混成一团，渐渐淡去。他想抓住它们，可是无从下手。红绿色的田野，坐在敞篷马车里的家人，乡村路上颠簸的节奏。脚步声越来越近。

第一章　闪耀目光

1

轻轻地颠簸，就像在摇篮里。恩斯特的耳朵里满是车轮的鸣唱和马蹄的节奏声。一缕亮光宛若空中的甜牛奶。燕麦田散发着力量和勃勃生机，恩斯特能听到它们在生长时发出的窸窣声和交头接耳声。把未成熟的谷粒放进嘴里——妈妈说不能这么做，会生病的，但他偶尔还是会试试。它们尝起来像柔软的面团，温暖而湿润。

罂粟花像红色的带子一般围在燕麦田四周，守卫着燕麦秆，让它们不被打扰地成长。恩斯特从半敞开的马车车篷向后望去：他眼前的田野在跳跃舞蹈。他能听到小石子们正屏住呼吸，当坚硬的车轮从身上轧过时，它们发出呻吟；马车驶过后，它们长长地呼气，发出微弱的叹息。

梅琴和南娜正在睡觉，她们还很小，需要睡很久，况且嬉闹喊叫也是很累人的。妈妈也在睡觉，她身体不好，肚子大大的，看起来生病了。可她没有抱怨，妈妈从来都没抱怨过。

恩斯特已经长大了，当然还没有爸爸那么高——爸爸坐在马车前面，双手强劲有力，单手就能拉住马——不过恩斯特比梅琴和南娜高得多，他快 4 岁了。

安娜是最小的一个，刚满 1 岁。她的名字和妈妈的一样，头发也一样，虽然没那么长，却是完全一样的深棕色、一样浓密。那双一模一样的棕色大眼睛，总是好奇地探索着一切。大家都叫她南娜，因为她就是这么叫自己的。南娜常常到处乱爬，吃地上能找到的所有东西，恩斯特不得不用手指把它们从她嘴里抠出来。

阿玛利亚两岁，她整天咿咿呀呀自言自语。我们叫她梅琴，因为比阿玛利亚好听。她遗传了爸爸的金发和妈妈的小鼻子。梅琴走路的时候，一脚快一脚慢，晃着脑袋摇摇摆摆，总有什么不对劲。“胯部一定没有长好。”妈妈说。但梅琴是我们家最有趣的一个，她笑的时候，没人能对她生气。

恩斯特通常只能露出一丝笑意，有时候连这个都办不到。妈妈说：“他像他祖父，那个忧郁的人。”所以他的名字也和祖父的一样，恩斯特。但是祖父很少被谈起，他抛弃祖母和九个孩子，和另一个女人跑了。叔叔姑姑们看到这个男孩时都这么说：“活脱脱一个老洛莎，一样的大鼻子，一样的大象耳朵。”恩斯特只看到过祖父的一张照片，他觉得他和他一点都不像。这个老人看起来脸色严峻心情郁闷，鼻子下面留了一撮现在很时髦的小胡子。**元首**就留着这样的胡子，海报上随处可见。恩斯特的父亲觉得它太丑了，他不喜欢元首，所以一直把胡子刮得干干净净。

恩斯特担心着他的耳朵，每天都检查一下，看它是不是又变大了。“要是它们继续长，我就真的看起来像头大象了，在马戏团里被到处展出。”恩斯特希望他与南娜和梅琴一样有一对小耳朵，或者有可以把耳朵遮起来的长发，但是因为要避免长虱子，所以他不得不留着短发。不管怎样，有时候他宁愿自己是个女孩。她们俩可以一直坐在爸爸腿上，无拘无束，而他淘气的时候立刻就会挨揍。妈妈总是说“因为你是哥哥”，然后她就微笑起来。只有她才有这种微笑，只用一个眼神就传达了出来，深棕色的眼睛又大又亮，闪着光芒，美得像温柔的抚摸。恩斯特是大哥哥，要照顾两个妹妹，不让她们乱跑，不让她们把泥团塞进嘴里，不让她们在马车下乱爬，不让她们把手伸进火里。有时候他被允许坐在马车驾驶座，拉着缰绳。

妈妈说，恩斯特是上天赐予的礼物，在她生日后一周出生。那时她 20 岁，他无疑是一份迟到的生日礼物。那是四年前，1929 年，糟糕的一年，贫困的一年，新婚夫妇的生意惨不忍睹。“唯一的好事就是你，恩斯特！”妈妈一直都这么说，“你是上帝的旨意，是幸运星。”因为她生日那天恰恰是美国的**黑色星期五**，所有人都怕得不行。“然后你就来了，”妈妈笑起来，“我们不再害怕，觉得你就是那个预兆，日子会重新变好。”

关于美国，恩斯特只知道那里很远，那里有印第安人。他不知道黑色星期五是什么，也许那天美国下起了煤炭，也许那天太阳没有升起来。恩斯特出生在 11 月 1 日，那天是万圣节，人们为圣灵和逝者点上蜡烛。每次妈妈提到他的出生都会说：“你拥有伟大的灵魂。”

“灵魂是什么？”有一次恩斯特问。

妈妈把他的手放到胸口，告诉他：“你的灵魂就在这里，它让你勇敢快乐、坚强友爱。当你害怕或者悲伤的时候，甚至当你完全彷徨无助的时候，你只需要把你的手放在这里，你就能感受到光明在你心中，永不消失。”

“那要是我死了呢？”

“那它也不会消失，”妈妈说，“你的灵魂会飞向天空。”

从那之后，恩斯特就把他的灵魂想象成一个白色的大气球，充满他整个胸部，温暖如篝火。

最后一场雪融化之后，全家就搬到了奥格斯堡。克里斯蒂安·洛莎决定，是时候重新出发了。他拿出大箱子和袋子，装满衣料、绑带、纽扣、裤子背带、棉线、鞋带和许多其他东西。他妻子见了，也立刻开始打包。克里斯蒂安却有些不安：“你身体真的没问题吗？”

“我再也受不了待在奥格斯堡了，一定要离开这个臭气熏天的地方，离开这些工厂，离开泥泞的后院。”她一边说一边不停地咳嗽。

“那孩子们怎么办？你知道，一路上一定很辛苦。”

安娜·洛莎激动得一阵急咳，丈夫不得不等着她回答。“克里斯蒂安，”她开始说，他知道只要她叫他克里斯蒂安，就一定是认真的，“克里斯蒂安，别担心我和孩子们，他们在街上比在这个洞里好多了。难道你觉得我会愿意让你像个花花公子似的围着那些家庭主妇巴结讨好，我却在这里发呆无聊。”

克里斯蒂安明白，这时候最好什么都别说。他扬了扬眉毛，长叹了口气，继续打包。恩斯特真想亲吻妈妈，他们终于可以离开城市了，只是对爸爸来说就更忙了。也许爸爸已经同意了，因为这次他们不必推着手推车上路，他们有了一辆带马匹的真正的大篷车。马匹和大篷车都是贝蒂姑姑借给他们的。

从奥格斯堡出发先到乌尔姆，一路上经过施瓦本阿尔比地区到达布豪，看望安娜的父母安格尔夫妇。乌尔姆很美，爸爸曾在那里做过好买卖。克里斯蒂安搬来一个发臭的黑桶放在马车后面。他擦了擦手，但是没用，手还是臭，裤子上也被弄得满是油渍。爸爸搬东西过来的时候，妈妈就看了他一眼，爸爸却咂巴着嘴，好像面前是块猪排。“最好的机油，这种东西你现在几乎都搞不到了。我们到村里一升一升卖，一定会被抢光，你觉得呢？”

妈妈疑惑地看着他，做了个恩斯特不懂、爸爸却了然于心的手势。

“你想到哪儿去了，安娜，我不会那么做的。我们说好了，这是朋友间的礼物。”

她不得不停下来咳嗽，拿了块手帕捂住嘴。“我只是希望你是对的，而你的……朋友们不会想歪了，那样我们只会徒增烦恼。我希望赶紧把这脏东西处理掉。”

爸爸像圣徒一样举起满是油污的双手。“哎呀，安娜，这一定是笔好买卖，能挣到戈尔。”

这时妈妈让步了。恩斯特知道，戈尔就是钱。如果他们有足够的戈尔，全家就能好好的，父母也不会吵架。

爸爸说，那时乌尔姆没有雾，这可不常见。恩斯特至今为止都觉得，奥格斯堡一定是世界上雾最多的城市。“那是因为你不了解乌尔姆，”爸爸说，“那里的夏天和冬天一样浓雾弥漫，孩子和老人们都不上街了，因为他们会迷路。”妈妈推了推他的胳膊，可爸爸仍继续说着。“人们一排排地掉进多瑙河，根本分不清街道和河流。有些人主动投河，再也忍受不了无望的空虚。最后他们在黑海被打捞起来，变成肥胖肿胀的尸体。你一定猜不到，所有这些尸体都怎么处理了。”妈妈又推了下爸爸的胳膊。“肥皂，它们都被做成了肥皂。”

“够了。”妈妈打断了爸爸的话。

“好，好，”爸爸说，“儿子，你记住，乌尔姆如果出太阳，那天就是节日。”

在洛莎一家到达布豪的安格尔家之前，那个臭油桶就被卖掉了。农民们都争相购买这种油，这让恩斯特觉得这臭东西倒也不错。不管怎样，爸爸很满意他们有了足够的食物，他甚至还在杂货铺买了甘草棒。恩斯特和梅琴都很开心，只有南娜拉长了脸，目前为止她就只知道后院里的泥团和石子，不过她也觉得甘草棒好吃。

做成了好买卖，爸爸就会去村里的小酒馆喝上两杯庆祝。他回来的时候，咒骂着元首，骂他抢走了流动小贩们的工作和面包，之前却许诺所有人都会有工作。他一直骂一直骂，直到妈妈发怒。

“你要是把我们的那点钱都在小酒馆花光了，那至少闭上你的嘴。你知道，到处都有他们的密探，不用多久你就会被抓进去，只剩下我和三个孩子，很快就四个了。你怎么一点都不想想，他们就等着像你这样的人给他们个抓人的理由。”

“什么意思？什么叫像我一样的人？”爸爸不满地嘟哝，“难道我比**加杰人**更糟？还是我看起来像犹太人？”

“别把犹太人扯进来，”妈妈说，“干吗老挑犹太人的刺，你知道，我们和犹太人做生意一直做得挺好的。”

爸爸说得停不下来：“这能怪我吗？他们把犹太人的商店都关了，把玻璃都打碎了。”

“你完全知道我的意思，”妈妈说，“你是**吉卜赛人**，你知道这意味着什么。”

寂静。

又是这个恶毒的Z字[①]。最近越来越多地出现，每个不喜欢洛莎家的人都说这个字。但从妈妈嘴里说出来却很少见，她一定是非常激动了。爸爸也呆住了，瞪着她。可已经说出口了，它就横亘在他们之间，充斥着遮阳篷下这个小空间，气氛紧张。

这时爸爸开口了，很轻地说：“我不是吉卜赛人，你也不是，我们都不是。我们是**杰尼人**，我为此骄傲。”

妈妈并不同意：“吉卜赛人、杰尼人、流浪者、厌恶工作的人、**反社会分子**，这些都是一个意思。”

爸爸挺直后背，使自己高大些。“但对我来说是不一样的。我

---

① “吉卜赛人”在德语中为“Zigeuner”，故这里说是“Z字”。——编者注

们是杰尼人，你听好了，杰尼人，可以让任何人听到和知道，没什么丢人的。”

妈妈点了点头：“当然不丢人。”她现在不生气了，只是有点伤心。“可是他们总对我们怀着恶意，克里斯蒂安。我现在都不能上街了，人们盯着我好像我是从非洲来的。我听到他们是怎么在背后议论我的。”

这时爸爸的愤怒也消失了。他把妈妈拥入怀里，像个孩子似的摇着她。

恩斯特也听到过。隔壁邻居的孩子们在下面院子里想要激怒他时，就隔着篱笆对他喊这个恶毒的 Z 字。当南娜抓着篱笆朝对面望过去的时候，他们甚至对着南娜也这么喊。她一定不是吉卜赛人，她什么都不是，只是一个小女孩，只会呀呀叫，微笑着露出四颗牙齿，一边把泥团塞进嘴里，一边晃着她浓密的棕色头发。可就算是这样的她，也被骂恶毒的 Z 字。

晚上，安娜·洛莎坐到孩子们身边给他们讲故事。恩斯特问她：“杰尼究竟是什么？”

“杰尼意思就和聪明机智差不多，”她说，“我们有自己的语言，这种语言只有我们聪明人能听懂。如果我们不想让加杰人听懂我们在聊什么，就会说杰尼语。”

恩斯特知道加杰人是另一些人，他们不会到处流浪，比如农民、工人和所有定居的人。

但是我们也有家，当我们不旅行的时候就住在那里，恩斯特想，也许我们也是加杰人。恩斯特打算以后再问问妈妈，她开始讲述一个故事。

"有很多关于杰尼人从哪儿来的传说。有人认为来自印度或埃及，有人觉得来自东方或地中海。有些人说我们是吉卜赛人的一个部落，有些人认为我们的祖先属于三十年战争[1]中被击溃的一方。这是典型加杰人的想法。我的祖父，也就是你的曾爷爷一直说'我来自我双脚站起来的地方，我去往我头颅倒下的地方'。他在瑞士长大，他的父母从意大利逃到那里。而他父母的父母又是从法国被赶走的。你父亲的祖先来自意大利，其中一些曾居住在遥远的北方，另一些在东方。他们也常常被驱逐，但并不是无家可归，他们的故乡就在他们心里，在他们的家族里，在他们的氏族中。无论他们走到哪里，都能找到说着同样语言、唱着同样歌曲、流着同样血液的人。这就是心灵的故乡，不同于加杰人那种拥有土地的故乡。"

她沉思了片刻。女孩们已经蜷成一团呼吸均匀，只有恩斯特用满怀期待的目光盯着她。

她点了点头。"很久很久以前有一个金匠，他有一个迷人的妻子和十三个孩子……"

妈妈讲述着金匠的故事。城里的其他工匠都忌妒他，他们散播流言直到他被国王驱逐。他只能搬走。可每当他和家人到一个地方，他的遭遇还是一样。当地的工匠们害怕竞争，想方设法把他赶走。

---

① 三十年战争指1618年至1648年欧洲主要国家纷纷卷入德意志内战的大规模国际战争。——编者注

“他们太坏了。”恩斯特说。

“是的，可人们就是这样。金匠一家成了流浪者、怪人，被定居的人们、加杰人仇视谩骂。他们学会了应对风雨苦寒、饥肠辘辘。他们也学会了小心谨慎，因此创造了让别人都听不懂的语言。在乡间的小路和秘密的休憩地，他们遇到了其他具有相同遭遇的家庭。他们同舟共济，分享最后一件衣服。他们交流奇闻逸事，互相学习。金匠学会了修补水壶和平底锅，他的孩子们成了磨剪匠、制刷工、编篮工、占卜者、走钢丝演员、耍熊人、讲笑话的人、乐师、魔术师、木偶戏演员和马戏演员，也有的成了信使、媒人或乞丐。”

“难道他们没有做买卖的木箱吗？”

“当然有。金匠的妻子不仅美丽而且聪明。他们经过城市的时候，她就买些便宜的货物，到了乡下再卖掉。比如纽扣、衣料、裤子背带、鞋带、小镜子、厨具、彩色的丝带、自制的耳环和项链，所有你想到或想不到的东西。”

“就像你和爸爸一样？”

“对，就像我们一样。这些聪明人总能想到办法赚钱。孩子们长大后分散到全国各地，以及所有邻国，他们的旅行线路从南面的沙漠到北面广袤的森林，从东面的草原到西面无垠的大海。他们去得远，知道的也多，绘声绘色地讲着故事，有些是听来的，有些是自己编的。”

恩斯特想问妈妈，这些故事是不是也是她自己想出来的，但是他的眼睛已经合上，妈妈的声音陪伴他进入了另一个世界。在那里，他穿越广阔的田野，经历惊险的奇遇。

2

1933年4月初，全家到达了施瓦本阿尔比旁的布豪。他们只见到了外婆。为了庆祝团聚，外婆特地做了油煎饼，涂上厚厚的果酱。对恩斯特来说，这是天底下最好吃的油煎饼。

恩斯特的外公也有一辆做生意的小车。几年前他搬到了布豪，于是文件上有了固定的住所，对此乡村警察们很满意。其实那个房子他一年也就住几个星期。现在他正在旅途中，不过每周都会回家，购置新的货物，装满货车。外公已经60多岁了，外婆说，做生意对他们来说慢慢变得很吃力。

外祖父母两人天差地别，犹如白昼与黑夜。外公身材高大，有英挺的鼻子和浅金色的头发；外婆矮小圆润，多肉的小鼻子和妈妈的一样，乌黑的头发绑成一个发髻。安格尔家族是个大家庭，恩斯特的妈妈有十二个兄弟姐妹。在4月4日南娜的第一个生日庆祝会上，恩斯特认识了其中几个舅舅舅妈。

外婆准备了丰盛的食物。客厅里挤满了人，大家大声说话欢笑。后院里孩子们到处奔跑，上蹿下跳的母鸡少了三只，它们已经变成了烤鸡，静静地躺在桌上，旁边摆着几大盆煮土豆。已经归来的外公正握着大肚红酒瓶倒酒。

爸爸问他从哪儿搞到的红酒，外公凑近他耳朵悄悄告诉他。爸爸滑稽地动了动左半边脸，每次他觉得事情不错就喜欢这么笑。

“你真是个坏家伙，巴斯特。”

外公自豪地靠在椅背上，喝了一大口酒。“你要从我这儿学的还多着呢，克里斯蒂安。”

后来大家开始喝咖啡。男人们从小瓶子里倒烧酒加在咖啡里。恩斯特觉得奇怪，男人们要用酒把咖啡兑稀了喝，而女人们则是直接喝这个黑色的东西，或者加点牛奶。外婆端上来一盘盘发面糕点，孩子们狼吞虎咽地塞进嘴里。

“这里的所有人都是杰尼人吗？”恩斯特问妈妈。妈妈一下子呛到了，用手捂住嘴，咖啡从指间流出。

坐在妈妈旁边的瓦尔特舅舅听到了。他用力地拍着妈妈的后背，大声说道：“小家伙，你说得对。你们都听到了吗？他想知道我们是不是杰尼人。当然！这里的整个族群都是真正的杰尼人，这点你可以相信我。所有捡破烂的、被判刑的乐师、不想工作的、到处流浪的，还有游手好闲的都是。”

所有人都听到了他雷鸣般的笑声。妈妈终于使劲咽下了咖啡，呼了口气，用胳膊撞了下舅舅。

“够了，别戏弄可怜的小家伙了。”外婆说。可她自己也笑起来，眼睛周围的纹路皱成两个半月的形状。“恩斯特，别听你舅舅瞎说，他有点疯了。”

“而且我们自己做蜂蜜，这可不常见，”瓦尔特说，“像我们这样的家族你在其他地方是找不到的。我们庆祝的时候，所有人都笑得流泪。”他喝了口酒继续说：“就像那时候，1928 年的夏天，安娜和克里斯蒂安认识的时候。来吧，说说看，妈妈。”

外婆对安娜眨了眨眼睛，开始说了起来。“那时安娜还不满 19

岁，克里斯蒂安也大不了几岁。”

“22 岁。”爸爸说，他的左半边脸又笑起来。

“那可是流浪者们的盛大节日，大家载歌载舞。他们俩就是在那时第一次一起跳舞。”瓦尔特叫道，“她立刻就喜欢上了这个家伙，衣着得体、舞姿优美。我家小妹魂不守舍，眼睛都瞪直了。”瓦尔特舅舅又被顶了一下，可他停都没停：“后来他们知道两人都会拉手风琴，就一起拉了大半夜，打赌谁拉得更好。”

“那，谁赢了呢？”妈妈突然问道。

瓦尔特朝恩斯特眨了眨眼。“你妈妈一直都是个淘气的女孩，从不认输，能说会道，打架像男孩。对不对，安娜？”

妈妈表示抗议，接着大家又热火朝天地聊了起来。恩斯特至少知道了，妈妈用她闪亮的眼睛、小巧的鼻子和乌黑的短发让爸爸迷上了她，一直扭着头看她。在这种情况下，爸爸继续上路了。

恩斯特试着想象，一个人怎么可以扭着头驾驶马车，还卖东西。据说，三个月后克里斯蒂安又回到了布豪，在安娜 19 岁生日的时候送了条裙子给她。

“碰巧。”爸爸喊道，尴尬地笑了笑。

大家都发出“咦”的声音。有人喊：“是啊，正好顺路。2 月初的时候根本没人出门。”不过那时是狂欢节，外婆说，他们组织了一个盛大的狂欢舞会，伴着音乐穿着盛装翩翩起舞。

妈妈轻抚着恩斯特的头：“你就是那时候的结晶。”她自豪地用闪耀的目光看着他，露出了然的微笑。恩斯特完全沉醉其中。

5月1日他们俩举办了婚礼，正好八个月后恩斯特就出生了。

“真是个超棒的节日！”瓦尔特边喊边笑。

外婆又笑着露出她半月形的皱纹。“你是怎么知道的，瓦尔特？你早就喝醉了。”

大家又一起爆笑，说着瓦尔特怎么和酒店店主吵架，又怎么喝得跟人家称兄道弟，直到躺倒在桌子底下。

瓦尔特笑得耳朵都红了。“我说的，一个超棒的节日。”

一家人在安格尔家待了两个星期。爸爸和外公一起出发，恩斯特被允许和大人待在一起。

妈妈大部分时间都躺在沙发上。她发烧了，不停地轻咳，冬天以来一直这样。偶然一阵剧烈的咳嗽，接着就吐血。外婆在沙发旁放了个桶，妈妈就直接吐在里面。外婆让她喝自己熬的茶和羊奶，那东西闻起来真糟糕。她屋里还有白色的粉末，妈妈服用的时候噎住了，看起来随时都会吐出来，但是外婆毫不退让。有太阳的时候，妈妈会坐在屋前的长凳上，因为新鲜空气对她有好处。外婆是草药女巫，治好了许多人，但是她也担心，是不是最好请个医生。

但是妈妈不愿意。“我们请不起。我从来都不需要医生，对吗？”

外婆微笑着点头，但是眼睛周围没有半月形的光晕。她看向爸爸，期待他说些什么，可他只是耸了耸肩。

外婆觉得，他们全家最好在布豪待着，直到孩子出生。爸爸还是想把孩子生在奥格斯堡，要不然当地官员又该不高兴了。“你知道的，现在情况就是这样。”

外婆点点头：“你说得对，越来越糟糕了。”

爸爸点上烟。“无论你到哪儿，他们对待你就像罪犯。要是还这样，我们最好移居国外。我认识一个人，他现在去了美国。”

妈妈看向天花板，而外婆叹了口气：“那你需要钱，克里斯蒂安，很多很多钱。”

“等着瞧吧，”爸爸说，“我有门路，很快就会有钱。”

“美国在哪儿？”恩斯特问。

爸爸解释给他听，那是一个广袤的国家，远隔重洋，地广人富，有房有车。这里他们卖一个月的东西那里一天就卖完了。他们会有自己的车子，每天饭桌上都有肉。

恩斯特对美国确实感兴趣，但他更愿意待在这里。他觉得妈妈也不是不想反对，但她什么也没说，开始打包东西。第二天早晨就启程了，分别的时候她很伤心，但她什么都没说。

恩斯特从马车里向后望去，他想到美国，美国的汽车、房子、有钱人和每天餐桌上的肉。恩斯特看到，房子远去了，外婆远去了，有湖、有森林、有草地的布豪远去了。他能看到身后的世界是怎样远去的，但是新世界一直紧随其后——新的田野、新的草地、新的树木和新的村庄。

在他们到达村庄之前，老远就闻到了它们的味道：炭火、牛棚、猪粪、干草、午饭、酒馆、烟草味、农民的汗水、面包和晾晒的衣物。进了村子，爸爸就拿上箱子和大袋子，里面有丝带、剩余衣料、鞋带、纽扣和其他许多有用的东西，开始挨家挨户地叫卖。他了解这些村子，通常在贩卖前就知道能不能卖掉。

如果妈妈和他一起去，生意就会好一些。她圆鼓鼓的肚子能让农妇们产生好感，她们会更加友善，考虑是不是需要买款料子做新桌布。爸爸了解她们，也懂销售，他说："你的肚子比我的货箱更有吸引力。"一开始他把剩余的衣料塞到妈妈裙子下面，让她的肚子看起来更圆，主妇们就更有同情心。现在已经不需要了，妈妈的肚子已经又大又圆，像个球一样。

要是爸妈都出去了，恩斯特就必须照顾梅琴和南娜。村子里的孩子们常常跑来看马车里的他们，像看马戏团。恩斯特怀疑是不是他大象耳朵的关系。妈妈告诉他不能淘气，但偶尔他们取笑他的时候，他会朝他们吐舌头。

慢慢地，妈妈累得不能和爸爸一起去了。她不能一直站着，走几步就必须坐下来，而且脸色苍白。爸爸一个人去的时候，妈妈就紧张、心情不好。要是他很快回来了，那就是生意差，他就绷着脸。要是傍晚还没回来，就是生意好，爸爸就很高兴，可妈妈就不乐意了，她不得不去接他，回来的时候还骂骂咧咧的。

"你真没用，一点都不考虑我和孩子们。"

"让我安静会儿，"爸爸吼回去，"今天我们生意不错。你要是想挨揍的话，只管说。"

他闻起来有股烟味，酸酸的，像南娜呕吐的味道。他唱起歌来，恩斯特坐到他身边认真听。妈妈骂人的时候，爸爸告诉他，男人不能任由女人摆布，而且恩斯特已经是一个强壮的大人了。

妈妈说他不该让恩斯特听他这些废话。很快爸爸开始打鼾，响亮得没有野狗和小偷敢靠近马车。

生意差的时候比好的时候更多，过去几周尤其如此。爸爸说：“时代的关系，人们都没钱。”但是据说，现在情况应该又在好转。元首会做到的。恩斯特已经看到元首的很多海报，每个村里都挂着，他看起来怒气冲冲。人们说，他会让德国重新变强。可恩斯特更喜欢想起村庄，以及村庄之间的风景：晃荡的秋千、奔驰的骏马，还有大片几乎让他眩晕的天空。

爸爸在教堂和旅馆之间找不到好位置，这让乡村警察不高兴，反正所有流动小贩他都不喜欢。警察是村里最重要的人，他胳膊上戴着有纳粹标志（卐）的红袖章，像士兵似的在马车前踱来踱去。然后他看了很久爸爸给他的文件，其间还反复看孩子们。爸爸向他解释，货车不是他的，是贝蒂姑姑的，她现在已经有了辆汽车。她是周围这一带第一个开车的女人，极为轰动。贝蒂姑姑是个像男人一样的女人，像男人一样工作，像男人一样喝酒骂人，她现在开着车穿越农田，生意兴隆。

警察只是摇头。就如他所见，他一个字也不相信。他热得冒汗，帽子下的汗水像小溪似的从左右两边流过太阳穴流进衣领里。也许因此他很不耐烦，恩斯特只听到他一直说：“不允许。”

不过父亲很善于应付警察，他可不接受命令，而且他几乎比不停冒汗的警察高出一个头。他们说得越来越大声，很快半个村子的人都来了，围在马车周围。大家都好奇地往里看，嬉笑着。

恩斯特朝一个男孩吐着舌头，这时妈妈把车篷拉了起来，他只能听到外面声音越来越响。

突然响起一声“吉卜赛流氓”，一声，两声，越来越多。伴随着愤怒的咒骂声和击打声的，是拳头打在厚木板上和车篷上的声音。爸爸很快坐上驾驶位，扬鞭催马，驶离了锣鼓般的喊声。

那些孩子们红着脸一定是出于忌妒，恩斯特这么想，因为他们只能待在那儿，因为他们难以离开扎根的土地，而流浪者们则方便得多，自由如蝴蝶。

爸爸驾驶了很久，直到在森林边上找到一个没风的好地方。恩斯特帮忙一起捡干木柴，爸爸生起篝火，妈妈讲述美丽古老的故事。爸爸拿出手风琴，妈妈唱歌，那场景比篝火更加温暖耀眼。恩斯特和妹妹们撅着红屁股看着火焰渐渐熄灭。他们盖好被子，忘了警察和村子里的孩子们，忘了美国和外婆的油煎饼，甚至几乎忘了饿着肚子。

3

爸爸心情不好，因为他们现在偏偏又得回奥格斯堡。现在是5月中旬，到处是集市，生意应该不错。可是妈妈说，她能感到孩子快出生了，所以他们不得不回奥格斯堡。她向恩斯特解释，如果他们在家里生孩子就不会惹恼当地官员，他们想要在档案里写上孩子的出生地和街道。要是出生地写“拖带式马车”，他们就会生气，因为他们不能想象，孩子怎么能出生在马车里。

妈妈的咳嗽变得越来越严重，她虚弱、长期无力，偶尔还会吐血。恩斯特很担心，他希望孩子快点儿出生，那么妈妈就会好起来了。

肯定会是个小弟弟，他已经有两个妹妹了，够多了。和弟弟一起一定能经历更多惊险奇遇。他可以教他怎么生火，怎么藏起来不让任何人找到。

恩斯特觉得，就算孩子生在马车里也无所谓。妈妈告诉他，他就是出生在马车里的，那之后他们才找了个住处。但是爸爸没有告诉政府机关里的人，因为他们肯定会生气。他们认为，孩子就该出生在家里，所以恩斯特的出生证明上写着“韦尔塔赫街1号”。恩斯特不想记住这个地址。为什么孩子不能出生在最美的地方？还有哪里比马车更美呢？爸爸自己就出生在马车里，妈妈也是。但是爸爸还是担心，反复地说：“我们必须小心谨慎。”

恩斯特觉得奇怪，奥格斯堡没有雾，但他讨厌这个城市。这个丑陋的地方，到处是简陋低矮的房屋和贫穷卑屈的居民。只有市中心是漂亮的，那里有高楼、商店和橱窗，人们穿着精美的西服裙子，坐在咖啡店里微笑着。但是洛莎一家居住的地方没有人露出笑容，人们看起来都生病了，面色苍白。这里的空气中弥漫着炭火、甘蓝菜汤和厕所的苦味，谁还笑得出来？

当全家停在莱希豪森的老房子前时，等待他们的是一个糟糕的意外。爸爸把马车停进院子，刚想解下套具，恩斯特和两个妹妹梅琴和南娜刚冲上台阶，他们的房东就挡住了去路。他的脸色阴郁，他们只好停在台阶上，不敢再往里走。

房东告诉爸爸，他已经安排了另一家人住在这里，他们不会弄脏房子，他们不会拖欠房租。妈妈顶着大肚子站在门槛上不停地咳嗽，房东看也不看一眼。

爸爸大声嚷嚷，骂他是黑心高利贷者，可这个阴郁的人只是让他们滚，否则就要他们挨耳光。全家都进了马车，他还在那里骂恶毒的Z字。这时妈妈把头伸出了车篷，她的双眼像黑色针尖一样瞪着那个男人。恩斯特觉得，这次妈妈要开口骂人了，但完全没必要，那个男人本来就铁石心肠。他闭上了嘴，低头看着地面进了屋。

恩斯特说："我知道，我们进不了这屋。昨晚我梦到了。"

妈妈先看看爸爸，然后看着恩斯特说："上帝，小恩斯特，你有第二张脸。"

恩斯特摸着自己的脸和耳朵，问妈妈第二张脸究竟在哪儿。

她用拇指抚摸着他的额头。"这里面，"她说，"还有这里。"她把手放在他的胸口。

"那这是做什么用的？"

"你可以看到别人看不到的东西，"她说，"这是我们家族的遗传，我的外婆是占卜者，我的妈妈能预知未来。"

"那么你呢？"恩斯特问道。

她笑着朝他眨了眨眼睛。

爸爸把马车驶出院子，说道："你用你那套巫婆的破事把小家伙都搞晕了。"

妈妈把手放在硬鼓鼓的肚子上，感觉像放在一个打足气的气球上。“小恩斯特，你说，这里面是什么？”

“一个小弟弟。”他说，因为他想要个弟弟，要不然太不公平了，他会有三个妹妹，而一个弟弟都没有。

这时爸爸也笑了。梅琴和南娜抗议起来，因为她们也想有第二张脸。妈妈不得不安抚她们，说很快就会有的。

他们穿过城市的时候，恩斯特又从马车里向后望去，想象着自己的第二张脸上长的不是大象耳朵，而是和梅琴、南娜一样精巧的小耳朵；不是扁平的鼻子，而是和妈妈一样小而翘的鼻子。

爸爸决定找兄长弗里茨帮忙，他也住在奥格斯堡。他们站在门口的时候，伯父不是特别高兴，他自己有八个孩子，却只有一个小屋，楼下两间房，楼上一间隔板房。爸爸说：“只是临时的，我们一找到房子就搬走，你不能不管自己的兄弟啊。”他指了指妈妈的肚子，“再说，就快生了。”这话起了作用。伯父允许他们把马车停到院子里。

第二天他们就一起帮忙分拣破烂。

恩斯特喜欢伯父弗里茨，因为他这里有许多东西可以翻找。伯父弗里茨每天去全城各地捡各种人们不要的东西：衣服、破布、旧炉子、生锈的机器零件和所有能捡到的东西。他回来之后，把所有东西都卸在屋后的工具棚里，孩子们就开始分拣起来。破布装进大袋子，毛织物另外装，白色和彩色的东西也分开装。之后工厂会来取这些东西。

垃圾里常常还有漂亮衣服，尤其是当弗里茨去了富人区时。

如果来了一车这样的东西，隔壁的女孩们会立刻过来帮忙，她们也想在垃圾堆里找到漂亮衣服。所以罗莎伯母一直有吸引孩子的东西。

弗里茨伯父自己分拣金属和废铁，他把所有金属分开，每个类别堆成一小堆。

马车停在房子和工具棚之间，旁边就是全家上厕所的小房子。他们可以在家里洗漱，在厨房里做饭。

他们的卧室还是马车，虽然一直下雨，好在车篷比较厚，只有一个地方需要在下面用铁皮碗接水。

当雨水敲打在车篷上，雨滴在碗里吟唱，那可真是独一无二的音乐。妈妈睡在外侧，因为她不停地咳嗽，需要新鲜空气。梅琴和南娜一起挤在妈妈身边，然后是恩斯特。他想挨妈妈更近一些，这样就能感受到妈妈的温暖和听到她的心跳，多美妙啊。但他是最大的，只好睡在外侧。他总是把手臂越过妹妹们伸向妈妈，妈妈也把手递过来，在睡梦中握着他的手。妈妈的心跳、敲打车篷的雨声、铁皮碗的吟唱，一切都很美好。

半夜恩斯特被吓醒了，妈妈一边呻吟一边翻滚。那是周六，圣灵降临节[①]前的周六，爸爸不在，因为他早早离开做买卖去了。梅琴和南娜开始啜泣。妈妈的呼吸压抑而急促。虽然已经不下雨了，

---

① 圣灵降临节又称“五旬节”，被定于复活节后的第五十天，是为了纪念耶稣复活后差遣圣灵降临而举行的庆祝节日。——编者注

妈妈的被子却都湿了。

“快去屋里喊罗莎伯母来，”她从牙齿间挤出话来，“告诉她，孩子快生了。”

他跑进房间，用力摇罗莎伯母，她像见了鬼似的看着他。突然恩斯特不知道要说什么，他激动得什么也想不起来，最后他说了句：“妈妈不好了。”

感谢上帝，罗莎伯母很快听懂了。她穿着睡衣跑进院子，恩斯特跟在后面。她想让妈妈站起来进屋，可是不行。

恩斯特要照顾梅琴和南娜，梅琴已经起床，可南娜不愿起来，躺在那里哭。恩斯特答应给她糖吃，她才起床。梅琴摇摇摆摆地走在前面，恩斯特拉着南娜走过院子。进到屋里，南娜要糖吃，可是没有，她又开始大哭。恩斯特在厨房里找到一个糖罐，塞了一勺糖到南娜嘴里，她立刻就安静了，吧嗒吧嗒地吃着。梅琴也要，他也塞了一勺给她，然后告诉她们要乖乖地躺着。恩斯特自己也吃了口糖，又跑出去了。

在门口他就听到妈妈在喊叫，他想立刻逃走，但还是来到马车边，透过车篷往里看。罗莎伯母粗暴地让他走开，但妈妈示意让他留下。

“那你做点儿有用的，”罗莎说，“去厨房烧一锅水，再去我房间床边的箱子里拿几条毛巾。”恩斯特奔进厨房，梅琴和南娜在地板上睡着了。但他找不到锅子，也找不到水，于是他又跑回马车。罗莎伯母很是恼火：“男人在这世上什么都做不了。”

妈妈让他留在身边，以便罗莎可以去取水。于是他坐在妈妈身边，握着她滚烫的手。他不敢往下看，但眼角还是瞥到妈妈被子上弄湿的污渍。他什么也说不出，一直盯着妈妈看。她双颊绯红，试着对他微笑。

“别担心，小恩斯特，很快就过去了，到时你就有一个小弟弟或小妹妹了。”

刚说完她就闭上眼睛，直起身猛咳嗽。她的指甲使劲抠入他的手里，他祈祷着罗莎伯母端着水赶紧出现。又有两次剧烈的咳嗽，妈妈直着身子，指甲用力掐着。终于，罗莎伯母端着冒热气的锅子出现了。他很高兴，伯母接替他照顾妈妈，他终于可以躲到马车的角落里。在那里，他只能看到罗莎伯母宽阔的后背，听到她在妈妈剧烈咳嗽和直坐起身的间隙喃喃安慰着她。

突然罗莎激动起来，喊道：“现在，安娜，现在用力。好，不错，再来一次，用力，很快就出来了，别放松。”妈妈长长的尖叫直达恩斯特的肚子。他想逃走，远远地，远到他什么也听不见。然后一片安静，只有妈妈的喘气声和罗莎伯母的喘气声。罗莎伯母叹着气，两手在妈妈腿下面摸索着。

终于传来罗莎解脱的呼气声。“终于出来了。”她高高举起一个满身是血的肉色婴儿，把他放到妈妈的臂弯里。在两个女人的喘息声里可以听到一个微弱的哭声，然后是水流的汩汩声，好像有人在吞咽口水，最后响起一声嘹亮的哭喊。

“看这里，恩斯特。”罗莎说，“你弟弟。”

恩斯特看着被血弄脏的浴巾里的小东西。他的头上长着黑色的绒毛，小脸扭曲变形。这就是他的弟弟，他想，然后他看见一对招风耳。

“他也有大象耳朵，和我一样。”恩斯特说。小家伙停止了啼哭，好像听懂了他哥哥的话。妈妈对大儿子微笑着，用深棕色的闪耀目光抚慰着他。

小家伙总爱大声哭喊，总也吃不饱。他总是黏着妈妈，恩斯特担心他会把妈妈吸干，她已经够苍白了。

今天是圣灵降临节后的周一，爸爸一早在家。大家都笑着，因为爸爸抢孩子的样子十分笨拙，但他仍然喜形于色。

“我们叫他克里斯蒂安，”爸爸宣布，“那么我现在就是老克里斯蒂安了，而我还不到27岁。”他高兴地大笑，来回晃着小家伙，直到他哭起来。妈妈接过小克里斯蒂安，安抚着他。爸爸很快又走了，他要去和他的兄弟和伙伴们炫耀他的儿子。罗莎骂道：“一定又是去酒馆庆祝了。”

“重要的是，他没有到处吵架，没有去挑衅纳粹。”安娜说。

她坐在客厅里，罗莎从烟盒里拿出一支香烟。恩斯特、梅琴和南娜在院子里和罗莎的孩子们玩耍。小克里斯蒂安睡在沙发上。

“给我也来一口，罗莎。”

“哦，安娜，这对你完全是毒药。”

“给我吧。”她吸了一口，咳嗽得几乎要爆炸，满脸通红。小家伙哭了起来。

“你必须明白，你要重新站起来，”罗莎说，“你们要找到住处，六个人挤在马车里可不行。”

安娜点了点头，但她完全没有认真听，只是看着窗外。“我不知道，如果当初我没怀孕的话，还会不会和克里斯蒂安结婚。”她轻轻地说。

罗莎笑起来。“那时你们正在热恋。再说，他看起来确实不错，高大魁梧、英俊挺拔。而且他能说会道，这是最重要的，与人交往必须会说话。”

安娜摇摇头。“总是吹牛、讲大话，我知道他。女人都喜欢他。”

“男人都这样，”罗莎叹了口气，“但是他们如果只是吹牛闲聊，我们听之任之也就罢了。重要的是，他们知道家在哪儿。”

妈妈又向窗外望去。“但愿上帝成全，罗莎，但愿上帝成全。”

三天后小克里斯蒂安受洗的那天，上帝起了作用。洛莎家族坐满了半个教堂，最前面坐着恩斯特的祖母，她也住在奥格斯堡。她叫芭贝特，很熟悉教堂，因为她擅长制作金银手工艺品，而且懂得和牧师们打交道，爸爸这么说的。她祈祷得最大声，虽然心里在骂着“穿着僧衣的流氓”，她总是这样称呼他们。她可以像运啤酒的马车夫那样骂人，但是她说吆喝是用来做生意的，所以现在她超级大声地祈祷，为的是拯救整个家族的荣誉。因为其他叔叔婶婶们都无聊地在教堂里东张西望，等着牧师宣布结束，他们就可以庆祝了。

梅琴开始咯咯地笑，恩斯特轻轻推了她一下，因为教堂里不允许发出笑声，就算自己的弟弟也不行。但她停不下来，她凑近恩斯特的耳朵轻轻地说，牧师一直把他们的弟弟克里斯蒂安叫成克里斯托。这时候牧师又说道："亲爱的兄弟们姐妹们，以克里斯托为名。"

于是恩斯特也跟着笑起来。幸好克里斯蒂安——现在叫克里斯托——这时开始大声哭喊，也许是他不习惯牧师把水洒在他头上，于是没人注意到孩子们，他们继续咯咯笑着。

洗礼结束后，一群人都去了芭贝特奶奶家，那里有咖啡和蛋糕。这里的男人们和布豪的一样，用烈酒兑咖啡喝；这里的人们互相谈论时，也一样高声大气。

后来叔叔菲利普——最小最机灵的那个——从口袋里拿出一本小册子，骄傲地展示了一圈。"你们看看，我搞到了什么，《吉卜赛人之书》。"

大家都说着"啊""哦"，互相传阅。书传到妈妈手里时，恩斯特在旁边好奇地看里面究竟写了什么特别的。妈妈翻开第一页，用半高不低的声音念道："《吉卜赛人之书》，慕尼黑警察局安全办公室出版。你究竟从哪儿搞到这本书的？"

菲利普意味深长地抖动着眉毛。"这得靠关系。要不要我给你们念念这里面关于我们父亲的内容？"

"一定没好事，那个老流氓。"奶奶嘟哝着。

菲利普开始朗读："信奉天主教的磨剪匠、制伞人、制作腰带饰品的人，出生日期，等等。这儿还写着：他和他母亲，以及其他家人像吉卜赛人那样坐着马车不停地到处流浪。"

奶奶气得跳起来。"太无耻了！说得好像我们是不诚实的人。"

其他人安慰她，大家都知道她是个诚实的人，不过现在他们想听菲利普继续读下去。

“大家注意了，看看老家伙有些什么前科：严重偷窃、伪造证件、欺诈、贪污、意图抢劫、乞讨、谎报姓名、从部队开小差、违法垂钓和携带违禁武器。”

大家七嘴八舌。“怎么会这么严重？就因为一些小事情。”其中芭贝特奶奶大叫：“我一直告诉你们，他就是一个老流氓。”

菲利普举起手喊道：“等等，等等，我还没读完。这里写着，他妻子因为如下行为受罚：偷盗、乞讨、触犯工商管理条例和——注意了——同居。”

这次大家停不下来了，所有人哄堂大笑。奶奶满脸通红，反驳道：“你们知道的，我们常常戏弄那些吉杰。”

恩斯特碰了碰妈妈：“她戏弄了谁？”

“警察。”妈妈小声说，把手指放在嘴上。

奶奶不停地摇头。“纯属谣言，究竟谁这么写的？”

菲利普回答：“某个叫阿尔弗雷德·迪尔曼的人，写于1905年。”

“什么？1905年。”奶奶气呼呼地说，“这都快三十年了。这种陈年旧事现在已经没人感兴趣了。”

这时克里斯蒂安插进来，他一直安静地听着。“你别弄错了，巴伐利亚的每个警察署如今都有这本书。那些**褐衫党人**严密监视所有坐着四个轮子的流浪者。要是在马路上看见走路的流浪汉，他们会立刻把他们带走，送进劳动教养所。”

“什么，”菲利普说，“这太夸张了。元首清楚他在做什么吗？”

“是的，完全清楚。”克里斯蒂安怒气冲冲地说，“谁不合他的意，就会被关起来。上个月他就解散了所有工会。”

“这只是过渡时期，以后德国会重新好起来。工会关我什么事？”菲利普说。

克里斯蒂安一口喝下烧酒，晃了晃身子说：“先是共产党，接着是工会，然后是犹太人，再是吉卜赛人——所以，现在猜猜，轮到我们杰尼人还要多久？”

于是大家又七嘴八舌地讨论褐衫党人和元首。

恩斯特问妈妈，什么是同居。

“你不懂。”妈妈说。

4

三周之后，洛莎一家又有了自己的住处。爸爸路过韦尔塔赫街时，发现他们之前住的同一幢房子里有个空房间。6月底他们搬了进去，就在底楼。

只有一间卧室和厨房。恩斯特很迷惑，除了整栋楼的人共用楼梯间的厕所，这个地方哪一点比马车更好。空间也不比马车大，处处散发着霉臭陈腐的气味，还不时传来街道上嘈杂的声音。全家的家当装在几个袋子里，很快被搬了进去。恩斯特不喜欢这个地方，梅琴和南娜也宁愿待在马车里。在马车里，如果不喜欢那个地方或者那里又臭又吵，他们可以直接离开。

爸爸说，他们不会待很久，只是临时的。他们确实没有在哪里待过很久。

“这里到处发臭。”恩斯特嘟哝着。

“是的，小恩斯特说得对，”妈妈说，“这里是一个潮湿的洞，不是住处。”

爸爸骂道：“我受够了这种牢骚。就算你不满意，至少我们终于安顿下来了。”

“在这个满是霉味的洞里我会病得更加厉害，孩子们也是。”妈妈回道，“你要是赚到了钱，我们就不必住这样的地方，也不会常常挨饿。”

恩斯特带着南娜和梅琴一起到了外面的院子里，在那里他们还能听到两人在里面大喊大叫，然后爸爸就走了。他一句话也没对孩子们说，就跑到街上，走了。

他们重新回到屋里，妈妈正躺在床上，咳得厉害。恩斯特心里很不安。他要是闭上嘴，没有说起霉臭味就好了。因为他，爸爸生气了；因为他，妈妈哭肿了眼睛，咳得更厉害了。为什么他总是说错话？他希望他能和梅琴一样愉快地微笑，像南娜一样瞪着大眼睛，当她们这么做的时候，爸爸会把她们抱在怀里讲故事。可只要恩斯特说了什么，他们就开始吵架。

卧室里有一张床，妈妈大多数时候都和克里斯托躺在上面，她一直咳嗽。爸爸晚上也没回来。妈妈说，他要做生意。孩子们饿了，可是什么也没有，他们只好喝了口水填填肚子去睡觉。恩斯特又把手臂越过女孩们，伸手摸着妈妈的手指。他倾听着房子里奇怪的声音：楼梯的咯吱声、东西落地的砰砰声、楼上和隔壁人们的跺脚声、窗外有人经过的说话声，还有他自己肚子的咕噜声。他久久难以入睡。后来，他梦见他们又坐在马车里前行，一如既往。他们在路上，妈妈心情很好，叫他“我的大儿子”，爸爸摸着他的头发，让他驾驶马匹。晚上他们在森林边生火，妈妈和爸爸一起唱歌，比赛拉手风琴。

第二天，妈妈累得起不了床。孩子们都饿了。妈妈让恩斯特去敲邻居拜塞尔太太的门，问她能否给他们些牛奶面包。他要带上梅琴，因为她可爱又讨人喜欢，见了她别人总会给点什么。拜塞尔太太很老了，满是皱纹，她吃惊地看着恩斯特。当她看到梅琴时，确实就心软了，给了孩子们一罐牛奶和一个面包块。他们还没到家，就抢着吃完了，可他们还是饿。

妈妈说，他要带着梅琴和南娜去外面。他们必须一直待在外面，因为妈妈需要安静。他们的房间有个好处，就是一出门就到了院子里。房子前面就是马路，路上的马车、自行车、摩托车，有时还有汽车不停地来来往往。所有人都急匆匆的，孩子们不能在马路上玩。那里还有有轨电车，发出可怕的噪声。这里的房子都是灰色的，散发着和莱希豪森一样的臭味，只是这里路上的行人更多，房子没有那么低矮。

韦尔塔赫河在拐角处流过。恩斯特不能去那里，更不能带着梅琴和南娜一起去。妈妈叮嘱他们必须待在院子里。可院子里又黑又有霉味，梅琴抱怨太无聊了，南娜则一直往嘴里塞泥团，所以恩斯特就带着她们俩去了韦尔塔赫河边，那里可以找到很多东西。6月的河水只有小溪那么浅，要是恩斯特再大一些，就可以踩着大石头过河，都不会弄湿脚。

岸边总有很多好东西：剩余木料、瓶子，甚至灌木丛里还有个坏掉的闹钟。恩斯特想把闹钟给弗里茨伯父，放进他的金属堆里。南娜一直想下水，恩斯特不得不费力地拉她离开岸边，这是不被允许的。后来恩斯特想，他们有必要洗个澡，要是他们干干净净地回家，妈妈一定会高兴的。韦尔塔赫河的水看起来不是很干净，又很冰凉，不过沿岸的水不深。在他继续听抱怨前，他宁愿和妹妹们一起洗澡。

梅琴因为她的瘸腿不敢下水，但是当她看到恩斯特和南娜已经脱了衣服，她也不愿扫兴。很快三个人都站在水里，大口喘气，冷得发抖。恩斯特朝女孩们泼水的时候，她们尖叫起来。

突然他们听到一个低沉的女人的声音，这声音他们认识。奶奶芭贝特！她像头公牛一样轧过灌木丛走了过来，大声喊道："你们疯了吗？赶紧从水里出来。你们是想被淹死还是想像你们妈妈那样得肺结核？你！你得照顾好妹妹们，你到底做了什么？引诱她们变成大傻瓜？"

恩斯特觉得，芭贝特奶奶之所以这么针对他，反复挑刺儿，是因为她喜欢女孩多于男孩，或者是因为他和爷爷一样叫恩斯特，有一对大耳朵。爷爷弃她和九个孩子不顾，和一个年轻女人结婚了。奶奶后来和一个编篮工结了婚，那人的妻子死了，有六个年幼的孩子，奶奶把他们抚养长大。这说明她非常喜欢孩子，她养大了自己的九个孩子，但实际上她生的更多，有些没有活下来，另外她还接纳了编篮工的六个满身虱子的小孩。这绝对是个爱孩子的女人。对此爸爸说过，他很少见到自己的妈妈，因为从2月到11月他都住在农夫家里，拼命干活。只有当出行季节结束的时候，妈妈才会来接他。

她是制作金属饰品的女工，也就是说，她熟知金属，能修理各种各样的金属制品。她一定是把那个旧闹钟拿走了，恩斯特在被惊吓之前把它放在了岸边。从春天到秋天，她穿梭在各个村庄，从一个教堂到另一个教堂，给圣餐杯镀金，为长明灯镀银，给香炉和枝形灯架镀锡，修理圣坛，除去教堂椅子的灰尘，粉刷墙壁、天花板、廊台和管风琴。后来爸爸大了一些，就常常和兄弟姐妹们一起出行。爸爸说，芭贝特尤其受牧师们的欢迎，她的手艺很不错。她赚得相当多，所以当她秋天回来时，她能为每个孩子支付农夫们一个金币。

湿淋淋的他们被芭贝特奶奶拖回家，她告诉妈妈，他们在韦尔塔赫河里洗澡。

恩斯特想解释一切。“南娜无论如何都要下水，现在她很干净，梅琴和我也是。河水不深，也不危险。”

妈妈只是咳嗽，伤心地摇着头。恩斯特很不安，他让妈妈担心了，而且她会咳得更厉害。梅琴和南娜冷得牙齿咯咯打战，芭贝特奶奶把她们裹进被子里。恩斯特蜷缩在妈妈的旧大衣里，衣服闻起来有妈妈的味道，他自己也冷得发抖，可是没有人注意到他。奶奶忙着照顾妈妈，妈妈一边照顾克里斯托一边咳嗽，南娜和梅琴用被子搭了个窝。恩斯特也想生病，整天咳嗽，那样他就会被宠爱着，所有人都会关心他。

奶奶说，安娜必须立刻去看医生。她要是真得了肺结核，会传染给孩子们，克里斯托也咳嗽得很厉害。妈妈摇了摇头。

“克里斯蒂安又去哪儿鬼混了？”奶奶问。

“你知道的，”妈妈骂道，“有重要生意，而且事后口袋里一分钱也没有。”

“是呀是呀，”奶奶烦躁地说，“都是一个样，自己在外面鬼混，女人和孩子待在家里挨饿。他真要当心，别被他们逮到了。小恩斯特，别把你爸爸当成榜样。”

“我也想又高大又强壮，然后卖东西。”恩斯特抗议，“你不是也走街串巷的。”

“这下好了，”奶奶埋怨，“瞧瞧，这小的有多放肆。你小心点儿，否则又得挨耳光！”

她又继续骂了一会儿，骂家里的情况、骂孩子们、骂住处，然后就走了，好在她还留下一些吃的。

第二天，孩子们不用去拜塞尔太太那里讨吃的，她自己过来了。

“我想，你们会需要些牛奶和面包。”

妈妈很高兴，她很早就认识拜塞尔太太。那是三年前，他们已经住到这里，那时候梅琴、南娜和克里斯托还没有出生。拜塞尔太太坐在妈妈身边，为她担心。

“哦，天哪，哦，天哪，洛莎太太，您脸上都没肉了，眼睛下面都是皱纹。哦，天哪，哦，天哪，咳嗽听起来很糟糕。哦，天哪，

哦，天哪，孩子们都瘦得不行，他们都穿得乱七八糟。哦，天哪，哦，天哪，这是什么状况！”

恩斯特觉得她太夸张了。不就是梅琴走路有点儿一瘸一拐；南娜的脸上又起了疹子，她经常发疹子，看起来像撒了碎屑的糕点；不就是克里斯托在咳嗽啼哭；不就是因为他们的衬衫脏了有些破洞。好像这有多糟似的。拜塞尔太太用她那张“哦，天哪”的脸看着妈妈。

“而且小恩斯特怎么长成这样！曾经那么可爱的一个男孩，总是微笑着，现在却用一双忧郁的大眼睛看着世界。哦，天哪，哦，天哪，他那流鼻涕的鼻子都破了。孩子，你不能总是用袖子擦鼻子。真是穷得让人看不下去了。洛莎太太，你必须立刻去看医生。要是你不去，我就把医生叫来。”

妈妈虚弱得没法反对，她答应会去检查，但她必须先去市政厅登记报到，然后再去看医生。孩子们可以待在她那里，拜塞尔太太说。但是恩斯特更愿意陪妈妈一起去，尽管他现在很饿，也知道拜塞尔太太那儿有吃的。

5

“比勒尔”的名字贴在报到处的门上。安娜·洛莎敲了敲门，她没有听到回应，就小心翼翼地推开门说：“您好！”

“**希特勒万岁**。”男人嘟哝了一声，他端坐在巨大的办公桌后，居高临下地透过他厚重的黑框眼镜看着母子两人，然后他说："请您等着，叫您了再进来。"

妈妈和恩斯特坐在走廊里的长凳上，看到一直有看起来是重要人士的人来找比勒尔。妈妈穿了条绿裙子，它是伯父弗里茨的收藏，另外还配了条有档次的头巾，但是她瘦削、因发烧而绯红的脸出卖了一切。终于轮到她了，即使穿着漂亮的裙子，比勒尔还是皱了皱鼻子。妈妈虚弱得站不住，她紧紧抓住一把椅子，不卑不亢地看着这个男人，说了自己的名字。比勒尔在文件柜里找了一会儿，然后手里拿了一张棕色的索引卡片，他读了很久上面的内容，又皱了皱鼻子。

"过去四年里搬了七次家，您可一点儿都不安定。"

"我们常常在旅行。"

"这我看到了，"比勒尔说着皱起眉头，"2 月 26 日您注销后外出。您是什么时候又回到奥格斯堡的？"

"大约两周前。"

比勒尔眯起了眼睛。"那您现在才来这儿？"

"我们找了房子，我又生了第四个孩子，实在没办法早来。"

"好吧好吧。"比勒尔说，看得出来，他不喜欢这个回答。"孩子的名字？"

"克里斯蒂安。"

"什么时候生的？"

"6 月 3 日。"

"那到现在为止已经超过三周了。"

“我们在路上。”

“好吧好吧，在路上。那孩子出生在哪儿？”

“这儿，奥格斯堡。”

“我以为，你们还在路上？”

“是的，我们确实在路上。”

“那么这个孩子不可能出生在奥格斯堡。”比勒尔用他的胖手指敲着棕色的卡片。妈妈变得紧张起来，她抓着恩斯特的手握得更用力了。

“我们在奥格斯堡的路上。”妈妈说。

他怀疑地打量着她，看起来并不相信她，但显然没兴趣和她谈下去。他嘟哝着填上日期：1933年6月3日出生，出生地：奥格斯堡。

“那么现在您不再出行了？”

“是的。”

“新地址呢？”

“韦尔塔赫街1号，拜塞尔家。”

“您知不知道，您的丈夫必须来登记？”

妈妈又握紧恩斯特的手。“他在工作。”

比勒尔又敲着卡片。“在工作，”他拖长了声音，“在哪儿工作？”

她想了想说：“他是金属饰品工。”

“这我知道，卡片上写着。”

“他还在路上。”

比勒尔不停地敲着。“我以为，你们已经不在路上了。”

“他下周就到，您马上就能登记的。”

“你们还会发生这种事。您转告他，回来后马上就来报到。另外我会通知青年福利局和卫生局。”

“为什么？”妈妈吓了一跳。

“安全起见。”比勒尔的手停止了敲打。一片安静中他说道：“希特勒万岁。”

出门的时候妈妈轻声嘟哝了一句：“拜穆儿。”

比勒尔抬头望过来。“什么？”

“再见。”妈妈大声说。

他们到了外面，恩斯特开始咧嘴笑：“你刚才骂他‘笨蛋’。”

妈妈把手指放到嘴上，神秘地微笑着。“他听不懂的。”

安娜·洛莎和儿子刚离开办公室，比勒尔就抓起了电话。

“这里是比勒尔，户籍登记处。朋友，我这里有一家人，您一定得来看看。明显的反社会分子，半吉卜赛人。姓名？洛莎。已经知道了？我也这么觉得。是不是很紧急？我可不想等很久。在我们回头找他们之前，他们估计又离开上路了。好的，我把资料寄给您。”

一小时后，恩斯特和妈妈坐在巴克斯鲍姆医生的候诊室里。巴克斯鲍姆是拜塞尔太太向他们推荐的医生，因为他也为穷人看病，不收很多钱。

当女助理叫到她的名字时，恩斯特得待在候诊室里，但是他不愿松开妈妈的手，她没办法，只好带他一起进去。

巴克斯鲍姆医生是个秃头，眉毛又黑又粗，他总是扬起右边的眉毛。妈妈还没坐下就对医生说，她没有钱看病。医生安慰她，钱可以以后再说。于是她告诉医生，她咳嗽到痉挛，经常头晕，一年以来一直这样，自从生了小克里斯蒂安她虚弱到没有力气给他喂奶。然后她坐到帷幕后的卧榻上，深呼吸的同时，医生仔细倾听她的心脏和肺部。

她从帷幕后出来的时候，巴克斯鲍姆医生脸色严峻。“您有晚期肺结核，这是很严重的疾病，极易传染。您必须立刻住院治疗，由专科医生照顾。”

“我家里有四个年幼的孩子，我不能丢下他们不管。”

“有没有什么人可以帮您照顾这些孩子？”

“我丈夫没有时间，他一直都不在家。虽然有亲戚，可是他们自己也有很多孩子。”

巴克斯鲍姆医生揉搓着双手。“我只能告诉您，您必须立刻住院，否则就太晚了。我必须上报您的病情，这是我的责任。”

妈妈点了点头，又问了钱的事情。

巴克斯鲍姆医生摇了摇头：“没关系。”

回家的路上，恩斯特想知道什么是肺结核，医生说的都是什么意思。

“没什么，”妈妈说，“一切都好。我只是有些虚弱，很快会好的。”

几天后的大清早，有人敲洛莎家的门。恩斯特想，一定是拜塞尔太太。他急忙打开门，门外站着一个陌生的男人，穿着黑西装，提着小箱子，只有一条腿。他牢牢抓着两根拐杖，要求见恩斯特的爸爸或妈妈。

一定是兜售小贩，爸爸的同行。恩斯特这么想着，跑去找躺在床上的妈妈。

这个小贩直接跟在他后面进了屋。恩斯特站在妈妈床边时，这个陌生人已经出现在卧室门口。

"希特勒万岁。我是奥特曼博士，官方医生，我来自卫生局。"

妈妈很不安，她让男人到厨房等着，让她准备一下。梅琴、南娜和恩斯特一直站在他旁边，观察他怎样把拐杖靠在桌子边，怎样靠一条腿费力地坐下，怎样打开箱子，把文件放到桌上。他有一头浅金色的头发，几乎苍白的脸上长了很多雀斑。

他不停地挪着鼻梁上的小眼镜，眯起眼睛，也许没有灯罩的旧落地灯让他眼花。这盏灯整天都亮着，因为厨房里只有一扇朝着内院的小窗，整天阴沉昏暗。奥特曼看了看四周，写下他所看到的，显然他还写了很多他没看到的。

厨房里异常安静，只听得见他钢笔的沙沙声。不知什么时候，这种安静惊动了他，他清了清嗓子，问恩斯特："你几岁了？"

恩斯特没有回答，因为他一直盯着墙上的影子。那是一个只有一条腿、不停移正着所戴眼镜的影子，一个正在用钢笔写字的影子。恩斯特只盯着影子看，直到妈妈进来。她坐到厨房里的第二把椅子上，孩子们倚在她身边。

"到 11 月他就四岁了。"

奥特曼居高临下地看着恩斯特。"哦，四岁。其他孩子呢？"

"梅琴两岁，安娜一岁，克里斯蒂安三周。但是您一定不是为了知道孩子们的年龄来这里的吧？"

"不是。我需要先问一下孩子们。"

奥特曼挪正眼镜，又清了清嗓子。他说，他来自卫生局，接到关于传染性肺结核的报告。此外，青年福利局那边怀疑，这个家庭居无定所，四处流浪。正如他所见，情况确实如此。无人照顾的孩子们、生病的母亲、长期不在家的父亲，另外还有糟透了的住房。克里斯托开始咳嗽，没办法让他平静下来，而且妈妈也跟着咳嗽起来。

"对您来说很明显，不能再这样下去了。"奥特曼说，"您生病了，必须立刻进医院。这个婴儿也同样需要医生的治疗。其他孩子也不能留在这个破旧的房子里。"

妈妈反对："我不能撇下我的孩子们。最小的还不满一个月。"

这个男人做了个急促的手势。"我们会照顾这些孩子。最小的必须立刻接受检查。您看不到吗，他病得有多重。其他三个会去福利院。"

奥特曼从文件夹里抽出一张纸。"我们必须马上做些事情。这里的情况就和吉卜赛人家里一样。"

他不应该说出这个恶毒的Z字。妈妈大怒。"这是什么意思？您看看其他住房！您觉得看起来比这里更好吗？再说我很自豪，我来自吉卜赛人的家庭。"

奥特曼继续发问，好像没听到她说话一样。"您或您丈夫的家族有没有遗传病？"

妈妈目瞪口呆地看着他。

“洛莎太太，您必须回答这些问题。您亲戚中有没有人有智力低下、畸形、突发疾病或相似的情况？您家族中是否有人曾经或现在因智力低下或其他精神疾病住在疗养院？有没有酗酒的情况？您、您丈夫或者亲戚中有没有谁有任何前科？”

妈妈对所有问题都沉默地摇头。这个一条腿的男人在一张纸上记笔记。这时恩斯特在桌子下面慢慢爬向箱子。他好奇地拿出一个文件夹，一张棕色的卡片掉了出来，就是比勒尔先生填写的那张。

奥特曼从恩斯特手里抢过卡片。“很显然这小子生来会偷东西。”

这是妈妈不能忍受的。她站起来，深吸了一口气。“这儿没有人生来就偷东西，我不能接受这种侮辱。而且我也不能让你把孩子们带走。”

奥特曼和坐下去时一样费劲地站起来，他在墙上的影子变大了。他把文具整理好，拿起拐杖，一瘸一拐地走向门口。

“洛莎太太，您会收到我们的消息。希特勒万岁。”

男人走到门外时，恩斯特看到妈妈不得不紧紧抓住椅子。她让孩子们去外面院子里玩，自己又疲惫地挪到床上。孩子们只听到妈妈时而咳嗽时而哭泣。

6

爸爸不在家的时候，恩斯特就是家里的男人。妈妈需要帮忙，她咳嗽得厉害，咳得脸色绯红，然后又变得苍白，她只能坐着。家里什么吃的都没有，拜塞尔太太不在家，没人给他们送吃的。妈妈想是不是该去找芭贝特奶奶。她不想求别人，可家里所有人都饿着。她说：“骄傲不能当饭吃。”

爸爸还是没有消息。他在罗腾堡的姐姐家，但他答应过这周会回来。今天是周二，孩子们都很兴奋，因为爸爸随时会站在门口。恩斯特既兴奋又忐忑。他一半很高兴，如果爸爸带着钱回来，他们就又有东西吃了。他会带上他们，离开这个洞穴，重新坐着马车穿梭在田野间。另一半他又很害怕，如果爸爸没有带回钱，就会心情不好，为一点儿小事生气，对着妈妈吼叫，他们又得去院子里。

妈妈显然也和他一样。恩斯特昨天听到她小声对拜塞尔太太说，他不在这儿她还是挺高兴的。拜塞尔太太说，她只希望快点儿拿到她的房租。当她看着孩子们时，宁愿他们有点儿吃的有些穿的就好了。

拜塞尔太太离开的时候，妈妈说：“我们的状况真是糟透了。”

今天妈妈决定了，就算被芭贝特奶奶看不起也好过挨饿。

她穿衣服的时候，恩斯特说：“骄傲又不能当饭吃。”这时她笑起来，所有人都跟着笑了，甚至克里斯托也笑了。妈妈笑的时候，他们除了跟着笑，其他什么也做不了。

梅琴说：“我想咬一口。”她笑得更开心，很久没这么笑过了。妈妈摸了摸恩斯特的头，叫他小淘气，把克里斯托裹进毯子里。

正当她要出门时，有人敲门。孩子们都奔过去，一定是爸爸。但是站在他们面前的不是爸爸，而是一个陌生的矮胖男人，穿着褐色西装，戴着眼镜，蓄着浅红色的狭长的髭须。他先看看孩子们，又看向黑漆漆的房间。他身后站着一个年轻的女人，金色的辫子编得一丝不苟，她对着散发出霉味的房间皱了皱鼻子。

男人问，爸爸或妈妈是否在家。这时，妈妈抱着哭喊着的克里斯托走了过来。男人看起来不凶，反而有点儿悲伤。他没有询问，直接掠过妈妈进了房间，沉默的女人跟在后面。

男人叫克洛泽。他说，他和他的同事来自青少年福利所。恩斯特绞尽脑汁地想，他有没有做什么坏事，但是除了在韦尔塔赫河里洗澡，他没想起任何事情。虽然这是禁止的，可芭贝特奶奶已经为此骂过他了。

当克洛泽在皮包里翻找的时候，他的女同事环视着房间。终于，克洛泽在包里找到一张纸，递给妈妈。这种处境似乎让他有些难堪，在妈妈看纸片的时候，他尴尬地看向一边。

“洛莎太太，我们时间不多，司机在外面等着。”

她脸色白得吓人，神情呆滞，昏昏沉沉地坐到椅子上，手里拿着纸片。“这是什么意思？你们要做什么？为什么司机在外面等着？”

“上面都写着，”克洛泽说，好像这不是他的事情，“政府规定，救济抚养。”

“但肯定不是我的孩子，不是我的孩子。”妈妈喃喃低语。克里斯托一直在妈妈怀里呜咽，然后很舒服地轻轻放了个屁。虽然恩斯特一点儿都不想笑，他还是咧开了嘴。

“没什么好笑的。”福利所的女职员说。现在她结束了环视，脸色比之前更阴沉，她不喜欢这个住处。好吧，恩斯特想，我也不喜欢，我更喜欢马车，我们待在这儿只是为了让克里斯托有一张正规的登记卡，反正我们不会待很久。梅琴和南娜挤到妈妈身边，恩斯特也站到一旁，整个场景看上去像是在拍全家福。

妈妈结结巴巴地说：“这肯定不行，我是……你们怎么能这样……究竟为什么呢？”

他们都沉默了，所有人都看向别处，福利所的女职员看着洗碗槽，克洛泽望向窗外，妈妈看着眼前的纸。克里斯托又放屁了，这次恩斯特没有笑。他觉得他必须说些什么。

“爸爸马上就回来了。他回来的话，我们就去美国。”

这次大家都笑了，包括那个女职员。

克洛泽拉了拉他的西装，深深吸了口气。“您丈夫还在路上？”

“是的，他在罗腾堡他姐姐家。”

男人很快透过眼镜和女职员交换了一个眼神，然后坐在第二把椅子上，开始用平静的声音和妈妈交谈。

“洛莎太太，您自己也看到了，这里实在过不下去了。您病得很重，必须立刻进医院。您的孩子们都没有吃的，他们在福利院会被照顾得很好。如果您痊愈了，我们再另作安排。”

“哪家福利院？”

“年纪小的几个送到奥伯豪森的育婴所，最大的去霍赫措尔的孤儿院。”

恩斯特看着妈妈，妈妈看着他，他一下子明白了，她要走了，他也要走了，他们大家都要走了。

妈妈很慢很慢地点着头，什么也没说，一边点头一边晃动着自己和克里斯托。

女职员开始打包东西。东西不多，几个袋子从搬进来时起就放在床边，现在还半满着。妈妈就坐在那里，从厨房的窗户看向肮脏的院子。女职员很快收拾好了，想带梅琴和南娜走，她们却紧紧抓住妈妈，开始大哭。所有人劝着、喊着、哭着，只有妈妈很安静，她温柔地摸着南娜和梅琴的头，擦掉她们的鼻涕，一边摇着克里斯托，一边把他的手指放进嘴里。克里斯托吸着手指安静了下来。恩斯特不懂，为什么妈妈要容忍这些，为什么她不直接把这些陌生人赶到门外去。

克洛泽弯腰对他说："我们俩现在要做一次穿越城市的小旅行。"

这时恩斯特想道，他是大孩子，他必须照顾妈妈，照顾梅琴、南娜和克里斯托。爸爸不是说过吗，如果他不在家，他就是家里的男人。恩斯特心里想大哭大叫，可是大男孩是不哭喊的，这个爸爸教过他。要是爸爸在的话，毫无疑问，他一定会把克洛泽和这个笨女人扔出去。因为恩斯特想哭又不能哭，他只能大喊，他冲着克洛泽喊叫，让他别打扰他，别打扰妈妈，马上滚。然后恩斯特爬到桌子下面，躲到里面的角落里，反复喊着："走开，走开，走开！"

这时妈妈走了过来，轻轻地把他从桌子下拉出来，抱到腿上。

梅琴和南娜也挤了过来。妈妈的声音非常平静。

“你们知道的，我生病了，需要安静。因为咳嗽得厉害，必须进医院。可爸爸没有时间照顾你们，他常常不在家，必须工作。你们懂的，你们不能单独留在家里。”

恩斯特说：“我可以照顾他们。拜塞尔太太一定会留面包和牛奶给我们。”

妈妈微笑着说：“是的，小恩斯特，我知道你能做到。可是福利院有很多好吃的。”

“会有甜点巧克力布丁，”克洛泽说，“那是一个有很多大房间的地方，护士们都亲切和蔼，会很好地照顾你们。”

严厉的女人像牵线木偶一样不停地点头，十指交叉。妈妈说：“你看，有漂亮房子和好吃的。”

这时克洛泽也开始点头。恩斯特觉得，事情完全不是这样，他们点头只是为了让他安静。

“不会在那儿待很长时间的。”妈妈说。

“多久？”

“我很快就痊愈了，然后就去接你们。”

“保证吗？”

“保证。”

梅琴和南娜已经停止哭喊，她们看着自己的鞋头，一定是在想育婴所里的巧克力布丁。恩斯特觉得想着巧克力布丁是不合适的，他宁愿每天去拜塞尔太太那里讨东西吃。但是妈妈呆呆地看着他，他确信，要是他现在说他要留在这儿，妈妈就会哭起来。

他的喉咙好像被卡住了说不出话来。妈妈抱住他，他能闻到她皮肤散发出的温暖柔软的味道，像太阳下的草坪。他眼里泛起泪光，但他无所谓，他的鼻涕还蹭在她肩膀上，他不想要离开她。

但是克洛泽在催促，妈妈站起来，有些摇晃，不得不抓紧桌子，她深深吸了口气，点点头。克洛泽拿着装了恩斯特东西的小箱子走在前面，福利所的女职员拎着女孩们的袋子跟在后面，然后是妈妈，抱着克里斯托。南娜瞪着大眼睛，拉着妈妈的手，又开始微笑的梅琴摇摇摆摆跟在边上，紧紧拽着妈妈的裙边。恩斯特走在最后，他再一次转过身，望着黑暗霉臭的房间。当他回来的时候，他要告诉爸爸，他们应该离开这里，他应该带他们去美国。

外面阳光明媚。因为下过雨，到处仍是湿漉漉的，马路上的水洼水坑在阳光下闪闪发光。尽管一阵凉风吹过街道，外面还是比里面暖和得多。门前停了辆大汽车，司机正靠在上面抽烟。他把女孩们的袋子放进后备厢。妈妈亲了亲梅琴和南娜，然后那个严肃的女人把她们塞进了后座，自己也上了车。女孩们很开心，因为这是她们第一次坐车，但同时又胆怯惊慌地看着窗外。妈妈把克里斯托举过额头，看起来就好像她在画一个十字，然后把毯子里的克里斯托递进了车门。

恩斯特也想上车，但是克洛泽拉住了他。“我们乘有轨电车。”说着拉起他的手，这让他感到不舒服。

妈妈吻了吻他的额头。“做个勇敢的男孩，小恩斯特。”

他点点头，因为他现在什么也说不了。然后克洛泽带着他沿着韦尔塔赫街去下一个车站。恩斯特转过身，看到妈妈正朝着向另一个方向驶去的汽车挥手，然后又看向她的儿子。她看起来失魂落魄。

恩斯特挥着手，而克洛泽拉着他继续往前走。妈妈变得越来越小，但恩斯特知道，妈妈一直看着他，他也一直看着妈妈。他知道，妈妈离开了，离得很远。妈妈开始慢慢消失，远得犹如隔着迷雾，模糊得好像水洼里掉进石头后泛着涟漪的倒影。恩斯特感觉到正在发生十分可怕的事情，什么东西在胸腔里爆炸了，疼得好像有人把一枚钉子刺进了那里。太阳亮得刺眼，微风吹进他的眼睛，它们开始流泪，妈妈变得更加模糊了。他只看到她的双眸，透过耀眼的阳光，穿越迷雾和泪水，他清楚地看到她的双眸：深褐色的闪耀的圆核。突然妈妈的眼睛开始闪烁，他听到她说："你是我的大孩子，我聪明坚强的男孩。"

他竭尽所能地大喊："只要几天，妈妈。保证吗？"

作为回应，她微笑起来，吻了吻自己的手心，把她的吻吹给他，然后用手遮住了眼睛。恩斯特看到，她的嘴唇动了动，好像在说："保证。"

第二章　只要几天

1

有轨电车的玻璃窗上还残留着今早最后的雨滴，它们不停地抖动着。恩斯特把额头顶在窗上，不让克洛泽看到他湿润的双眼。他偷偷地用袖子擦掉鼻涕，妈妈总说他不应该这样。她现在一个人在家做什么呢？也许她去拜塞尔太太那里喝茶了。不，她一定马上去了医院，她要快点儿好起来接孩子们回家。只要几天，她说过，只要几天时间。

有轨电车“咔嗒咔嗒”颠簸地行进着，外面整座城市都在跳跃，橱窗和咖啡馆，行人和汽车。他们下了车，穿过拥挤的人群，换乘另一辆电车。恩斯特觉得尴尬，因为克洛泽一直握着他的手，好像他是小孩子，而克洛泽是他爸爸。但他不是。如果爸爸回来，他会直截了当地告诉他这个想法。妈妈说过，这个星期他就回来了。每次他一想起妈妈，胸口就针刺般地疼，好像那个地方之前被钉子钉过。他不能想妈妈，否则会一直不停地疼。

他们乘坐另一辆有轨电车出了城。克洛泽说：“现在你将认识你的新家。”由于紧张和害怕，恩斯特觉得头晕，但他不能让克洛泽察觉到。妈妈说过，他要更勇敢。

房子与房子之间出现了绿色的草地和麦田。虽然霍赫措尔发展很快，但它看起来还是像一座村庄。下车走了一小段路后，他们就到了孤儿院。这是一座位于霍赫措尔城郊的大房子，有很多窗户和绿色的百叶窗，屋后是一片广袤的农田。房屋的外墙以前是土黄色的，现在很多地方露出了灰泥。在紧挨着围墙的窗户间有一排木栅栏，边上种着小苹果树和梨树。高高的、棕色的板条篱笆把整块地皮围了起来。后面传来孩子们叽叽喳喳的声音。整幢房子看起来像一个学校。二楼对着花园的石砌墙上端坐着一尊大石像，是一个怀里抱着孩子手上拿着手杖的男人。克洛泽指着上面对他解释，这是圣约瑟夫，孤儿院以他命名。约瑟夫严肃地俯视着花园和玩耍的孩子们。克洛泽推了下恩斯特，两人一起走进院子大门。

孩子们瞪着他看，他就回瞪他们。克洛泽看到一个修女，让他站在原地，急忙穿过院子向她走去。这是一个高大的女人，穿着黑色的外袍，这和里面的白色衣领、黑色长头纱一点儿也不协调。到处是衣服颜色各异的孩子们，中间却站着这么个高大的一身黑色的女人，又或许是孩子们和这里格格不入。恩斯特有种感觉，圣约瑟夫正居高临下警示地看着他，似乎在对他说：你为什么留下妈妈一个人？你为什么不反抗？你为什么不保护你的兄弟姐妹？

这个一身黑色的修女有着和外墙上的约瑟夫一模一样的眼神。

克洛泽和她说话的时候，一直指着恩斯特，她则带着那种和约瑟夫一模一样的表情点着头。穿着修女服的她让人觉得害怕和敬畏，紧闭的嘴让恩斯特想起贝蒂姑姑，那个开着车卖东西、像男人一样工作、像男人一样喝酒、像男人一样骂人的女人。每次他们去看望贝蒂姑姑，她都会责骂孩子们，不停地发号施令。爸爸说，得理解她，她没孩子，不适应这种喧闹杂乱。尽管如此，恩斯特现在宁愿在贝蒂姑姑家，也不愿意待在这个有着严肃约瑟夫和高大修女的孤儿院。修女一边听克洛泽说话，一边皱着眉头。恩斯特确信，她一定没有孩子而且也不想有孩子。

孤儿院的右边是一片菜地，位于房屋和篱笆之间。两个女人和一些孩子正在那里拔灌木、铲杂草。沿着房屋走过去是一个铺满碎石的院子。左边是花园，大草坪上种着两排苹果树。院子另一头靠近后门的地方有一个跷跷板和一架秋千。周围奔跑着一群孩子，和恩斯特差不多大。女孩们坐在秋千架前的草地上玩着布娃娃，男孩们在苹果树下嬉闹玩捉人游戏。他们大声乱叫的时候，高大的修女就举起手，中气十足地朝花园里喊“嘿”。男孩们缩着脑袋，立刻就小声了。接着，一身黑色的修女走向恩斯特，把她的大手递给他。

“你好，我是修女斯高丽娜。你叫什么名字？”

他的喉咙好像突然卡住了，发不出任何声音。

“他叫恩斯特，恩斯特·洛莎。”克洛泽替恩斯特回答道。

斯高丽娜打量着他，她甜美的声音和严肃的表情完全不符。“你一定会喜欢我们这里的，恩斯特。现在我们去修女院长的办公室，然后，”说着她不满地低头看着恩斯特，“你首先需要立刻洗个澡。”

恩斯特想着，是不是要告诉她，他现在就不喜欢这里，以后也不会喜欢，而且他几天前刚刚在韦尔塔赫河里洗过澡。但他什么都没说，反正他在这里待不长，就几天，就只待几天，然后妈妈就会来接她。妈妈——又是一阵刺痛。斯高丽娜进了屋子，恩斯特又向孩子们看了看，她马上就知道了，好像背后的黑纱上长着眼睛。

“待会儿再玩，”她严厉地说，“马上就吃午饭了。”

她转过身，继续往前走。克洛泽在后面推了推他。午饭，恩斯特想，他的胃开始抽搐，一定会有巧克力布丁。

他们走进一条幽暗的走廊，尽管是夏天也没有丝毫热气，还散发着洗涤剂的气味。恩斯特只看到他前面黑色的头纱飘荡在幽暗的走廊里。恩斯特对这里没有兴趣，也不喜欢约瑟夫式冰冷的修女们。也许他应该逃跑，直接逃出去，通过花园大门横穿城市回到妈妈那里。身后洒进来的阳光越来越弱，走廊和斯高丽娜越来越模糊。当厚重的大门在他身后砰的一声合上时，恩斯特吓了一跳。

女院长的办公室不大，整洁而陈旧，散发出和走廊一样的气味，也许整幢楼都是这个味道。女院长的脸圆圆的，友好亲切，坐在办公桌后。克洛泽在前面，恩斯特不引人注意地站在门边。两人在填写文件。女院长从抽屉里拿出一个本子，在新的一页写上日期：1933 年 7 月 4 日。然后她询问般地看着克洛泽，克洛泽念给她听："恩斯特·洛莎，出生于1929年11月1日，出生地奥格斯堡，韦尔塔赫街1号。父亲是克里斯蒂安·洛莎，母亲是安娜·洛莎。"

她停下来。"那个克里斯蒂安·洛莎是你父亲？"

她怎么会知道爸爸？难道爸爸卖给过她裤子纽扣或者夏天裙子的布料？恩斯特实在不能想象。如果真是这样，她一定对那次买卖不满意，因为她皱紧了眉头。

"没错，就是一张洛莎的脸。"她用一种让恩斯特觉得内疚的声调说道，就好像长着这样的一张脸是一种耻辱。

"我还清楚地记得那个克里斯蒂安，"她说，"他也在这儿待了一段时间，都快二十年了。他相当折磨人，总喜欢溜出去。"她摇了摇头。"好吧，希望你不像他。你父亲现在在做什么？"

克洛泽替他回答："他不在这里。"

女院长疑惑地看着他。

克洛泽叹了口气："流动小贩，现在应该在路上。他妻子给了我一个地址，他目前在内卡河畔的罗腾堡。"

女院长摇着头："这些吉卜赛人。"

这个恶毒的Z字！恩斯特大吃一惊："我们不是吉卜赛人，我们是杰尼人。"

克洛泽轻咳了一声，挡着嘴巴的拳头后藏着笑意。

女院长呆了一下。"安静，淘气的家伙。问到你了，你才能说话。"

房间里突然非常安静，以至于恩斯特可以听到自己的心跳。

克洛泽清了清嗓子："还有三个兄弟姐妹，两个小女孩，一个婴儿，在奥伯豪森。"

女院长叹了口气，她一定在想：还有三张洛莎的脸。她问克洛泽："他在这儿待多久？"

克洛泽耸了耸肩。"您知道的，情况就是这样，妈妈病了，可能是肺结核，爸爸不在家。可能得待一段时间。"

"谁来付钱？"

"您没有收到奥格斯堡区救济联合会的消息吗？是这个部门给我的指示。"

"难道为了拿到我的钱，我还得一个部门一个部门地去跑？"

克洛泽防御式地举起双手。"这不归我管。不过明天我会给救济会的同事打电话，他应该会来找您的。"

一个小时后，恩斯特和五十个狼吞虎咽的孩子坐在午餐桌旁。在修女戴古拉用粗糙的刷子把他刷干净之后，他全身皮肤发痒，火辣辣地疼。戴古拉修女比斯高丽娜矮一个头，却胖了整整一倍，她也有着一副和约瑟夫一样的表情，还好不是非常严肃。她到处都刷到了，恩斯特不停地抽搐，为了不叫出来他紧紧咬住牙关。可是戴古拉修女说，他不应该这么怕疼的，然后刷得更加用力了。

只有厨娘沃尔芬狄斯还和善些。她分发午饭时对恩斯特微笑着说："你就是那个新来的？看起来你一定饿坏了。"然后往他的盘子里舀了一大勺炖菜，指给他座位。

现在盛着热菜的铁盘就在他鼻子前，虽然肚子饿得咕咕叫，他却没有开始吃，而是好奇地盯着其他男孩看。

“看什么呢？”坐在恩斯特对面的一个瘦长而笨拙的男孩冲他发脾气，他肯定有 13 或 14 岁了。

恩斯特马上低头看自己的盘子。

他的邻座用手肘撞了他一下，低声说：“你不饿吗？”

“饿。”

“那快吃，否则其他人会把你的都吃完。”

他邻座的男孩叫约翰。他快 7 岁了，流着鼻涕，目光坚定。他了解约瑟夫孤儿院的规矩，因为他在这里已经两年了。

“规则一：看好你自己的饭，否则你就会挨饿。规则二：别和年纪大的吵架，否则他们会折磨你、作弄你。规则三：小心提防斯高丽娜，她让你做什么就做什么，否则她会让你生活在地狱。”

其他的男孩都吃完了，恩斯特必须在收拾餐桌前赶紧吃完。然后大孩子们必须做作业，年纪小的去花园里。

恩斯特仍坐着，等着巧克力布丁，但是没有，根本没有什么甜点。克洛泽和他的女同事骗他的。或者他们说的是另一家收容所，也许是梅琴、南娜和克里斯托去的那家。

厨娘沃尔芬狄斯让他去外面的时候，他知道他可以忘记布丁了。他走到门口的时候，沃尔芬狄斯拉住了他，转身进了厨房，回来的时候拿了个苹果。

“别让其他人看见了，所有人都馋得不行。”

恩斯特在出去前大口嚼着苹果，甚至连核都一起吃了。

约翰等在外面，其他人因为他流着鼻涕叫他鼻涕虫。“你去哪儿了？这么久。”

“上厕所。”恩斯特回答，因为他不想泄露苹果的秘密。

约翰问他，愿不愿意和他做朋友。恩斯特耸了耸肩。

“在这里有朋友很重要，”约翰告诉他，“要是你一个人，会陷入困境。”

约翰熟悉孤儿院，很清楚什么重要，必须怎么做才不会让修女们和大孩子们生气。

“你最好赶快熟悉日程，这里很重视这个。也就是说，要准时、干净、闭上嘴。我们会在六点被叫醒，修女们和其他员工五点就起来了。然后是洗漱，这是一整天里最糟糕的事情。七点进教堂。”他指着教堂的尖塔，塔楼的尖顶正好从苹果树上露出来。“通常牧师瓦塞尔曼会做简短的祈祷，只有周日要花半个上午。你可以在教堂里打瞌睡，但是念主祷文和万福马利亚的时候一定要跟着做，必须说感谢上帝，阿门。接着是早饭。然后大孩子们去上课，我们就待在附近的角落。12点是午餐。午餐后可以玩耍或者和修女去树林。现在是夏天，我们常常散步，收集浆果、菌菇和木柴。晚饭在六点，我们必须七点上床，大孩子们大约晚一个小时。你在哪间大寝室？”

“不知道。”

“你一定会来我们房间，那里还有一张空床。”

虽然约翰看起来相当怪异，穿着破旧的裤子，有着一头钢丝般的黑发和结痂的双膝，但是恩斯特觉得他是个好朋友。约翰告诉他，他的父母也是流浪者，这里相同情况的孩子很多。很多孩子在春天被父母送进孤儿院，又在秋天被接回家。

苹果树下，两人看着大孩子们玩捉人游戏。突然那个午饭时和恩斯特发生过口角的、瘦长又笨拙的男孩跑了过来。他没看见恩斯特，经过恩斯特时摔倒了，结果被捉住了。

“都是因为你，笨蛋！”他对着恩斯特大喊，伸手把他推倒在泥地里。

“别管他了，格奥尔格，他是新来的。”约翰说。

“闭嘴，鼻涕虫，否则揍你！然后你就可以进监狱见你老爹，哭个够。”

其他大孩子都哄笑起来，约翰满脸通红。格奥尔格朝恩斯特走过来，他下巴上长了两个黄色的大脓包，脸颊上布满了红色的小伤疤。

“你是新来的，对吗？”他讥讽地说。“刚来就愚蠢地站在边上，伸腿绊别人。”

“我没有伸腿绊你，是你跑过来撞倒我的。”恩斯特说，他还没站起来又重新倒在泥里。

“还有一张利嘴，这小子。”

其他的男孩围成一圈，很高兴有热闹可看。格奥尔格可能是孩子王，享受在人前出风头。

“一张利嘴，一对大耳朵，这是真正的驴耳朵。啊，对了，它们是粘在你头上的锅把手！”他狂笑起来。

因为他的大象耳朵，恩斯特脸红了。年长的男孩们高兴地起哄。

这时传来修女戴古拉的叫声：“这儿究竟怎么回事？”男孩们

立刻安静下来，把手藏在裤袋里，装作乖巧的样子。修女戴古拉扯着格奥尔格的耳朵。“我跟你说过多少遍了，别欺负年纪小的！你们快走，下次别让我逮到。”

男孩们都急忙走了。约翰沉着脸看过来：“我和你说过的，别招惹那些年龄大的，尤其是格奥尔格，那只猴子。”

“我根本什么都没做过。”

“是吗？你以为格奥尔格会忘了这事儿？他从现在开始盯上你了。”约翰想了想问，“你有钱吗？”

恩斯特瞪大眼睛看他。

“钱——你懂吗？戈尔？”

恩斯特摇了摇头。

“我想也是。真倒霉。”

恩斯特不明白。约翰不再说话的时候，他问：“约翰，他们说你要去监狱见你爸爸是什么意思？”

约翰瞟了眼恩斯特，呆呆地看着草坪。过了好一会儿他才说：“别相信他们说的话。”

晚饭的时候还是没有巧克力布丁，而是土豆和酸的牛奶。晚饭后恩斯特还想出去玩，可是只有大孩子们可以。现在外面不冷，天还能亮至少两个小时，可是年纪小的孩子们必须上楼回大寝室，那里的百叶窗都已经关起来了。

房间里只有一点惨淡的光线从缝隙透进来。窗户左右两边各有三张上下床，排成一排。靠里面的墙放着几个格子柜，每个孩子有一个格子，每个格子的门上写着一个数字。斯高丽娜修女把恩斯特箱子里的东西放进了其中一个格子。

恩斯特分到了靠近门那张床的下铺。约翰说过，靠窗的上铺是最受欢迎的。他就睡在靠窗的上铺，最好的那张床。如今六岁半的他是十二个男孩里年龄最大的。埃米尔是年龄最小的，三岁半，他睡恩斯特对面。其他人都是四到五岁。阿明和西奥是一对双胞胎，他们快六岁了。他们都睡在上铺，一个靠窗，一个再过去一个床铺。因为大家都分不清他们俩，所以没有人真的知道，靠窗睡的到底是西奥还是阿明。约翰猜测，他们是换着睡的。

孩子们还在低声说笑，但是斯高丽娜用严厉的声音命令大家绝对安静。她一离开，约翰就偷偷溜到恩斯特床上，钻进他被窝里说悄悄话。

“这是严格禁止的。”约翰边说边挤眉弄眼。

“什么是严格禁止的？”

“溜到别人的床上。”

“究竟为什么不行呢？在家时我们一直都睡一个被窝。”

“我也不知道，”约翰小声说，“但是如果你在其他人的床上被修女们逮到，就要挨揍。对了，你还尿床吗？”

恩斯特用力地摇头。

“那就好。要是有人尿在床上，就要挨打，而且会被打得很惨。待会儿斯高丽娜还会再来一次，我们所有人都得上厕所。”

“这是为什么？我们已经去过了。”

“他们可不在乎。你别问了，在这里别问为什么。”

恩斯特渴望地看着窗户，夕阳透过缝隙与室内的微尘交织成一条光带。恩斯特又想起妈妈，虽然因为胸口的刺痛他不愿想妈妈，但这次很快就好了。他想象着他们一起躺在床上，他的手越过梅琴和南娜伸向妈妈。

“你在想家，对吗？”约翰说，“一开始都这样，慢慢你就习惯这儿了。这里也不是很糟。”

恩斯特一点儿都不打算要习惯这里。穿着黑袍的修女们都是一副约瑟夫的表情；愚蠢的格奥尔格；尽管外面又亮又暖，也必须被关在屋里躺在床上睡觉——他从来没有想要习惯这些。

“我无所谓，”他说，“反正我过几天就走了。”

“我也这么想过，”约翰说，“可现在我已经在这里两年了。”

“我确信，”恩斯特反驳说，“妈妈答应我的。”

“相信总比不信要开心。”

“我们会去美国。在那里我们会有一辆汽车，每天都有肉吃。”

“好好，我爸爸还是中国皇帝呢。”

“你听好了，”恩斯特说，“我爸爸说过的……”

这时约翰做了个“嘘”的手势，很快回到他的床上。走廊里响起脚步声。斯高丽娜把头探进门里。“安静，否则挨揍！”

其他人很快都睡着了，恩斯特听着他们的呼吸声，还有约翰的嘟哝声。他宁愿听妈妈的轻咳和爸爸打鼾的声音。渐渐地，他梦见梅琴在说梦话，南娜在磨牙，克里斯托在放屁，他感受到妈妈的温暖。妈妈摸着他的头，把他抱在怀里，摇晃着，唱着古老、凄美的歌。

突然恩斯特吓了一跳，斯高丽娜像黑色幽灵一样站在房间里，赶所有人起床上厕所。

恩斯特不想小便，他站在同样没有小便的约翰边上。

“再等一会儿，”约翰说，“斯高丽娜这会儿正检查所有人的床。”

这时男孩们听到她大喊：“埃米尔，你这头猪！”

埃米尔站在小便池边上，迷迷糊糊地盯着自己的小鸡鸡，一滴尿也没有。他骨瘦如柴，一头红发，原本苍白的脸色现在更白了。斯高丽娜迈着重重的步子走进厕所，把所有人都赶回寝室，只有埃米尔留在原地。其他人在床上听到她的手掌落在埃米尔屁股上的噼啪声。有些人嘲笑他，有些人把头埋进枕头里，这样就听不到埃米尔的哭号了，约翰则像什么都没听到一样。

终于，噼啪声和喊叫声都停止了，斯高丽娜回来了，埃米尔跟在后面。他苍白的脸上污迹斑斑，喉咙里发出打嗝似的声音。斯高丽娜在他床上铺上新床单，她走的时候，埃米尔仍在小声啜泣。

恩斯特把枕头盖在头上。就几天，妈妈，只要几天时间。你答应过的。

2

妈妈和爸爸有了一个新家。这是一幢有黄色围墙和绿色百叶窗帘的漂亮房子，他们俩站得高高的，在阁楼里看着窗外，朝下面的恩斯特挥手。窗户是圆形的，像教堂里的一样。两人身后闪着橙色的光芒，好像阳光被锁在屋里似的。然后恩斯特看到，那不是阳光，是火光。妈妈和爸爸微笑着，丝毫没有察觉到房间里着火了。恩斯特想大喊警告他们，可是他发不出一丝声音。他想奔过去，可是有人在后面抓住了他的腿。烟从圆形窗户里冒出来，熏到他的眼睛。爸爸和妈妈消失了，这该死的烟熏得他不停流泪。他从床上跳起来，约翰讥笑着从上铺看下来。

“你说梦话了。”

“胡说。”

“真的，不过就是嘟哝，我一个字都没听懂。”

恩斯特躺回床上，发现自己出了很多汗。外面已经天亮了，他踮着脚走到窗边，从百叶窗缝隙里向外探视。

这是个明媚的早晨，一大早就能知道今天天气不错。整个孤儿院还笼罩在雾气中，不过从窗户望出去，屋后的草坪泛着粉红色的微光，鸟儿们在歌唱。恩斯特想象自己变成了一只乌鸦，飞入弥漫着粉色雾气的早晨，飞过草地，飞越树林，俯视着一切。

整个世界渺小而无关紧要——端坐着约瑟夫石像的孤儿院，穿着黑袍的修女们——全不重要。恩斯特飞过整个城市，飞到韦尔塔赫街，飘过漆黑的后院，从窗户往里看，可是一个人都没有，当然没人，妈妈还在医院里。他继续飞，飞到医院，清楚地知道妈妈在哪个房间。他站到窗台上，看见妈妈躺在白色的床上，像公主一样，黑色的头发散在白色的枕头上。他想用鸟嘴叩击窗户，那样妈妈就能看到他来了。是的，是我，妈妈，你的大男孩。这时斯高丽娜大声叫骂着进来，命令道："起床！"

斯高丽娜打开窗户和百叶窗，晨光像微红的牛奶一般涌进来，恩斯特闭上眼睛，沐浴在晨曦中。这时斯高丽娜来到他床边，拉开他的被子。"起床洗脸，你这个懒虫。"

寝室外的走廊里左右两旁都是金属的洗脸盆，洗脸盆前男孩们都在排队。水龙头里流出冰冷的水，流进金属槽，流过整个队伍，最后消失在末尾的排水管里。所有人都穿着内衣站在水槽前，在斯高丽娜严厉的目光下刷牙洗脸。站在水槽源头的人是最好的，因为那里的水干净新鲜。站在排水管边上的是傻瓜，流过他们的是前面二十个男孩的口水和洗脸水，在这里洗漱令人恶心。

前面的位置被年龄大的孩子占掉了，没人过得去。格奥尔格就站在前面，而且在水槽里吐了很多口水。恩斯特站在很后面，看到口水从面前流过，他觉得很糟糕。他恶心地盯着下水管，口水在那里转了两三个圈后消失了。斯高丽娜出现在他身后。"快点儿，一些口水对你没什么坏处。"

格奥尔格在前面嘲笑："他一定从没见过水盆。"其他人大笑起来，往水槽里吐了更多口水。

"安静！"斯高丽娜吼道。她抓起恩斯特的衣领，拽着他到下一个水龙头，把他的脸往下按。冰冷的水像针刺一样，恩斯特害怕会被淹死，吓得吸了口气，呛了水，咳嗽起来。其他人都哄笑起来。

格奥尔格喊道："别忘了洗耳朵！"

"闭上你的嘴，格奥尔格。"斯高丽娜说，"不然我马上帮你洗耳朵，用硬刷子。”然后她对恩斯特说：“好了，你这个小脏鬼，赶紧排到队里去。”

他不知道她是什么意思，但是男孩们已经在他旁边排好一条长队。这时没人往前挤，相反，格奥尔格和他的小团伙排在队伍后面。恩斯特被推到前面，斯高丽娜正拿着大梳子站在那里。他还不知道发生了什么，斯高丽娜已经拿着梳子快速地在他头上梳了三四下。恩斯特觉得火辣辣地刺痛，好像所有头发被拔光了似的。他痛得大叫起来，立刻挨了耳光，他马上闭上嘴。

他们进教堂的时候，太阳正红彤彤圆鼓鼓地悬在微红色的草地上。教堂里，阳光透过窗户洒在神父瓦塞尔曼身后。他是个魁梧的男人，当他伸开双臂站在那里，晨光洒在他肩膀上时，他看起来就像耶稣一样。

恩斯特想起那个梦，妈妈爸爸和圆形的窗户，他们身后的橙色阳光其实是一团火。梦境，以及眼前的景象：像笼罩在光晕里的耶稣的瓦塞尔曼神父，修女和孩子们的低吟——所有这些都让他胸口刺痛，他必须全力控制不让自己叫出声。

整个上午他都在想，哪里更痛，头皮还是脸颊。

约翰告诉他：“梳头的时候站在队伍后面很重要，因为斯高丽娜慢慢就没力气了，或者没兴趣了。如果你晚一些轮到的话，就没那么疼了。”

午饭后恩斯特上厕所时，后面跟着格奥尔格和其他两个男孩。这两人叫米歇尔和狄哲。米歇尔 13 岁，胖得几乎挤不进厕所门。他脸上总是笑眯眯的，但这没有任何意义。约翰说，他就是个坏家伙，总是欺负年龄小的，抢走他们的饭。狄哲恰恰相反，瘦得跟豆架子似的，阴险狡诈。狄哲原来叫迪特，和格奥尔格一样都是 14 岁，黑色的短直发，浓密的眉毛衬托得脸庞更加消瘦。他话不多，嘴巴经常抽搐。约翰说，因此大家叫他沉默者。这三个人常常黏在一起，格奥尔格是他们的头儿，因为他已经加入**希特勒青年团**。约翰提醒过恩斯特，要他当心这三人组。

但现在为时已晚。狄哲阴沉着脸看着两个正在里面尿尿的小男孩，说："滚出去！"他们整理好衣服，以最快的速度消失了。恩斯特想跟在他们后面马上离开，可是米歇尔笑着用全身的重量靠在厕所门上，没人还能进出。格奥尔格没有长篇大论，只简短地说："这是昨天的。"说着用力打了恩斯特两个耳光。

恩斯特蜷缩在厕所的角落里，格奥尔格靠近他。他说话的时候，恩斯特闻到他嘴里散发出恶心的臭味。"昨天在花园里你对我使绊子，得付十芬尼[①]。"

"我没有钱。"恩斯特小声说。

格奥尔格坏笑着。"他没有钱，你们听到了吗？一个小吉卜赛人。那么你可以偷，你们正擅长这个。"

米歇尔咯咯地笑着，像只山羊，狄哲抽动着嘴角。恩斯特想告诉他们，他根本不是吉卜赛人，但是他怕再挨耳光。

"到周五准备好钱，明白了吗？否则打得你鼻青脸肿。"说着格奥尔格重重地打在恩斯特胳膊上，让他知道有多痛。接着他站

---

① 芬尼是德国旧货币，从9世纪使用到2001年12月30日为止。——编者注

到水池边尿尿。“滚！别想着去斯高丽娜那里告状，她根本不会相信一个吉卜赛人的话。要是你敢这么做，我们就把你的头摁进马桶里，直到你吃够屎。”

米歇尔又咯咯地笑，狄哲抽动嘴角。

约翰在花园里等他。“你拉肚子了吗？怎么每次去厕所就不出来？”

恩斯特只是摇摇头，但是约翰感觉到出事了。

“你被格奥尔格逮到了？”

恩斯特点点头。

“该死！他们要多少？”

恩斯特呆呆地站着。“他们就因为昨天的事打了我几下。”

约翰吹了声口哨。“那你运气不错，一般他们不会这么轻易善罢甘休。”

晚饭的时候，恩斯特几乎什么都没吃。后来睡觉脱衣服的时候，他观察其他男孩是怎样把东西放进柜子里的。他脑子里都是十芬尼。从哪儿才能搞到这么多钱？而且后天就是周五了。

他可以去斯高丽娜那里告状，可是他不想被塞进马桶吃屎，也不想挨揍。他可以逃跑，应该一点儿都不难，偷偷溜出大门就行。但是去哪儿？家里没有人，他也不敢去芭贝特奶奶家。他可以跑过田野，躲进森林。可是如果妈妈在这期间来接他，他就见不到她了。

也许会有男孩把钱藏在柜子里。最好在所有人睡着的时候马上去看看，可是这太危险了。如果中途有人醒过来或者斯高丽娜过来叫醒大家去小便，那他就完蛋了。还是等到明天更好些。

上午大孩子们在学校，其他人在外面玩耍，他就可以开始检查柜子了。

夜里埃米尔又尿床了，又被斯高丽娜揍了一顿。恩斯特觉得很奇怪，为什么埃米尔明知道会挨揍还尿床。

约翰说："这是因为埃米尔没有父母。"

恩斯特不明白这两者之间有什么关系。

"没有父母的孩子，有的大哭大叫，有的就尿床。"约翰说，"尽管如此，埃米尔运气还不错。"

"为什么他运气不错？"

约翰告诉他，去年秋天孤儿院有个女孩，她已经 11 岁了，尽管被打被骂，可还是一直尿床。后来有个修女在她脖子上挂了块牌子，一块硬纸板，上面用大字写着：我是尿床鬼。约翰还不识字，但是大孩子们在整个院子里大喊大叫。她必须在院子里站一个多小时，其他人则大喊"尿床鬼，尿床鬼，呸，你真臭！"或其他更糟糕的话。她站在那儿号啕大哭。

"然后呢？"

"什么然后？"

"她还尿床吗？"

"不知道。从此她就不在这儿了。"

"她逃走了？"

"我想，她被接走了。"

"被谁？"

"不知道，反正她突然就不在这儿了。没有人对此说过什么，也没有人问起她。”

3

第二天早晨，当所有人都在外面玩耍的时候，恩斯特悄悄溜进屋子，快速跑上楼梯进了寝室。他从放着他自己物品的柜子开始翻找，一个格子一个格子地向前摸索。他的双手划过柜子底部，一直探到最里面，他感受到一阵从手指到脚趾的麻痒。他脑袋发热，因紧张而眩晕。屋里的某个地方发出咔嚓的声音，他紧张地屏住呼吸仔细听，但是什么都没有。

他在一个格子里找到一把梳子，深棕色和浅棕色的条纹很美，他把它放进了衣袋。另一个格子里的衬衣下有一包彩色的弹珠，他不敢把整包都拿走，但是少几颗没人会发现的。突然他看到身旁有个影子，刚想转身，一只强有力的手抓住他的脖子，粗暴地把他提了起来。他的心脏突然停了一下，禁不住打了个寒战。他听到斯高丽娜冰冷的声音在他耳后响起，她一定一顿地说：

“你－在－这－里－做－什－么？”

他应该说什么？难道说格奥尔格经过他的时候摔倒了，因此向他索要十芬尼？难道说他要是没钱，就会挨揍？难道说他不敢把这些说出来，是因为害怕第二天早上会被摁在马桶里吃屎？她放开了他的脖子，他转过身，说道：“我是想……”

没等他说完，斯高丽娜就朝他脸上狠狠扇了一巴掌，他向后倒进了柜子里。她又把他拉出来，肚子朝下放在地上，使劲地揍他屁股。恩斯特开始大叫，但是她喊得更响。

“你这个骗子、无赖、小流氓！到这里还不到一天，就已经开始偷东西了，我一定要改掉你偷东西的毛病！”

很长一段时间，她一直打着骂着，他不停挣扎喊叫，直到失去知觉。后来斯高丽娜没力气或者没兴趣打了，她重新抓住他的脖子，命令他走到楼下的大休息室里。现在那里没有人。她猛地把他摔到椅子上，像蛇一样嗞嗞地说：“待在这里，不准动！”

一分钟后她拿了条绳子回来，把他的双手反捆起来，牢牢地绑在椅背上。

他坐在那里很久很久，双手都麻木了，大孩子们放学回来，小孩子们从花园里回来，所有人经过他时都挤眉弄眼地嘲笑，尤其是格奥尔格和他的同伙们。只有约翰悲伤地看着他，经过他时说：“唉，我的天啊。”

所有人都进了餐厅。恩斯特听到分发午饭的声音，他开始喊叫，因为这是不公平的。斯高丽娜过来，重重地打了一下他的头。恩斯特决定，最好还是保持安静。

后来，年龄大的女孩们过来在休息室里做作业。她们咯咯地笑着，还发表评论：“看，他看起来多蠢，整个脸都红了，我想，他害臊了，哦不，他一定发烧了，或者他想要上厕所。”她们不停地叽叽喳喳，以此为乐，直到修女戴古拉过来设法让她们安静。

对于恩斯特来说，比嘲弄和讥笑更可怕的是第二天的情形，格奥尔格会让他如身处地狱，因为他没有十芬尼而且到明天也不会有。他所有的东西就是一把条纹梳子。

周五中午，恩斯特感觉很糟，他什么都吃不下，把盘子推给了约翰。约翰虽然觉得奇怪，但也没有多问。吃完午饭，格奥尔格笑眯眯地在桌子对面说道："我们等你，驴耳朵。"

约翰斜眼看着恩斯特。"他问你要什么？"

"不知道。"

但约翰很清楚发生了什么。"他一定是要钱。"

"胡说。"

"什么都别说了，我了解格奥尔格和他的同伙们，他们总是要钱。你必须给他们一笔钱，对吗？如果你没有，你就只好去偷。"

"让我安静会儿！"

"你这家伙，要是你开始了，就没底了。下周他们还会要，再下周接着要，一直继续。他们从来不满足于十芬尼。"

"你怎么知道十芬尼的？"

"因为他们一直这样，他们是真正的强盗。你要是给了他们，他们就再也不会放过你了。"

"那要是我什么都不给他们呢？他们会狠狠揍我一顿。难道这样更好吗？"

"去找斯高丽娜，或者最好直接去找院长，告诉她怎么回事。"

"你觉得，她们会相信我？对她们来说，我只是一个小……你知道的。"

“吉卜赛人，你就直说吧，我也是。这没关系。”

“他们说过，我要是敢泄密，他们就把我的头按进马桶，让我吃屎。”

约翰用手指挖着鼻孔，每当他考虑问题时就这么做。两人正站在餐厅前的走廊里，斯高丽娜正在里面帮忙整理。约翰似乎突然想到什么，他把手指深深插入鼻孔。

然后他跑去斯高丽娜那里，用手捂住嘴巴和鼻子，非常激动地喊：“斯高丽娜修女，我鼻子流血了！”

这时血已经从他脸上流到手上，又滴落到地上。

斯高丽娜吓了一跳。“我的上帝，你怎么搞得一团糟。赶紧去水龙头那里冲冲。”

她抓住流着血的约翰进了厕所。恩斯特远远地跟在后面。通过半开着的厕所门，他看到斯高丽娜遇到了格奥尔格、米歇尔和狄哲。现在他很希望见到这三个人——看胖胖的米歇尔怎样凝固了脸上的奸笑，看狄哲怎样抽搐着嘴角，以及看格奥尔格如何想要装作若无其事，脸上的伤疤却变得通红。

“你们在这儿找什么？”斯高丽娜训斥他们。“一定又在想着做什么坏事，快说！”恩斯特听到她打开水龙头，清洗约翰的鼻血。“我问你们话呢。”

恩斯特站在门前，没有听到任何回答，不是格奥尔格吓得不敢吱声了，就是他说话的声音太小。

斯高丽娜说话的声音则清楚得多。“你们立刻从这儿滚出去。要是再让我逮到你们在厕所里晃悠，就把你们在地窖里关三天。”

恩斯特急忙离开，他跑回餐厅，厨娘沃尔芬狄斯正在擦拭约翰的血迹。他询问是否需要他帮忙，厨娘拒绝了，但他仍抽出他的手帕擦着地板。

“别用手帕擦呀。”沃尔芬狄斯边说边摇头。

格奥尔格、米歇尔和狄哲像被踹了的狗似的从外面悄悄溜过。

随后斯高丽娜带着约翰回来了，他鼻子上正捂着条毛巾。她说，他得安静地躺着，直到不流血。不过约翰觉得，他已经没问题了。

当斯高丽娜看到正跪在地上擦拭的恩斯特，惊讶地挑高了一边的眉毛，好像在说天下竟有这样的事情。

恩斯特觉得她是对的。约翰暂时救了他，他钦佩他的勇气，可当他看到手帕上满是约翰的血和鼻涕，他的钦佩少了一些。

两人站在外面，离大孩子们远远的。突然恩斯特想起了那把梳子，他把它从裤袋里拿出来，打量着它，陷入深思。

“你从哪儿弄来的梳子？”

“找到的。”恩斯特说，但他不敢看着约翰。

“胡说。”

“就是把梳子。”

“只是一把梳子？然后明天就是一个面包，接着是一把小折刀，再就是钱。”

“你怎么知道得这么清楚？”

现在轮到约翰不敢看恩斯特。

这时恩斯特总算明白了。“你做过同样的事情，你自己也偷东西。就你这样，还想给我出好点子，真是好朋友。”

“嘿，我刚刚就是为了让你不做这种事。”

“好啦，我不需要监护人，也不需要保姆。我已经长大了。”

“那你自己爱怎么样就怎么样吧！”约翰生气地站起来，重重地踏过院子离开。

恩斯特想从后面叫住他，告诉他自己不是这个意思。突然旁边响起一个声音：“这不是我们的驴耳朵嘛。”要逃走已经晚了。米歇尔和狄哲站在他左右两边，格奥尔格在前面，而后面则被仓库的木墙挡住了去路。

“十芬尼在哪儿呢？”

“我没钱。”恩斯特尖声说道。他暗自生气，怎么一激动，他的声音就那么尖。

格奥尔格故意嘲笑他，模仿他说话的样子。“我没钱，我没钱。”

米歇尔咯咯地笑，狄哲沉默着。

“你真的这么蠢吗，还是你故意耍我？今天是星期五，星期五就得付钱，付不出就挨揍。”

米歇尔和狄哲在一旁点头，格奥尔格越走越近。

“我给你我的梳子。”恩斯特很快说道，把东西递给他。

虽然格奥尔格不屑地扭着头，但他似乎喜欢这把梳子。他迅速环视了一下四周，看斯高丽娜是否在院子里，然后迅速抓起梳子，闪电般地把它揣进口袋里。

“那好吧，”他慢悠悠地说，“这还算点儿东西。那么十芬尼你就下周给。要是没有，你知道会发生什么。”

4

雨，到处都是雨，不但外面在下雨，恩斯特脑袋里也是。现在是7月中旬，日子黏稠得像变质的牛奶。孤儿院的孩子们都只能待在屋里，大家闷闷不乐心情抑郁。

雨下得非常大，以至于周日他们去教堂走了一小段路就湿透了。这天气和神父瓦塞尔曼的名字很相配[①]，他以自己的名字为荣，正像瀑布一样滔滔不绝地祷告。他谈到家庭，谈到爸爸妈妈有多重要，要尊敬他们，为他们祈祷。

跪在恩斯特旁边的埃米尔，疯了似的祷告，不停地磕头，自言自语。他一定是在和去世的父母说话。恩斯特觉得这个办法不错，虽然他的父母都还健在，但是他们都在很远的地方。

当瓦塞尔曼神父用他圆润浑厚的声音讲述着神圣家庭的时候，恩斯特对妈妈和爸爸说着他在孤儿院里第一周的经历：说起约翰，他的朋友；说起斯高丽娜，她很严厉但也许内心温柔；说起有十二张床的房间，带着发霉的臭味；说起他必须很早睡觉，但很幸运他不尿床；说起这里的饭食不错，可是没有巧克

---

① 瓦塞尔曼的名字为Wassermann，这个单词在德文中直译的意思是“水人”，故这里这么说。——编者注

力布丁。关于格奥尔格和他粗鲁的同伙，他什么都没说，也没说起他偷东西被罚的事情，因为怕妈妈担心。当瓦塞尔曼神父祈祷完说“阿门”的时候，恩斯特正好说完，埃米尔也讲完了他嘟哝的故事，两人同时大声说“阿门”，修女戴古拉看着他们骄傲地微笑。

下午，恩斯特与双胞胎兄弟阿明和西奥坐在窗边，他们盯着看雨滴从窗玻璃上汇成涓涓细流淌下来。双胞胎是今年年初来孤儿院的，他们两个人常常聊天。恩斯特听到他们说起约翰爸爸的事情，说他因为杀了约翰的妈妈，现在正在监狱里。他爸爸拿了把斧子冲向他妈妈，把她砍死了。现在他在监狱里，等着被处死。

“你想想看，一个真正的谋杀犯。确实可怕。”阿明说。

“所以修女们对他常常都是睁一只眼闭一只眼的，甚至斯高丽娜对他也没有像对其他人那么严厉。”西奥说。

恩斯特偷偷地看向大厅，约翰正和另外两个男孩在那里玩木头小拖车。他坐在那里，流着鼻涕，结痂的膝盖露在破旧的裤子外，一头黑发像坏掉的刷子毛，四面八方地长着，就算玩的时候脸上仍带着坚毅的眼神。

约翰是怎么说埃米尔的？没有父母的孩子要么哭叫要么尿床。约翰既不哭叫也不尿床，只是坚定地看着周围。但是现在恩斯特觉得，他实际上不是坚定，而是悲伤。他只是深深陷入某种沉思，看起来就像一个迷失的人。

“你碰巧见过我的梳子吗？”阿明问恩斯特。“它丢了几天了。”

“没有，不知道。”恩斯特说完又重新盯着雨滴。

晚上恩斯特悄悄走向约翰，爬上他的床。

“你究竟要做什么？”

“让我进来。”

约翰不情愿地掀起被子，恩斯特躺到他身边。他们安静地并排躺着，瞪着黑暗，倾听着其他人的低语和呼吸、房里的脚步声和百叶窗上的雨声。

不知过了多久，约翰小声说：“他们这周要多少？”

开始恩斯特没明白他是什么意思，直到他想起格奥尔格和他的同伙。“十芬尼，到周五。”

“还好。找我要二十芬尼，也是到周五。”

两人又静静地躺着，考虑着从哪儿能搞到钱。恩斯特还想着柜子。一想到他的手触碰到陌生的东西，他感觉又有一种温热的麻痒从手指传到脚趾。他不得不伸展四肢，放松因紧张而绷紧的全身肌肉。这是他从未有过的感受，夹杂着害怕和渴望。

这时他想起来，下个付钱的日子对他来说无所谓，因为在那之前妈妈一定会来接他。爸爸那时也应该做生意回来了，真奇怪，他怎么都不急着来接他。可能是因为他得照顾妈妈，或许还得照顾梅琴、南娜和克里斯托，他们都还小。爸爸是不是已经把他们接回去了？一定是的。突然有个念头向恩斯特袭来：他们已经忘了他，他们都已经回家了，重逢的喜悦让他们完全忘了他；他们整理行李上了马车，穿越村庄，而他必须一生待在这里，每周都得付钱。这使他难受极了，开始颤抖，好像正在韦尔塔赫河里洗澡。

约翰问他怎么了。

恩斯特说不出话，只能咽下口水，闭紧嘴巴，因为大男孩是不哭的。这时约翰伸手抱住他的肩膀，恩斯特终于忍不住流下泪水，而约翰则装作没有看到。

下周约翰的叔叔会来接他出去一个下午，叔叔是他的监护人。他回来的时候，一脸神秘地把恩斯特拉到一边。

“你能保守这个秘密吗？”

恩斯特坚决地点头，但约翰要他先起誓，以他妈妈和所有神明的名义。然后约翰掏出三枚小小的硬币，三十芬尼。“是别人送我的。”他神采奕奕地说。

恩斯特闭上一只眼睛点着头。“是的是的，别人送你的。”

“你不相信？”

“承认吧，这是你从叔叔那里偷来的。”

“不，说实话，这是小费。”

约翰看起来有点儿生气了，然后他告诉恩斯特，他常常为叔叔的女邻居跑腿买东西。她是个老太太，每次都会给他点儿小费。今天她特别大方，给了他一马克，整整一马克。

“然后呢？”恩斯特问。

“我经过克罗伊策面包店，看到橱窗里陈列着精美的糕点，我就直接进去了。我先花十芬尼买了跳跳糖，但是很快就吃完了，于是又买了一些，另外还买了甘草棒和太妃糖。后来我还想买点儿其他的，但已经不可能了，因为我必须留三十芬尼。我想，我们可以用三十芬尼付周五的钱，正好够我们俩的。”

约翰把十芬尼递给恩斯特。

“好家伙。”恩斯特说，他想不到更多的话。

“但是别告诉任何人！注意保管好，这里的人像乌鸦一样肆无忌惮地偷东西。”约翰满脸笑容。

第二天晚餐时，大家都坐在铝碗前吃饭，这时餐厅里响起敲门声。约翰的叔叔来了，他找斯高丽娜说话。约翰非常不安，头越来越低，几乎快碰到盘子。

“约翰，过来。”斯高丽娜喊道，她的声音听起来没好事儿。

约翰低着头慢腾腾地走向他们。斯高丽娜问他，他昨天拿到的一马克在哪儿。约翰耸耸肩，表示不知道。

“你个猪狗不如的东西，”他叔叔骂他，整个餐厅的人都竖起耳朵，转过身，房间里突然安静下来，“你个撒谎的无赖，你把一马克藏哪儿了？”

约翰还是什么都不说，这时他叔叔抓着他外套的领子，左右开弓甩他耳光，直到斯高丽娜阻止他，对他说够了。

当约翰重新回到座位，其他人都嘲笑他。格奥尔格说：“哟，吃饭了！味道好吗？”约翰用袖子擦了擦鼻涕，继续吃饭。

周五中午，恩斯特去厕所，上交他的十芬尼。

“你瞧，你可以的。”格奥尔格轻轻拍着恩斯特的脸说道。

恩斯特想赶紧溜走，可是胖米歇尔靠在厕所门上笑着。

“别这么急，小子，”乔治说，“你还不知道，下次得付多少钱。”

这时恩斯特明白了，这件事情就像约翰说的，没完没了。

“下周二十芬尼。”乔治把拳头举到他面前。“你知道的，否则会发生什么……”

5

恩斯特一醒来就知道今天会是个特别的日子。9月底的星期三，阳光明媚，天上飘着发光的云彩，凉风习习，满是秋天的味道。恩斯特透过百叶窗的缝隙向外望去，蜘蛛丝在晨曦中闪闪发光，随风飘荡。泥土的气息、薄雾的光线让他渴望跑出去，直接离开。

今天一定会发生些特别的事情。事实上，早饭后女院长来到恩斯特身边。一开始他很不安，也许他偷东西的时候被看到或者被告发了。如果院长带人去办公室，很少会有好事。此外她一脸的不高兴。她什么都没说，从头到脚打量着他，看他是否干净，然后拉起他的手说：“走吧！”

当她把恩斯特推进她的小办公室的时候，他几乎不敢相信。他停在门口，看着爸爸。爸爸正坐在办公桌旁，手里捏着他漂亮的帽子。他脸庞瘦削，因为整个人都瘦，看起来更高大了些。恩斯特几乎用了三个月等待奇迹的发生，现在奇迹发生了，爸爸终于来接他了。因为爸爸穿了漂亮的黑色西服，看起来非常庄重，一定给女院长留下了深刻印象。

“爸爸。”恩斯特轻声低语，为的是只让自己听到，以确认这不是在做梦。

爸爸露出他只动左边脸的微笑。“嗯，我的大儿子。”

他想冲向爸爸，幸福地倒在他怀里，骑在他头上，和他嬉戏打闹，可是院长和爸爸都庄重地看着他，所以他一个手指都不敢动。这时爸爸抓住他的肩膀，把他拉到自己身边。他靠着爸爸的裤腿，感受着温暖柔软的衣料散发出的爸爸特有的味道——混合着香烟、汗水和须后水气息的味道。他很快擦了擦眼睛。

恩斯特想过和家人重聚的场面，一定比这有趣热烈得多，或许是在孤儿院外面，当斯高丽娜离开的时候。外面是不是已经停着马车？妈妈、梅琴、南娜和克里斯托都在马车上吗？他们所有人一定都在大门口等他，准备给他一个惊喜。

“好吧，我们必须走了。”爸爸说道。院长点了点头。

但是外面没有马车。爸爸带着恩斯特坐上有轨电车，穿越整个城市。回家，终于回家了，恩斯特几乎不敢相信。可他们不是去韦尔塔赫街，而是另一个方向。一定有非常特别的事情，恩斯特想，一个大大的惊喜。

一路上爸爸都没说话，不停地看着恩斯特，抚摸着他的头，这让恩斯特有些尴尬，爸爸从来都不是一个很好的安抚者。恩斯特有无数的问题要问他：妈妈好吗？我们去哪儿？梅琴、南娜和克里斯托在做什么？现在就动身出发吗？但是爸爸一直很严肃，恩斯特什么都没问。

突然他想到了，可能是这个，当然，一定是这个，他再也抑制不住好奇。

“我们现在就去美国吗？”

爸爸又露出苦涩的笑容，但是眼睛没有笑，然后他咬住下唇，摸着额头，轻咳了一声。

“妈妈去世了。”

恩斯特瞪着他，等他说“傻瓜，开玩笑的，你被骗了”，可是爸爸不再说话，只是看着窗外的城市颠簸而过。恩斯特胸中响起“咔嚓”一声，好像什么东西断裂了，那是他在世间的支柱。突然他看到、听到、闻到的所有东西都异常清晰：他前面的座位；扶手的铁杆；他们旁边戴着帽子的两位中年妇女，她们的香粉味，她们略带鼻音、正咒骂着黄油价格的声音；铁轨的隆隆声和刺耳的咯吱声；列车大钟的丁零当啷声；烟草味；汗味；他打了双结的低帮鞋，因为鞋带太长常常松开；三个穿着棕色衬衫戴着纳粹标志红袖章的男人正非常礼貌地让一位穿蓝色长裙的年轻女子通过，然后观察她的屁股，互相赞许地点头；爸爸瘦削的、被晒成棕色的手，像枯树枝一样伸出黑色西装，无力地垂在膝上；旁边他自己的手既弱小又苍白。他感觉不到身下的座位，也感觉不到自己的手，不知道该怎么移动双手。他全身轻飘飘的，轻得飘到列车顶上，越飘越高，看到列车在下面行驶，他从上面俯视街道，人都很小，只看得到脑袋、帽子、头发。他越飞越高，直到整座城市看起来像一个玩具国，巨大的高度让他头晕，整座城市、整个世界都在旋转。这时列车停了下来，恩斯特一头撞在前面的座位上，爸爸推了推他，因为他们要下车了。

爸爸拉着他的手，这很好，否则他就会飞走。没过多久，他们站在一座墓地的大门前，一大群亲戚都在等着：芭贝特奶奶、伯父伯母、叔叔婶婶们，还有堂兄弟堂姐妹们，所有人都穿着庄严的黑色裙子和西装。大家用力地握手、亲吻，用手帕擤鼻涕。爸爸挨个走了一圈，所有男人都和他握手，拍着他的上臂，女人们则拥抱他。大家都很激动，菲利普叔叔甚至久久地握着爸爸的手，接着从口袋里掏出一瓶烧酒，两人都喝了一大口。大家也和恩斯特握手，那些落在他脸上额头上的湿漉漉的亲吻让他觉得很不舒服。

门后面，牧师和辅助弥撒的男孩们在等着，所有人都在那里集合。最前面的手推车上停着一副棺材，实在太小了，像黑色的玩具盒。队伍沿着林荫路前进，路旁排列着挖坟的人。恩斯特和父亲就跟在黑盒子后面。整出戏究竟是什么？她不在里面，她不可能在里面，她根本进不了这个盒子。妈妈更高一些，高很多很多。她骗了其他人，和爸爸一起想出了这个主意，这个捉迷藏的游戏。现在她一定躲在某个地方偷笑，因为大家都在哭喊。神父一直在谈论灵魂、罪孽、重生、灰烬和尘土，为的是让伯父伯母叔叔婶婶们、堂兄弟堂姐妹们哭得更大声。妈妈一定在摇头，为计策成功而兴高采烈。

在那里！妈妈在那里！恩斯特发现了她，她偷偷地躲在一株高大的山毛榉后面，正向他挥手。她眨着一只眼睛，手指放在嘴上，让他别泄密。我绝不会出卖你，妈妈，绝对不会，我发誓。她微笑着，非常自豪地看着他。那是一个“你是我的大儿子”式的微笑，是他最喜欢的微笑，他最喜欢的还有她那双深褐色的闪耀双眼。大喜之下他差点儿泄露秘密，他朝她招手，其他什么都做不了，因为他太爱她了，因为他太高兴了，他不能控制自己的手脚。这时爸爸捅了他一下，先看看他，然后看着他挥手的方向。妈妈很快又藏到树后面，爸爸没有看到她。他只是伤心地看着恩斯特，对他说“嘘”。爸爸肯定知道在玩什么，他一定只是装作好像什么都不知道，那就没人会发现。

恩斯特相信，其他人真的不知道发生了什么，他们都在抽泣，神情悲伤。爸爸演得真好，他拿白色手帕擦着眼睛，大声擤鼻涕。又矮又胖的牧师用尖细的嗓音单调刻板地祷告着，这更让人想笑而不是想哭。要是梅琴和南娜现在在这儿的话，她们一定会扑哧笑出声来，就像给克里斯托举办洗礼的时候一样。大人们却一点儿不觉得好笑。当绑着两根绳索的黑盒子被抬放进泥坑里的时候，大家都把手帕放到脸上。随后神父撒了一小铲泥土，小土堆上插着一个木质十字架，上面写着“安娜·洛莎”。恩斯特环顾四周，想看妈妈是否还在大树后面。是的，她又在树后面向他挥手，只是很短促，然后她就不见了，也许她换了藏身地。

大家排着队，依次把土撒进坑里。这正是去找妈妈的好时候。恩斯特松开爸爸的手，悄悄地走开了。他听到爸爸在身后轻声叫他：

“恩斯特，过来！”但是奶奶说：“让他去吧。”芭贝特奶奶是知道的，恩斯特想，她赢得了恩斯特的尊敬。

他查看了大树后面，但是她不在那儿。她一定等在墓地门口，已经接来了梅琴、南娜和克里斯托，现在他们正心情激动，因为马上就可以启程出发了。像以前一样，全家一起，穿越一个又一个村庄。

但是她也不在墓地外面。难道她又回韦尔塔赫街去拿东西了？恩斯特扫了一眼大伙，从远处看，他们像一群黑鸟，紧紧地挨在一起。只有神父像只白色的肥鸟站在一边，或许他察觉到了自己的装扮和举止有多可笑。

没人注意到恩斯特，于是他独自上路了。他一直沿着有轨电车的铁轨走，因为他知道，一直这么走下去，某个时候就到韦尔塔赫街了，但是路比他想象的要远得多。他走啊走，走啊走，必须不停地留意路上的马车、汽车和摩托车。街道没有尽头，左右两边的房屋看起来都一样。他走在路上的时候，感觉又离开了地面，开始飞翔，高高地越过房屋，直到他看见他们家厨房窗户对着的后院。他看见妈妈正在那里整理东西。他想喊，他马上就到她身边了，这时他听到身边响起一个低沉的男声。

“你究竟要去哪儿，小伙子？”

一个戴了顶大帽子、穿着马车夫大衣的大胡子男人在马车上俯视着他。

“我想回家找妈妈。”恩斯特回答。

“你家在哪儿？”

“韦尔塔赫街1号，拜塞尔家。”

大胡子眉头紧皱。“那你完全走错方向了，小家伙。”他考虑片刻，然后让恩斯特上了马车。

最终他们停在韦尔塔赫街的房子前，恩斯特急忙奔过去，用力拍打着房门，叫着妈妈，但是没有人开门。男人站在他的身后，眉头又皱了起来。这时拜塞尔太太过来了，说：“我的上帝，真是不幸！”她把恩斯特抱在怀里，按在她丰满的胸前，眼泪把恩斯特的头发都打湿了。大胡子摘下他的大帽子，告诉拜塞尔太太他是在哪儿捡到的这个男孩。她谢了马车夫，带着恩斯特进了厨房。当恩斯特问妈妈在哪儿时，她又开始痛哭悲叹。

“不，太不幸了，她还这么年轻，都不到24岁。”

恩斯特不明白她的意思，他决定最好什么都别问。妈妈可能去买东西了，她随时会回来。

恩斯特很无聊地在拜塞尔太太家坐了半个下午。虽然她不停地给他吃的，先是一碗粥，然后是果酱煎饼，但是她一直不停地哭泣悲叹。

“实在是不幸，我告诉过她的，她应该早点儿去看医生，咳嗽得那么严重，肺结核可不能开玩笑，现在这些可怜的孩子们可怎么办呢。”

终于有人敲门，是爸爸。他看起来比今天早晨更瘦更苍白。看到恩斯特的时候，他摇着头。

“你究竟在想什么？直接跑掉了，没人知道你在哪儿。”他责备地说，“你到底是怎么回到这里的？我的上帝，你要是出事了怎么办？”

恩斯特想向爸爸解释，他来这儿是要等妈妈，不过拜塞尔太太已经先劝说着爸爸。“好了，让他去吧。一个马车夫把他送来的。这孩子现在完全糊涂了。”

如果这里有人糊涂了，那一定是她，恩斯特想。

看起来爸爸的处境也很为难。他感谢了拜塞尔太太，带走了恩斯特。他们又上了有轨电车。

恩斯特充满好奇。“妈妈已经先走了吗？”

爸爸又看向窗外，心不在焉地点着头。“是的，她已经先走了。”

“那我们现在赶上去？”

他悲伤地看着恩斯特，叹着气。“不是现在，以后。”

恩斯特不明白为什么，但是因为爸爸又擤鼻涕，他不再问了。

爸爸想了想，然后说：“我现在不能照顾你，我必须马上动身，处理一些事情。你只能回到孤儿院，你明白吗？”

不，恩斯特一点儿都不明白，但他还是点了点头。

“答应我，要勇敢。”

恩斯特又点了点头。

当他们到约瑟夫孤儿院门前时，斯高丽娜开了门。爸爸把恩斯特放在最高的台阶上，以便他能更好地面对面看着他。

“记住我告诉你的。”

恩斯特只是瞪着大眼睛看着他，突然他明白了，爸爸要走了，走得很远。他想起妈妈站在门口，和他挥手告别的样子。现在爸爸和那时的她一模一样，也慢慢开始消失，如同在烟雾中远去。

他胸中又响起咔嚓声，又感受到里面针刺般的疼痛。斯高丽娜带他进去，爸爸留在敞开的门外。灯光下的他看起来像被剪裁过，就像一幅剪纸画。

“抬起头，大儿子，我一回来就来接你。”

“我想待在你身边，待在妈妈身边。”斯高丽娜把手放在他的肩膀上，把他朝自己拉近了一些，叹息着。

“这不行，恩斯特。我必须走了，你知道的。我一有钱，就来接你。”

“可我现在就想跟着你。”恩斯特低声说。他几乎说不了话，害怕剪影立刻消失。

“不会等很久的。”

“多久？”

“很快，也许几周时间。”

“然后我们就去美国吗？”

“对，然后我们就去美国。”

爸爸转过身，他站着的地方有个比灯光更亮的印记。

“保证？”恩斯特随后喊道。

他听到外面传来爸爸的回应：“保证。”然后门被上了锁。

6

几周有多长？每个晚上恩斯特和妈妈聊天的时候都会想这个

问题。自从妈妈安葬到现在，已经过了两年。恩斯特没有放弃希望，他坚信，有一天爸爸会驾着马车停在门口。

格奥尔格、狄哲和米歇尔去年离开了孤儿院，他们在奥格斯堡的一家工厂里工作。其他来自大孩子寝室的男孩学他们的样，欺负年龄小的孩子们。不过恩斯特慢慢知道怎样远离这些大孩子，最好不要让其他人看见他，那么他们就不会打扰他，他可以一个人天马行空，梦想着离开严苛、冰冷的孤儿院。在他的梦里，他是自由的，可以飞去任何他想去的地方，没人能抓住他，没人约束他，没人欺负他。

恩斯特学会了作假、耍花招、欺骗，他还学会了偷窃，并且不被抓到，至少大多数时候不被抓到。偶尔被抓到的时候，他会被修女绑到椅子上痛打。他学会了怎么搞到吃的、钥匙和其他需要的东西。

他知道修女和老师们的秘密，知道她们藏东西的柜子，里面有烧酒，有时候还有甜品。他知道怎么从地窖的窗户钻出去，怎么越过院子的篱笆。他学会了不引人注目，不妨碍别人，闭上嘴，咬住牙，做修女们吩咐的事情。

他为他的战利品找了一个新的隐藏地，因为孤儿院的每个人都把东西藏在床垫下面，很容易就被发现、被偷走。他把他所有的宝贝包在一块餐布里，这些宝贝包括一把小折刀、一个锡兵、一串十字架念珠、一本有希特勒青年团的彩图小书，此外还有些小玩意儿：玻璃弹珠、铅笔、纽扣、螺丝、钉子、几把梳子和几枚硬币。他把这包东西放在一个空洞里，这是他在屋后工具房旁边的两块大木头之间发现的，空隙处被他用一块木头堵上了。

约翰上学了，到复活节就上二年级了，现在很忙，但他一直都是他的朋友。恩斯特大部分时间和埃米尔待在一起，然而大多数日子都很无聊，恩斯特盼望着能上学。几周后他就6岁了，再过半年，到复活节的时候，他就也是学龄儿童了。

这是9月最后一个周六的上午，天气和两年前空中飘着蜘蛛丝那天一样明媚，空气里弥漫着秋天泥土的气息。恩斯特坐在孤儿院的院子里，看着约瑟夫的石像，它正阴沉地向下俯视。恩斯特想起了墓地，想起了很小的棺木、痛哭的亲戚们、肥胖的牧师，还有妈妈。

这时花园的大门开了，完全出乎意料，芭贝特奶奶走了进来。恩斯特很高兴有意外的探访者，根本没注意到芭贝特奶奶拉着的两个小女孩。在前院，斯高丽娜和奶奶说着话，两个女孩很不安地站在院子里。

恩斯特跑向两人。当斯高丽娜对他说“你不向你的两个妹妹打招呼吗？”时，他一下子愣在原地。

他看着她们，觉得这是一个测试。她们想拥抱他，但他又不是傻瓜，难道不知道自己的妹妹们长什么样？她们要小得多，有着更瘦弱的脸庞，闻起来是另一种气味，绝不是现在两人身上散发的钠皂味。虽然金发那个看起来像梅琴，走路时一摇一摆的样子也有点儿像，另一个有着大大眼睛和棕色头发的像南娜，可她们确实不是他的妹妹。再说，克里斯托在哪儿呢？她们在测试他的时候把他给忘了。金发的女孩笑容满面，棕发的则好奇地瞪着恩斯特。这时他干脆转过身，跑进花园，坐到一棵苹果树下。奶奶在身后叫他，他应该马上过去，但不知怎的，他不这么想。

恩斯特看到斯高丽娜把两个女孩交给了戴古拉修女，她马上领她们进了小组。两个女孩中的一个时不时胆怯地偷偷看他一眼。

过了一会儿，奶奶走到苹果树下坐到他身边。“我能理解，你已经认不出她们了，毕竟两年是很长一段时间，尤其在你这个年龄。”

她说话和以往完全不同，像对着大人，声音平静，语调听起来有点儿悲伤。她说话时没有看他，而是对着面前的草地。恩斯特知道，他现在只要一张口，就会怒气冲冲，不是大叫就是逃走，所以他保持沉默。

“两年里你长高了很多，梅琴和南娜也是。她们现在已经是小女人了，就像你已经是真正的大男孩。”

这时他的怒气一下子爆发出来，他忍不住泪流满面，没有抽泣，只有泪水。他自己也不知道为什么，怎么也停不下来。奶奶装作什么都没看见。

“你越来越像你爸爸小时候，不过你的固执和高尚则遗传自你的妈妈。”奶奶深深吸了口气。“你一定还记得你的弟弟，小克里斯蒂安又是一个令人伤心的故事。”

她停了很久，在恩斯特以为她不准备再说了的时候，她又重新鼓起劲来。

“你的小弟弟半年前在育婴所去世了，他得了和你母亲一样的病。”

该死的眼泪像河水一样奔涌而出，他什么也做不了，他的鼻涕滴得比鼻涕虫约翰还糟糕。

“你知道的，你妈妈现在是天使，她在云朵上时刻注视着你，看你正在做什么。她一直都说，你是她的大儿子，还记得吗？你是大哥哥，你要照顾好妹妹们。”

完全没法停止流泪，他突然很累，不想做大哥哥，宁愿自己是小弟弟，想有人照顾他，宠爱他，抱他入怀。他干脆倒在奶奶怀里，头垂在她丰满的胸上。他感受着她的温暖，感受着她身上散发出的肥皂、煤炭、水胶涂料和汗水的气味。她把手放在他的肩上，在她的安慰下，他终于慢慢停止了抖动和哭泣。等了很久，他终于说了句话。

“爸爸呢？”

她疲惫地微笑着。“你爸爸不容易。”

“他说他赚到足够的钱就来接我。”

“可能还要等一段时间。对我们流浪者来说，这段时间很艰难。”

“你是说，元首也不喜欢杰尼人。”

“这是谁说的？”她吓了一跳。

“爸爸。他说，元首不喜欢到处流浪卖东西的人。”

“他应该要小心他的大嘴巴，否则不知哪天他们就把他带走了。”

“谁要带走他？”

她看了看四周，好像她说了不能说的话。“哦，没有人。”

“元首说过，现在每个人都会有工作，他会让我们每天吃上面包。”恩斯特说。

他会知道这些，是因为他们在新的大众收音机上听了元首和戈培尔博士的所有讲话，收音机是神父去年为孤儿院买的。

“是的，是的，我知道。”芭贝特奶奶说，但是她看起来并不开心。

“爸爸答应我的。”

“别担心，恩斯特。”

她用手梳着他的头发，这是她从来没做过的。但是恩斯特还是担心，如果爸爸的生意不好，那就意味着，他赚不到钱，那么他们就去不了美国。

“好了，”奶奶说着站起身，“我必须走了。答应我，照顾好妹妹们。”

恩斯特偷偷地向那边张望，两个女孩正坐在戴古拉修女身边。当他仔细打量她们时，她们看起来与梅琴和南娜完全一样，她们应该真的就是他的妹妹，只是和他记忆里的相比，现在的她们长大了一些，也干净了很多。如果她们穿的是妈妈做的紧身上衣，而不是套在她们身上的愚蠢的小裙子，那么她们应该就是他的妹妹。

“好了，赶紧过去吧。”奶奶说。

他看着她，从她到这里后第一次仔细端详她。现在他才注意到，她比上次来访时要老得多，圆脸有了棱角，嘴边有了深纹，鼻子也凹了进去。她的双眼疲倦而悲伤，但她仍然努力眨眼鼓励恩斯特。

他笨拙地踱步走向女孩们。为了让自己的尴尬不引人注意，他表现得好像碰巧走到这条路上。他双手插着裤袋站在那儿，两个女孩用混合着喜悦和害怕的眼神看着他。

戴古拉伸出手。“你不想坐到我们身边吗，恩斯特？”

恩斯特坐到她们旁边，刚开始大家都尴尬地看着前面，后来恩斯特想到了一个主意。他自豪地指给她们看孤儿院、花园、仓库和菜园，指给她们看厨娘沃尔芬狄斯，她马上就会疼爱她们，偷偷塞给她们每人一个小点心。他告诉她们这里发生了什么，他已经经历了哪些冒险，哪些人是他的朋友。她们则告诉他，她们曾经住在一家更大的、看起来像医院的孤儿院，她们过得不错，偶尔周日还会有巧克力布丁。确实这样，恩斯特想，妈妈知道只有他进了错误的孤儿院。后来，他带着她们悄悄溜到花园最后面的角落，告诉她们这个大秘密：妈妈已经是天使，在云朵上穿着雪白的裙子。

“我们那儿的修女也是这么说克里斯托的。”梅琴回忆道。

“是的，克里斯托一定也在那里。”恩斯特说。他必须努力控制自己，因为他的喉咙像被一个大团子堵住了似的说不出话。两个女孩呆呆地看着前方。

“那妈妈什么时候回来呢？”南娜问。

恩斯特耸了耸肩膀。“我也不知道。”

三个人都呆呆望着前方，想着云朵上的妈妈和克里斯托。

“那么爸爸呢？”梅琴用很轻的声音问。

恩斯特看了看四周，因为这是最大的秘密，然后他对她们耳语道：“爸爸很快就会来接我们，然后我们就一起去美国。”

她们瞪大眼睛，三个人都很安静。妈妈说，只有完全安静，天使才会降临。恩斯特看到妈妈来了，她用翅膀抚摸着三个人，瞬间把他们都笼罩在光亮中，之后就消失了。

为了打破沉默，恩斯特给两人讲起了老故事。他讲起布豪；讲起外婆，她会做全世界最好吃的油煎饼；讲起乘坐马车的旅行；讲起篝火，伴随着手风琴音乐、歌声、故事和闪烁的星星；讲起爸爸买了甘草棒，他们吃得太多，结果不舒服。但他一点儿都没提到乡村警察，也没说起因为希特勒不喜欢流浪者而导致爸爸处境艰难。

7

半年后，复活节的时候，芭贝特奶奶又来了。她的脸更加棱角分明，皱纹更深，眼睛透着疲惫。她为恩斯特准备了一个深棕色书包，有两个带扣，有点儿掉色。此外还有一块小黑板、一支石笔、两个本子和一支铅笔。她给梅琴和南娜带来了银耳环，两人高兴得满脸发光。

一个小时后，奶奶又得走了，恩斯特送她到大门口。她反复欲言又止，似乎要说些什么，最后她从袋子里拿出一个裹在棕色纸包里的小包裹。

“这是你爸爸让我转交给你的。”

恩斯特看着她，抬不起手，他根本不想拿包裹，也什么都不想听。

“好了，拿着。”说着她把包裹塞到他手里。

“里面是什么？”

“你爸爸说过，这是给你的，如果……嗯，你能想着他。”

他盯着棕色的包装纸，好像自言自语一样问道，为什么爸爸不自己拿过来。

芭贝特奶奶点了支烟，在烟雾里眯起眼睛。“他……他目前不能来看你们。”

“他在监狱里吗？”恩斯特被自己的话吓到了，奶奶也是。

“不，不。他必须工作。在一家劳改所。就今年，他们说，或许到圣诞节。”

“做什么工作？”

“我也不清楚，就和青年义务劳动军差不多。”

奶奶说话吞吞吐吐的，总有什么不对劲，因为这不是她说话的方式。她说的劳改所是什么地方？她说的“他们”又是谁？突然恩斯特问：“他在**达豪**吗？”

“我的上帝，小伙子，你可真有预言的本领。”说着她在胸前画着十字。然后她和他坐到大门旁的长凳上，深深吸了口烟。“我现在告诉你的，你对你的妹妹们什么都别说，对任何人都别说。”

恩斯特像在打雷前一样缩起肩膀。

“对，他在达豪。他在酒馆里又没管住嘴。我一直对他说，要小心，他就是不听。他们就在那里把他带走了。一定是哪个坏蛋告发了他。他和菲利普叔叔在一起，他们让菲利普走了，或许是因为他有固定的住处。我一直对他说，克里斯蒂安，你一定得去登记，否则会有麻烦的。”

她又叹了口气。“你爸爸给我写了张卡片，让我取回他的马车和东西，他说他很好。所以你别担心了，这次得了教训，下次他就会闭上嘴了。”

奶奶继续说着，但是她的声音变得越来越远。恩斯特眼前浮现出那辆大篷马车，前面站着愤怒的乡村警察，正在和爸爸争吵。四周围着一群村民。他们吵得越来越厉害，直到爸爸抓住警察的衣领。这时，所有围观的村民都冲向爸爸，他消失在人群中。

奶奶碰了碰恩斯特的手肘。“你不想打开看看？”

恩斯特小心地摸着放在腿上的小盒子。他费劲地撕开棕色的包装纸，一根细小的、带挂坠的金项链从硬纸盒里掉到他手上。挂坠的正面是一个心形和一个十字，背面是字母和数字。

“这是字母 A 和 C，”奶奶解释说，“这是安娜和克里斯蒂安的缩写。这里刻着‘1929 年 3 月 1 日’，是他们结婚的日子。这是他送给你妈妈的结婚礼物，愿上帝保佑她进入天堂。他在卡片上写着，把这个给你。你要好好保管，这里的人什么都偷。”

“我知道。”

“不要告诉任何人。”

挂坠似乎在他手里燃烧起来。

“现在别哭丧着脸了，”奶奶说，“一开始我也吓到了。本来我不想告诉你的，不过青年义劳动军应该不会伤害你爸爸，到圣诞节他一定就能出来了。”

她离开的时候，看起来比以往要瘦小得多，不再是那个高大、强势的芭贝特奶奶。

恩斯特端详着挂坠。妈妈曾经一直把这个挂坠戴在脖子上，他想他是不是应该也这么做，但是这样每个人都会看到，这可不行，这是个秘密。他偷偷溜到木堆旁的隐藏地，抽出木块，把挂坠塞进他的宝藏里。

复活节后的星期二，学龄儿童们被擦拭梳洗得特别干净，因为他们不应该让孤儿院蒙羞，这是斯高丽娜说的。

恩斯特和另外两个同他一个房间的男孩一起上学了。一个是埃米尔，他偶尔还会尿床，恩斯特庄重地许诺不把这事告诉任何人。另一个是“圆球”，他刚来约瑟夫孤儿院。他原名叫哈利，但是他太胖了，大家都叫他“圆球”。他是今年年初和他哥哥一起来的，他哥哥已经12岁。圆球是个好管闲事的家伙，有时候好奇得让人讨厌。学校教室里他坐在恩斯特旁边，埃米尔坐在他们前面一排。他们是班里仅有的几个从孤儿院来的，上课前的早晨他们听到其他人窃窃私语：“瞧，孤儿院的孩子。”村里的男孩们群聚在一起，看着他们，好像他们是从月球来的。

格里布进来的时候，大家都跳起来，站得笔直，雄赳赳地齐声喊“希特勒万岁”。恩斯特、埃米尔和圆球也高举右手，就像在孤儿院里学习过的那样。格里布喜欢这个画面，他让全班就这么站着，他则静静地观察他们。恩斯特从第一刻起就知道他不喜欢格里布，他也知道格里布不喜欢他。他高大肥胖，秃头油光闪亮，蓄着一把浓密的大胡子，常常从根部捋着胡子，直到将它们在小尖角处向上捻起。他像马一样喘气，不停地出汗，全身散发着酸腐的气味，他一激动，就开始吐痰。

格里布对孩子们长篇大论，说现在是他们人生中重要篇章的开端，他要把对元首和对帝国的热爱深深烙印在他们的脑袋里和心里。他宣布要把他们教育成真正的德国人，严格要求——他称之为“锻炼”——他们。他马上又说，他到死都不能容忍的就是不听话的孩子。

他一边说一边拿着短棍逐排走过，马上演示什么是“锻炼”。谁弯腰了，谁的背上就会挨上一棍。谁东张西望了，谁的后脑勺就会被敲上一下。谁闲聊了，格里布就噼噼啪啪地打手板。要是谁大喊大叫了，格里布就马上给他一巴掌，因为这是胆小鬼，格里布最讨厌胆小鬼。

当课间铃声响起的时候，一年级的学生们虽然还没有在心里烙上烙印，但多数在手上背上都有了。

恩斯特也得到了第一次“锻炼”。格里布讲完话之后，大家都拿出写字板和石笔，要写第一个字母，大写的A。其实恩斯特知道，他不能用左手写字，因为左手是“罪恶”的[①]，戴古拉修女一直这么说。恩斯特用左手刷牙，用左手吃饭，基本上做什么事都用左手，而其他人都用右手。当戴古拉逮住他的时候，她总说：“一个品行端正的德国男孩是用右手的。”恩斯特很想成为品行端正的德国男孩，可是即便他一再努力，用右手就是不行。他宁愿继续用左手，反正修女们通常不会注意到。

格里布立刻注意到了。他看到之后并没有挑刺，而是马上用棍子打他，恩斯特的石笔在板上画了个难看的小圆，掉在地上。然后他才说：“我们这里有什么？一个左撇子。我不想再看到一次！”

约翰在课间休息的时候告诉恩斯特，他没被格里布这么糟糕地逮到过。“他比路斯好多了。路斯打人很野蛮，会把他们打得血都溅出来。格里布完全没这么糟，只要和他谈起战争，上课时间很快就过去了。”

“这个我们已经注意到了，”恩斯特说，“没等我们问，他就开始说了。”

格里布去过法国。他一谈起这个，总是说“14、18”，当他说“14、18”的时候，双眼发光。他曾是大英雄，在战壕里狠狠教训了法国士兵。对于这一点，恩斯特很好理解，当他满脸大胡子，一身酸味地跑过去，法国人哪还能不逃走呢。但是约翰觉

① 20世纪30年代，纳粹政权视金发碧眼的雅利安人为最优秀的“主宰”种族，同时清洗以犹太人为主的非雅利安人。纳粹政权推行这一政策时，辅以多种荒谬的理论，其中之一便是“左撇子是已经退化、丧失了其种族优良品质的人”。——编者注

得："他一定是一直待在战地厨房里。"

"你是说，所有这些都是他编的？"

"得了，难道你相信吗？格里布那个大肚子根本出不了战壕。"

"那男人对男人的搏斗呢？"

约翰鄙视地吐了口气。"最胆小的人总是最会吹牛。"

课间休息结束后，格里布给大家分发小学生插图课本。火红的封面上有两幅图画，一幅上画着一只在角落里张望的狐狸，另一幅上画着一个肥胖男人，他站在一颗五角金星下，大鼻子、秃顶、烂眼睛和厚嘴唇，手举着，像在宣誓。书的名字是：《别相信草原上的狐狸和犹太人的誓言》。

"谁知道，犹太人是什么？"格里布问。

这会儿很多人举起手，因为他们常常在广播里听到这个。格里布点了曼弗雷德，因为他最积极，也是班里年龄最大的。

"犹太人是我们的不幸。"曼弗雷德回答。

格里布暂时满意了，不过他宣布，关于犹太人和他们那些卑鄙无耻的生活方式，还有很多必须学的。

"所有犹太人都是坏蛋吗？"圆球问。

"所有人，没有例外。"格里布说。

"小贩利林塔尔也是吗？"

格里布吃惊地看着他，因为他不知道小贩利林塔尔是谁。"怎么了，这人怎么回事？"

"他住在我们那儿，总是送糖给孩子们吃。"

“这就是最糟糕的，他们总是虚情假意。记住，你们尤其要留心这个。”

晚上，约翰吹嘘他班里有两个犹太人，说每次路斯要解释区别的时候，就会让他们站到前面。

“什么区别？”

“劣等人和纯正北方人的区别。路斯说，可以从鼻子、耳朵和头形来判别。”

第二天课间休息时，恩斯特看到了这两个犹太人，他失望了。他们看起来和其他人都一样，一个深色头发，一个金色头发，没有像课本上的犹太人一样的大鼻子烂眼睛。恩斯特完全看不出区别，只是那两人站在一边，寂寥地看着周围，因为没有人和他们一起玩。

开学一周后是**元首生日**，那天晚上有盛大的**少年团团员**入团仪式。整个学校的师生聚集在火炬的光辉下，四年级的学生宣誓要履行对元首和国旗的爱戴与忠诚。尽管恩斯特还没有加入少年团，但是伴着火炬和歌声，他的心因为激动和喜悦而跳动。年满10岁就可以加入少年团，14岁可以进希特勒青年团。少年团的团员每周聚一次，一起运动，进行野外侦察游戏、唱歌和列队行进。

晚上，恩斯特躺在床上，告诉妈妈站在大集体里一起唱歌有多美好。他想加入少年团，想成为一名优秀的德国少年。妈妈朝他微笑着，目光闪亮。

他要停止偷窃，因为格里布说，优秀的德国少年是诚实的。

但是当他偷东西时，身体里有一种令他感到莫名舒适的引力，那是一种担心是否会被抓住的高度紧张，以及随之而来的口袋里有新东西的隐秘喜悦。

瓦塞尔曼神父说，偷盗是严重的罪行，比说谎更糟。人会因为严重罪行而进地狱。但如果有悔过之意，请求上帝宽恕，上帝会原谅他。瓦塞尔曼还说，上帝知道一切，上帝宽恕一切。所以恩斯特觉得，上帝一定也知道他需要这些东西。但是如果上帝宽恕一切，为什么还有人会下地狱？这应该要弄清楚。

元首生日的庆祝活动几乎还没结束，5月劳动节就到了。格里布说，头脑和拳头的劳动非常重要，对此他明确地偏爱拳头。所有学生必须告诉他，他们的父亲是做什么的。大多数人都说是工人或者农民，格里布满意地点头。

埃米尔不必说，因为他爸爸已经死了。轮到圆球的时候，他说他爸爸是面包师。格里布对此表示满意，因为面包师是人民需要的有用的职业。

然后轮到恩斯特。他知道，他最好不要提到达豪，于是说："我爸爸卖东西。"

"卖什么？"格里布问。

"衣料、毛巾、丝带、鞋带、裤子纽扣等。"

"他有一家店？"

"不，只有一辆马车和一个箱子。"

"我们正缺这个，"格里布幸灾乐祸地说，"吉卜赛人！"全班都笑起来。

要是爸爸在这儿，他一定会抓住格里布的领子，让他喘不过气，再也说不出那个恶毒的Z字。

恩斯特大声说："我们不是吉卜赛人，我们是杰尼人。"

这时他挨了个耳光。

"我们这里不需要无理的答案，小子。懂了吗？"

恩斯特点点头，但是格里布还不满足。

"我什么都没听到。"

"是。"恩斯特叫道，马上屏住呼吸，因为受不了老师的酸臭味。

"要说：是的，格里布先生。"

"是的，格里布先生。"

8

1936年的暑假，孤儿院的孩子们最喜欢的运动赛事就是奥林匹克运动会。他们每天在广播里收听来自柏林的消息，全世界的运动员从8月1日至8月16日在那里争夺奖牌。他们为许多德国运动员的胜利而骄傲，同时震惊于美国黑人又赢了。

男孩们在苹果园里沿着篱笆建了一条跑道和一块跳远的场地，所谓跳远的场地就只是一块标注了起跳点的木板。斯高丽娜禁止投掷标枪，因为男孩们用木料堆里的棍子砸碎了玻璃窗。弱的人只好一直当**汤米**、法国人或美国佬。埃米尔因为总是输，就生气了，不再和大家一起玩。

恩斯特最擅长的是跑步。有一次他第一个到达终点，骄傲地张开双臂碰到箱子，这是胜利者之阶。如果有人赢了，其他人就要唱《德意志之歌》，但是这次圆球拒绝唱。他只是忌妒，因为他跑了最后一名。他说："《德意志之歌》不能唱给吉卜赛人听。"

这句话还没说完，恩斯特就冲过去狠狠揍他。但是圆球很壮，他把恩斯特掀翻在地，埋在肚子下面。恩斯特推倒圆球，两人扭打在一起，其他男孩围在旁边起哄。

两人一直扭打着，直到斯高丽娜过来把他们扯开。

"怎么回事？"她大声喝道。

"我们只是在玩奥林匹克。"埃米尔解释着。

"我会给你们奥林匹克。"斯高丽娜说着拉着两人的耳朵去了菜园，他们在当天剩余的时间里都得在这里拔草。

其间他们还得反复剁小红萝卜、土豆和胡萝卜，手上起了泡，背上晒得通红。在剁萝卜和洋葱的某个时候，圆球说："我对吉卜赛人没有恶意。"

"反正我不是。"恩斯特说。

"那为什么大家都这么说？"

"我们是杰尼人。"

"这是一个意思。"

"不是的。我们住在马车里，我们不再是吉卜赛人。"

"那你为什么在孤儿院？"

"我妈妈在天堂，爸爸又没有时间，但他很快会来接我，然后我们就去美国。”

圆球牙齿间发出嘘声。美国。他可不愿去，那里很多黑人。“看看参加奥林匹克的美国人，几乎都是黑人。”

恩斯特完全没有想过这点。圣诞节爸爸来的时候，他得问问他。“你呢，你为什么在这里？”

圆球支支吾吾地说：“反正就是这样。”

“没有人就是在这里的，说吧！”

圆球沉默了，突然使劲地剁菜，几乎剁完了一畦菜后他才小声说：“我父母是**圣经学生**。”

“圣经学生？”恩斯特吃惊地看着他。“我以为你爸爸是面包师？”

“他是的。不过他下班后，就和妈妈一起挨家挨户地传播福音。”

“所以他是流浪牧师？”

“对，差不多。去年来了个救济所的男人，他说我必须进福利院。”

“为什么？”

圆球缩起肩膀。“他们说，我需要更好的教育。”

他们跪在洋葱地里，恩斯特想，我宁愿是杰尼人，也不做圣经学生，不过他没告诉圆球。

一到暑期末，又像以往一样慢慢起雾了。雾气从下面的韦尔塔赫河弥漫开，直到整个草原上烟雾缭绕。一开始只是早晚有薄雾，几周后雾越来越浓厚。全世界都像裹在棉花里，空气厚重，像混合了搅打过的奶油，散发出枯叶、干草和烟雾的气味。声音被吞噬，颜色不再鲜亮耀眼，房屋轮廓不明，人们面目不清。世界更小了，人们更容易躲藏起来。后来有一天浓雾不再散去。一切都变得灰暗：花园、田地、房屋、脸庞，甚至恩斯特的想法和梦想。

他期待着圣诞节，那时爸爸完成义务劳动，就会来接他。

但是爸爸没有来，圣诞夜没有来，节假日也没有来。芭贝特奶奶来了，带来了圣诞小饼干。她坐在餐厅里，那里也坐着其他来访的父母、祖父母和亲戚们。

恩斯特迫不及待地想问爸爸的情况，可是奶奶用保密的眼神看着他，示意不能让梅琴和南娜知道。奶奶给他们讲故事，例如她是怎么认识她的第二任丈夫，一个编篮工，他一人带着六个年幼的孩子流浪着。然后又给他们讲，她是怎样和一个村长在酒馆里打赌把他喝趴下的；或是她怎么惩罚一个吝啬的牧师，直接在教堂的布道坛上给天使画上小犄角。后来因为早早就天黑了，她必须走了。恩斯特陪她到大门口，还没到门外，她就点上一支烟，深深吸了一口。

在大门口，她对他说："你一定想知道关于你爸爸的消息，可是我同样什么都不知道。他没有联系我，也许他们让他多待一段时间，不清楚。"

恩斯特垂下头，为了不让她看见他有多失望。

她摸着他的头发。"挂坠还在吗？"

恩斯特点点头。

"现在不是好时候。"芭贝特奶奶更像是自言自语。

"你是说，他某个时候一定会来的？"恩斯特问。

她吓了一跳。"这种事你连想也不能想。"她突然咳嗽起来，生气地瞪着烟，把它扔了。“我得走了。要勇敢，我不想听到坏消息。”

她捏了捏他的脸蛋，然后穿过花园的大门，夜雾让她变得透明。她的背影仍在喊：“我们春天再见。”但是恩斯特觉得，她春天不会来了，夏天也不会。他想叫住她，想让她再回来，想拥抱她，想让她再拥抱自己。她不应该走。可是他一个字都说不出来。在她消失在下一个转角前，高大、强壮的芭贝特奶奶变成了冬天迷雾里一个矮小、瘦弱的身影。直到这时恩斯特才意识到有多冷，他被冻得全身发抖。

春天时，女院长告诉三个洛莎家的孩子，他们的祖母来不了了，因为她生病了。为此她寄来了包裹，里面有给两个女孩的夏天的裙子和给恩斯特的短裤。

复活节的时候，恩斯特拿到了第一张成绩单，同时还有斯高丽娜的一顿打。不是因为成绩差，成绩还过得去，而是因为格里布写的评语。上面写着：恩斯特不爱干净，邋遢，而且这个学年一再偷窃。

复活节的大部分时间恩斯特都在软禁中度过，他必须在厨房帮忙打扫卫生，而其他人都在外面玩。二年级开始前，他必须向斯高丽娜承诺改正错误，但是开学第一周他就闯祸了。

学生们在校园里的一棵榛子树下发现了一只乌鸫，它的一只翅膀断了，斜垂下来，它正在旁边的泥地里来回拖拉着折断的翅膀。孩子们捉住了它，把它关在教室的鸟笼里，它伤心地望着窗外。整个上午恩斯特都打量着乌鸫，完全忘了教室和格里布。当一只鸟只剩一只翅膀而且被关起来时，那它究竟还是鸟吗？如果一只乌鸫不再飞翔，那它是什么？只是半只乌鸫，只有鸟的回忆。

这时格里布的手杖落在恩斯特手上，唤回神游的他。“洛莎，我刚刚说了什么？”

恩斯特不知道，于是格里布又打了过来，让他站到教室的角落里。

整节课他都站在一幅摊开在黑板上的巨大简图旁。图上画着一排人头，格里布解释道，图的一边是**布尔什维克**们和犹大的拥护者，另一边是北方人：战士、士兵和运动员。即使格里布不解释，大家也能看出不同：一边是劣等人，另一边是正派的德意志**优等民族**。

格里布说，不是一直都能这么容易地辨认两种人的不同的。“有些异族人第一眼看不出来，比如吉卜赛混血。”

恩斯特脸红了，格里布是因为他才故意这么说的。

“但是尽管看不出来，他们血管里流的仍然是低贱的血，”格里布继续说，“我们知道，吉卜赛人危害社会，他们懒惰、乞讨，如果讨不到就偷，而且还欺骗人们。”

所有人都瞪着恩斯特，他则想到约翰班上的犹太人是怎样不得不站在全班面前被当作劣等人的实例的。

课间休息的时候，恩斯特远远避开大家，他偷偷溜进教室，坐到乌鸫旁边。它正忧伤地鸣叫着。恩斯特悄悄对它说，它应该像他一样闭上眼睛，然后鸟笼的栏杆就消失了，就可以看到外面的世界，好像没有鸟笼一样。妈妈说过，吉卜赛人像鸟儿一样自由；他可以去任何他想去的地方，不喜欢就离开。但是他不是吉卜赛人，即使其他人一直这么说。

突然格里布走进教室，马上开始臭骂他。“你又想做什么坏事？”

恩斯特说，他只是想安慰小鸟，让它不再孤单。但是格里布指责他是想要偷其他人书包里的东西，他抓住恩斯特的耳朵，把他拖出教室。

在院子里的其他人都讥笑他。约翰说，只有小偷才会在课间休息的时候在教室里乱逛。

课间休息结束后，恩斯特回到教室，鸟笼是空的。坐在窗边的圆球问，乌鸫去哪儿了。

格里布笑着说：“这就是自然，弱者淘汰，强者生存。我们德国人把这个忘得太久了。现在我们又成了一个强大的民族。为什么，哈利？”

圆球不确定地看着他。

“因为我们有一位强大的领袖，”格里布大声说，“而且我们要消灭生病的人和劣等的人。为什么？”

所有人都重复着：“因为我们有一位强大的领袖，而且我们要消灭生病的人和劣等的人。”

三个月后，1937 年炎热 7 月的一个傍晚，女院长一脸严肃地站在恩斯特面前，告诉他，他祖母去世了。

她想摸摸恩斯特的头发安慰他，但是他跑掉了，穿过花园藏在仓库后面。很长时间，他一动不动地盯着茫茫田野，然后他想起金项链。他看了看空气是否纯净，接着打开了他的宝藏洞穴，取出裹着他战利品的餐布。挂坠暖暖地躺在他手心里。他试着回忆芭贝特奶奶，可看到的只是一个矮小、瘦弱的身影。

屋里叫着晚饭时间。恩斯特不想回到大家那里，总之没有人理解他，他们应该让他安静地待着。他不像南娜和梅琴那么小，他不需要有人抱着他、安慰他、轻抚他。其他人都忙着自己的事情，没时间想到他。他蹲在仓库后面，把裹着宝物的餐布摊在怀里。他爱惜地抚摸着他的珍宝：弹珠、硬币、折刀、锡质士兵、十字架念珠和希特勒青年团图画书。他拿起每件物品，小心地用手指抚摸着，闭上眼睛感受它们。然后他把东西都放回餐布里，打好结，把它按在胸口，像妈妈抱着孩子一样。他失神地望着田野，它从仓库后开始延伸，无边无际。夏天的暖风在草原上起伏。

9

二年级和三年级的时候，恩斯特的评语还是没有变好。每个学期末，斯高丽娜都会念格里布写的评语：淘气懒惰、撒谎偷窃、不可救药……她失望极了。而且恩斯特三年级的老师迈尔也给出了同样的评语：恩斯特是全班的沉重负担。所有的打骂、惩罚劳动和禁闭看起来都没有威慑作用。恩斯特漠然地坐在课堂上，沉浸在自己的世界里。他只有在被强迫的时候才会写作业，而且完成得很糟糕。现在恩斯特 9 岁了，他必须重读三年级，对此，他自然是无所谓的。

1939年的新学期，恩斯特确实出现了惊人的变化。长期以来他第一次又开始喜欢上学，甚至自愿完成作业。

只有一个原因，那就是洛伊茨太太。这位新老师不骂人不打人，也不再讲战争故事。格里布一直谈论战争，当然还有他的英勇行为。迈尔也好不了多少。他们一再刷新着德意志帝国的地图，给所有新的领土标记颜色。去年春天是奥地利，秋天是苏台德地区，现在——1939年春天——又有波希米亚和摩拉维亚。接着，迈尔指着柏林右边的广大地区说："接下来，我们将把波兰纳入帝国版图。"

洛伊茨老师很少说到战争，她给大家讲有趣的梦幻故事，或者和学生们一起出游，给他们展示大自然。她一次都没对恩斯特说过吉卜赛人，即使在他做了坏事的时候也没有。

当恩斯特说起洛伊茨老师时，约翰就翻白眼，满口脏话，把他抓住夹在两腿之间。他就是忌妒，因为他又进了老路斯的班里，不得不忍受他的卑鄙下流。而且他也不能再就班上的两个犹太同学吹牛了，因为犹太人开始被禁止在德国学校上学，去年秋天他们就走了。他们有自己的学校，据说是为了不再让德国学生受他们的坏影响。

恩斯特很想知道这两个犹太男孩是怎么败坏约翰所在的班级的，但是约翰也说不清。

恩斯特发现，洛伊茨老师和他妈妈很像：小鼻子、黑头发，总是高高挽起一个发髻，还有闪耀的眼睛。只是洛伊茨老师的眼睛不是深褐色的，而是蓝色的。当她用蓝色的眼睛看着他，他会一下子比往常更喜欢自己。她只用她的眼睛就做到了。她基本上做什么都用眼睛。有时候她只用一个眼神，就马上让人深思是不是做错了什么；当她深深凝视一个人时，马上就能发现所有的坏事。所以，恩斯特在班里不再偷东西，除非东西非常特别，比如大个子曼弗雷德的新旅行刀。曼弗雷德从春天开始就加入了少年团，他很得意地把旅行刀带进学校，这原本是不被允许的。恩斯特在课间休息的时候从曼弗雷德的书包里拿走了它，现在它就躺在仓库后面的宝藏洞里。

第二天，洛伊茨老师只看了他一眼，马上就知道旅行刀在他那里，但是她没有指责他、骂他。恩斯特表现得好像他什么都不知道，装出一副无辜的表情，他擅长此道，通常能骗过大多数人，但是显然不包括洛伊茨老师。

她用温和的眼神看着他，说："你知道的，如果曼弗雷德丢了刀，很多人会对他非常生气。"

他耸耸肩。

"家里人会生气，希特勒青年团会生气。"洛伊茨老师说。

恩斯特又耸耸肩。

"我觉得，同学和朋友要互相支持。你一定也是这么想的，对吗？"

恩斯特看着自己的脚尖，点点头。

"也许你能帮助曼弗雷德找回他的刀。"

没有责备，没有威胁，只有她的眼神。那天晚上恩斯特从他的藏宝地取出刀，第二天偷偷地塞进曼弗雷德的外套口袋。当曼弗雷德发现刀的时候，他很高兴，可是没有人再相信刀真的不见过，除了洛伊茨老师。她飞快地看了恩斯特一眼，他甚至觉得她向他眨了眨眼睛。

暑假开始的时候，约瑟夫孤儿院里气氛压抑。修女们行色匆匆，脸色严峻，常常听广播。大街上商店里人们都在窃窃私语，很快就要开战了。

学校里正驻扎着一队士兵，孩子们跑去学校，满脸羡慕地打量他们。士兵们很友善，有时候还给他们巧克力吃。约翰打听到怎样才能成为一名飞行员。

这个假期约翰不必去叔叔那里，因为叔叔现在正在**国防军**里。约翰希望快点儿打仗，那样他叔叔就会离开更长时间。男孩们都想天天去士兵们那里，但是他们必须在田里帮忙。大孩子们帮忙收割草料，年纪小的负责除草和捉马铃薯甲虫。

有一天晚上，约翰一个人坐在床上，焦躁地看着其他人，喊着："你们看着吧，我会加入空军的，你们只能在这里发臭。"

第二天约翰去士兵们那里，想报名参军。一刻钟后，他激动地回来，告诉大家士兵们已经走了，这意味着，他们已经开赴波兰边境。于是他立刻和其他人展开紧急演习，假装他是军官，其他人是他的部队成员。他们在院子里行军操练、做俯卧撑，在铁丝网下面匍匐前进，到达毗邻的田地。

斯高丽娜觉得一点儿都不好玩，她命令整个队伍进屋洗马桶。

她怒气冲冲地叫道："这会让你们忘记'战争游戏'。"

虽然是周五，全院打扫的日子，孤儿院里却异常安静。所有人轻手轻脚地经过房间，空气里弥漫着紧张的气氛。大餐厅里正播放着广播，是元首的讲话。

恩斯特、埃米尔和圆球一起清洗男孩们的厕所。约翰溜走了，他说这是低级别士兵做的，他作为指挥官要去探察形势。

半小时后他回来了，带来了新消息。"终于开战了！"说着他攥紧拳头。

对他来说很明确，现在他终于可以成为飞行员了。

他们站在厕所里的时候，约翰给他们演示他怎样坐在俯冲轰炸机里，一排排地扫射敌人。圆球把抹布扔向他，但是没能伤到我们这位"飞行员"。他开始了新一次的俯冲，大声笑着。大家都把脑袋伸进厕所。

但是大家瞪大眼睛看的不是他，而是斯高丽娜。她悄无声息地进来，正站在约翰身后。她轻轻拍了拍他的后脑勺，他的"轰炸机"一下子失去控制，旋冲下来，坠毁了。

"别胡闹了。"她出乎意料地轻声说。大家都觉得，一定会有一顿臭骂，但她只是说："快走，还有工作呢。"

这天剩余的时间和下周一整个星期，大家都在约瑟夫孤儿院里忙着剪硬纸板和材料，用来遮住窗户。此外，还清空了地下室里的木料，将其布置成躲藏室。男孩们都很开心，因为这比无聊的游戏有趣多了。每天晚上他们都想象着，如果敌人来了，他们是怎样用机智和勇气战胜他们。

10

圣诞节前的一周，不幸发生了。恩斯特从学校回来，女院长在走廊里拦住他，像堵墙似的阴沉地站在那里。

“跟我来。”

“但是我什么都没做过。”

“我说，跟我来。”

恩斯特缩着肩膀跟着她进了办公室。这里比往常更阴暗，瓦塞尔曼牧师站在窗前，看着外面，吸着烟。他转过身来，脸色预示着没什么好事。

直到现在恩斯特才明白他的困境。桌上摊放着餐布和他的宝藏，所有东西都在那里：钱币、梳子、折刀、火柴、弹珠、口琴，小小的锡质士兵、十字架的念珠、希特勒青年团的图画书、两把他已经不知道是开哪两扇门的钥匙、一支铅笔、两块橡皮，还有妈妈的项链。

恩斯特无法直视桌上的东西，太痛苦了。所有的宝贝，是对他努力的回报，是对手指麻痒和内心激动的回馈，是他个人的秘密世界，只属于他，只完全为他一个人拥有。他想走过去，把包裹拥在怀里，抱住它，摇晃它。只要一次就好。

站在书桌后的院长和窗边的瓦塞尔曼轮流瞪着恩斯特和他的赃物。女院长先是静静地等着，然后她开口说话。

“你知道，这是从哪儿来的吗？”

他的鞋头上还粘着雪。

“你就是个一无是处的小盗贼。”

鞋头上两个灰白的雪团慢慢融化了。

“我警告过你多少次了？哼，多少次？”

融化后的水顺着皮革的鞋面流下。

“我们孤儿院不能容忍这个。你知道，我们这儿不能有小偷。”

现在雪消失了，他站在水洼里。

瓦塞尔曼把烟蒂弹出窗外，他的声音轻微但充满威胁。

“对此你有什么要说的？”

“这不是我的。”

“别撒谎。我们清楚地知道，这是你的赃物。”

“不，这些不是我的。”

瓦塞尔曼的声音变响了。“你不应该对我撒谎！”他抓起金项链，放到恩斯特面前，“你从哪儿偷到的这个？”

“我没有偷，这是我奶奶给我的。”

“我认为这些东西不是你的。”

“这个是我的。”

“那么其他的呢？”

恩斯特感觉自己的鼻子开始融化，就像他鞋子上的雪，鼻涕流下来，他阻止不了。

“A 和 C，1929 年 3 月 1 日，”瓦塞尔曼大声念道，“这是订婚或结婚的纪念牌。你要告诉我，这是你的？”

“是的。”

“他不但是小偷，而且还是个无可救药的骗子！”牧师大声咒骂。“滚出去！”

恩斯特沮丧地透过地下室窗户上狭长的缝隙向外张望。因为躲藏室现在是囚室了，窗户被钉了起来用沙袋堵住。他要是更换了隐藏地就好了。他们究竟是怎么发现的？他是不是被告密了？但是那地方不可能有人知道，他对约翰都从没提起过。真倒霉。所有东西都没有了，他所有的宝贝。最重要的是妈妈的项链。他还听到奶奶的声音：好好保管，这里的人什么都偷。窗户上的缝隙越来越小，外面下着雪，盖住了留下的最后一丝视线。

晚饭后，恩斯特才从禁闭室出来。大寝室里一片冰冷的安静。埃米尔瞪着前面，转着他手里失而复得的口琴，一眼都不看恩斯特。其他人也一样，好像他没回来似的。约翰读着他最喜欢的书《来自德国空军的生活》，圆球摆弄着他的床单。

“嗨，圆球。”

安静。

“嘿，我挺过了囚禁。”

“好吧，恭喜你。”

“究竟怎么了？”

“怎么了？就是这么回事。斯高丽娜把它们还给了我，你猜，她是从哪儿得来的！”

“好啦，就因为几颗弹珠。”

“不仅是弹珠，”圆球生气地说，“你问问其他人，快点儿，你问他们！问问埃米尔，他的口琴在哪儿，问问约翰，他的折刀。

你可以问问每个人，你这个流氓。”

“我……我不是这个意思。”

这时候约翰插话说：“你不是这个意思？或许你根本没有偷，只是偶然发现的，然后保留着，因为你不知道它们是谁的。是不是这样呢？”

“嘿，我补偿你们，行吗？圣诞节的时候，我给你们搞些好东西，你们想要什么只管说。”

沉默。

“我保证再也不偷你们的东西了，真的。”

一段时间他们都沉默地坐在床上，圆球把头埋在手里，埃米尔摆弄着睡衣上的纽扣，约翰用小刀清洁着指甲。

“我相信他，”埃米尔说，“是的，我相信他。圣诞节的时候我想要一支笛子，一支漂亮的木笛。你呢，圆球？”

圆球转了转眼睛，然后说：“一块厚巧克力。”

“你呢？”

大家都看着约翰，毕竟他是他们的头儿。他张开嘴：“你们……唉。”他摇了摇头，转过身，钻进被窝里。他的声音听起来闷闷的。“你们不用管我。”

11

斯高丽娜又把东西念了一遍：“五件衬衣，四条内裤，四双中筒袜，五条裤子，一件条纹外套。就这些。”她扣上小箱子的搭扣，箱子就放在女院长办公室的桌上。女院长写完单子，让斯高丽娜吩咐男孩们去取。当女院长一个人的时候，她从抽屉里拿出一张表格，填入资料：星期四，1940 年 2 月 15 日。寄宿生的姓名：恩斯特·洛莎，10 岁。移送目的地：位于马克特因德斯多夫的纳粹青少年教养院。移送的原因？她停顿了一下，看向窗外冬天黑暗的早晨，然后写下：无药可救。

她从书桌的抽屉里取出挂坠，在手里转着。她闭上眼睛，交叉手指，把拇指按在额头上，开始祈祷。

楼上的大寝室里，恩斯特正轻手轻脚地换衣服，就像修女斯高丽娜命令的那样，不要吵醒其他人。还不到五点，没人起床。好吧，他不想看到任何人，不想和任何人说话，不想非得说什么，解释什么，因为他自己都不清楚发生了什么。突然圆球睁开眼，瞪着恩斯特，好像他是幽灵。

“你在做什么？”

“我必须走了。”

“走？去哪儿？”

“我也不知道，另一家孤儿院。”

“哎呀！但是为什么？”

恩斯特只能耸耸肩。他扣上衬衫的扣子，看向自己还散发着温暖气息的床。他的床，迄今为止这张床陪伴了他多长时间？五年？六年？几乎七年。他多想可以再躺在上面，蜷缩在上面，用被子盖住耳朵，什么都不看，什么都不听。但是他知道，如果他坐下来，如果他哪怕只是摸一下床，他都一定会大哭不止。

圆球在床上坐起身来，只是不停地重复：“哎呀，恩斯特……”

“闭嘴，圆球，你要把其他人都吵醒了。”

但这已经发生了。其他人伸着懒腰，嘟哝着，想知道怎么回事。

“恩斯特要走了。”圆球说。

静谧触手可及。所有人都睡眼惺忪地看着他，开始轮番提问。

“走是什么意思？”埃米尔问。

“嗯，怎么啦？走就是走了，离开了，再也看不到了。该死！”

“我就是问问。圆球，你为什么这么激动？”

“哎呀，我就是想激动。什么都让我激动，孤儿院让我激动，斯高丽娜让我激动，你也让我激动，埃米尔。他们想怎么对我们就怎么对我们。而且天空出现闪电的时候，你们就只会蹲着，像燕子一样直愣愣地瞪着。”

“闭嘴！你不也一样蹲着，什么都不做。发牢骚也好不到哪儿去。”

“总比什么都没有强。”

埃米尔转而对恩斯特说：“他们究竟要带你去哪儿？”

恩斯特摇摇头：“不知道，没有对我说过。”

他站在那里，傻傻的，手里拿着他的睡衣。

恩斯特还想和约翰告别，可他已经起床出去了，也许上厕所去了，恩斯特不想跟去那里。

“好吧，我得走了。”

其他人安静下来。埃米尔把手伸给他。“再见，恩斯特。”

圆球还是坐在那里，眼里闪着愤怒的光芒。当恩斯特站在他面前时，他跳起来抓住恩斯特，抱紧他，差点儿让他无法呼吸，然后又推开他。“恩斯特，你这家伙！”

为了避免抱头痛哭，恩斯特逃出大寝室，踉踉跄跄地走在阴暗的走廊里，刚想下楼梯，一个身影从黑暗的角落里闪现。是约翰。恩斯特只看到他的侧影。他就站在那里，什么都不说，然后恩斯特感觉到上臂被轻轻地打了一拳。

“照顾好自己。”约翰说。

“我……那个……我……”

他一言不发地把什么东西塞进恩斯特手里，那东西感觉滑滑的，凉凉的。不管是什么，恩斯特不想要，但是约翰压着他的手。恩斯特想说些什么，可是只发出沙哑的声音。然后约翰直接转身走了。

阴暗的走廊里传来约翰的声音，听起来他似乎在笑。“滚吧，你个吉卜赛人！”

恩斯特跑下几级楼梯后，站住喊道：“你也是！”

楼下院长办公室门前，瓦塞尔曼神父呆呆地等着他，身上散发着他特有的焚香和烟草的味道，他穿着黑色西装和厚重的深灰色大衣，看起来像一个灰色巨人。

“还有时间。”他嘟哝了一句。

他显得有点儿紧张，一边吸着烟一边不停地看手表，手里拿着棕色的大信封拍打着腿。他用满是责备的眼神看着恩斯特手上的睡衣。恩斯特急匆匆地把它收进行李箱，同时他注意到还有东西在他手里。他跪倒在箱子前的时候，小心翼翼地打开拳头，是约翰的折刀。他很快握紧拳头，把小刀偷偷塞进裤袋里。

然后他们就站着，恩斯特不知道他们在等谁。突然斯高丽娜从走廊的阴暗处走出来，后面跟着梅琴和南娜，像两个婢女。她们穿着浅色的长睡衣，配上大大的、惊恐的眼睛，这让她们看起来像两个跟在黑色神灵后面的幽灵。恩斯特的喉咙似乎卡住了，说不出话。斯高丽娜站在他们中间，温柔地说："好了，现在和你们的哥哥告别，他要去另一家孤儿院，在那里他会很好的。"

她的话背后仿佛出现了一个深渊。阴暗的走廊涌进晨雾，雾气萦绕在室内，充斥着整个孤儿院，缠绕着瓦塞尔曼和斯高丽娜，也缠绕着恩斯特自己。

梅琴和南娜悲伤又疑惑地注视着他，他听到她们轻轻地说："再见，恩斯特。"

他真想大喊，但是空气厚重得像玻璃。他唯一能说的是一句轻轻的"再见，梅琴。再见，南娜"。他看到自己向两个妹妹伸出手，这时瓦塞尔曼说："五点半了，我们必须走了。"他看到斯高丽娜把手放到他的肩膀上，说："恩斯特，要勇敢。"虽然他内心正大喊大叫着，正咒骂着，正说着"不，不，我不要离开。不，我不想勇敢"，然而他看到自己点了点头。

斯高丽娜和两个小幽灵消失在阴暗的走廊里。瓦塞尔曼推着恩斯特到了出口处。当他们走到门口时，女院长突然出现了。

她伸进口袋拿出那块挂坠。"我们问了个遍，但是它不属于任何人。你是从谁那儿偷来的？"

“我没有偷过。”

她深深地叹了口气。“恩斯特，现在说谎已经没有意义了。”

“我没撒谎。这条项链是我的。好吧，其实是她的……”

“谁的？”

“我妈妈的。”

女院长看着瓦塞尔曼。

“你来的时候，并没有带着这个。”

“爸爸让奶奶给我的。”

女院长把挂坠在手里掂了掂，想了一会儿，随后她说：“好吧。收起来，在我改变主意前。”

项链在他手里灼烧着，就像第一次奶奶给他的时候那样。他紧紧攥着拳头，感到疼痛，痛得他感受不到其他的痛楚，感受不到心痛和心里面的钉子。他不能再思考，不能哭，不能喊，不能逃走，他只能感受到拳头和里面的挂坠。

瓦塞尔曼打开出口处沉重的大门，空气冰凉，2 月的寒风灌入屋里。恩斯特开始发抖，在瓦塞尔曼旁边打战，感觉晨雾正把他吸往外面。

第三章　鉴定

1

黑暗里恩斯特听到旁边有个轻微的窸窸窣窣声，类似某种抓挠声。突然，对面窗户露出一个脑袋的影子。

“嘘。你睡了吗？”

“没。”

“新来的，有兴趣出去晃一圈吗？”

“去哪儿？”

“就在屋里转转，也许去上面的女孩们那里。”

“你胡扯。”

“我想，你是个胆小鬼。”

“我不是。”

内心有个声音对恩斯特说，他最好留在这里，可是禁不住越来越强烈的好奇心，他轻手轻脚地跟在影子后面。应该早就过了午夜，反正他睡不着。大寝室里差不多有20个男孩，打呼、说梦话、发出抓挠声，大房间里回响着各种各样的噪声。

恩斯特的脑海里盘旋着这些画面：乘火车；在慕尼黑停留；城市里的彩色商店；街道上有许许多多穿制服的人，尽管天气寒冷刺骨仍是熙熙攘攘；整个行程一直看着外面的瓦塞尔曼神父，好像他内心不安似的；然后是因德斯多夫，一个落满白雪的偏远地区；老旧的修道院里有一座灰色的教养院；走廊里的命令；很多新面孔都在从头到脚地打量他、评估他。

教养院里的人对新来的都这样。这人比我更强，或者只是个胆小鬼？这人会不会抢走我的地盘？这人会些什么？有哪些古怪之处？我能不能与他和睦相处？然后是能说会道的人，他们对每个新来的吹嘘他们的小道消息：这个人没问题，小心那个人，这里要当心，那里闭上嘴……直到听得人耳朵都快爆炸。

走在恩斯特前面的男孩比他矮小瘦弱得多，像只小红雀，此时正猫着腰穿行在黑暗的走廊里。他呼出的气体在寒冷的空气里形成白色雾气。转弯的时候，他只用手势领着恩斯特穿过楼梯间，指示他踩在台阶哪里可以不发出声音。到了楼上，他给了恩斯特一个信号，让他等在那里，自己则消失在门后。恩斯特望风的时候，听到那个男孩在大房间里翻箱倒柜，到处轻声摆弄。他的心跳得很快，几乎蹦到了喉咙口。要是现在有人出现的话，那他在这里的第一晚就得被教训了。

片刻后，小红雀带着一块橡皮和一把梳子回来了，他一声不吭地又带着恩斯特回到寝室。他们坐在床上的时候，他把橡皮递给恩斯特。

“这个给你。你叫什么来着？”

“恩斯特。”

“我叫弗朗茨。你从哪里来的？”

“奥格斯堡。我之前住在孤儿院。”

“你父母都死了？”

“我妈妈去世了。”

“那你爸爸在哪儿？”

“他驾驶大篷车做生意。”

“嗨，吉卜赛人？”

“我们不是吉卜赛人！”

“嘘，轻一点儿，好吧，不是就不是吧。”

“我们是杰尼人！”

“别激动了，我什么都没说。你为什么来这里？”

“不知道。”

“嗯？”弗朗茨做了个偷东西的手势。

“不多，只是些小东西。”

“大家都这么说。”

尽管漆黑一片，恩斯特还是看见他在笑。“事实就是这样。”

“好吧。我现在必须上床睡觉去了。明天见。”

像他来的时候一样，弗朗茨又轻轻地消失了。恩斯特继续清醒地躺在床上，倾听着周围的喘气声和抓挠声。

男孩们在床上辗转反侧，呻吟着，做着噩梦。有的睡着了，有的偷偷哭泣，还有的钻进别人的被子里，互相抚摸着。一些人像婴儿一样蜷缩在床上，一些人在嘴里含着大拇指，一些人说着梦话，被吓得浑身是汗，于是在黑暗里瞪着眼，希望明天会更好。

恩斯特也开始做梦，他梦见自己飞过这所比约瑟夫孤儿院大得多的教养院，飘过老旧修道院的两座尖塔，看见许多配楼和两个大大的内院，看见教养院后面的工具棚和谷仓，还有现在正白雪皑皑的花园。他看到教养院里面宽大的楼梯间和深棕色的木质扶手，宽阔且容易迷路的走廊，教室、餐厅和休息室。然后他又回到了大寝室，里面住着中等年龄的男孩，恩斯特的床在门边上。

旁边的大寝室里也住着中等年龄的男孩们。走廊尽头的房间里睡着年龄小的一组，都是6到8岁。12到14岁的大孩子们住在对面院子一侧的房间里。这里一共住着大约一百个男孩，每个月都会增加。另外还有差不多数量的女孩，她们都住在二楼，也分成低龄、中龄和大龄三组。

男孩们住的楼层由教导员门泽尔值夜班，然而他并不尽心，常常站在窗边抽一种叫“摩科瑞”的烟。校长高乐的办公室位于面朝街道的一侧，这里的孩子们都叫他院长爸爸。院长办公室还亮着灯，他正和他的女助理弗里德尔一起翻阅文件。1940年对于纳粹国民福利教养院来说不是个好年份。孩子数量不断增加，教导员紧缺，因为很多人都进了国防军。

老修道院不远处是一河之隔的因德斯多夫。村庄日日夜夜都在沉睡，它不想看到和听到河对岸那所修道院里的一切，那里已经不再是修道院了——自从两年前好心的修女们被纳粹赶走，纳粹国民福利社就接管了那里。村庄想要它的宁静，不愿知道关于住在那里的孩子们的任何事情。修道院和村庄之间有足够宽的距离，对此大家都很高兴，因为教养院的孩子们让人不舒服，都是游荡者、废物、懒汉之类的害群之马。所以把教养院和村庄隔开的宽阔绿化带和格隆河正合人们的心意。略特巴贺瀑布流进格隆河的地方有座桥，过桥就可以到村子。如果过了桥向左转，就通往火车站，那是今天恩斯特和瓦塞尔曼从火车上下来的地方，他们脚步沉重地穿越雪地，来到了教养院。

从外面看起来，教养院简朴严谨而且与世隔绝。这座教堂的外观是灰色的，前面有两座高高的尖塔，后面是一幢小塔楼，教堂里面到处装饰着金光灿灿的圣灵壁画。紧挨着教堂的南面是三层楼的教养院主楼，朝着街道方向有几座大拱门，但它们都只是装饰，因为后面并没有门，只在南面角落有个带滑窗的小门，刚好够坏脾气的女看门人通过。

这是幢令人悲伤的房子。尽管房间巨大，有大窗户和石膏天花板，但是这里的孩子们是悲伤的，教导员是悲伤的，恩斯特是悲伤的。他忍不住想起约瑟夫孤儿院，想起约翰、埃米尔和圆球，想起斯高丽娜，她极其严厉却是个好人。如果他不再偷窃，不再做坏事，也许会被送回去。

离因德斯多夫南面不到几公里的地方就是达豪。火车曾在那里停靠，但恩斯特没有看见营地。恩斯特想，要是能在达豪下车就好了，他要去找爸爸，告诉他，他现在不在奥格斯堡了，而在离他很近的地方。

恩斯特不知道的是：克里斯蒂安·洛莎已经不在达豪了。在长达两年的监禁后，他于 1938 年的圣诞节被释放。

自此他就躲在亲戚家，尝试重新做他的生意，同时他得常常留神警察和当地政府。他知道，如果他以流动小贩的身份落在他们手里，又会马上被关起来。

恩斯特梦见自己飞到空中，越过因德斯多夫的修道院，飞向达豪。他看见草地、田野、小村落和城市。他越是接近达豪，天空就越昏暗，布满阴沉的降雨云，像是要下雷雨似的，天空先是墨蓝色的，然后变成硫黄色。他陷入困境，一切都变得漆黑，直到他被一声尖锐的哨声惊醒。

门泽尔拿着他的哨子站在寝室里，喊着："起床！都出去！"

恩斯特从床上跳起来，这时那块橡皮掉了下来，正好落在门泽尔脚前。

"你从哪儿搞到这个的？"

恩斯特很无辜地看着他，可是这对门泽尔不起作用。他揪住男孩的耳朵。

"我问你话呢。"

"找到的。"

"哦，这种话我们不感兴趣。刚刚来这里的第一晚就偷东西，这倒是开了个好头。等着吧，小坏蛋，我们会好好让你戒掉这个的。"

他拿走了橡皮，大步走了出去。隔了两个床，弗朗茨正斜着眼睛看他，好像在说"你怎么能这么蠢"。恩斯特重新躺到床上，他真想藏起来。他用被子蒙住脑袋，什么都不想听，什么都不想看。

但是这没有用，门泽尔的哨声在门口催着大家进盥洗室。突然恩斯特觉得全身发痒，他只好不停地抓挠，结果胳膊上腿上都是红色的挠印，用冷水洗过才好一些。

早餐的时候，哈拉德坐在恩斯特边上。他 11 岁，比恩斯特大一岁，骨瘦如柴，但至少比恩斯特高五厘米。没人敢惹他，因为他会用炭一样黑的眼睛恶狠狠地盯着对方。

哈拉德一边急切地嚼着面包屑，一边向恩斯特介绍小组里的男孩们。只有少数几个人父母双全，但是父母通常也不想念他们。例如阿尔方斯，他从小在妈妈身边长大，曾亲眼看着她如何在他旁边的床上迎接她的情人，几个月前她死了，他看起来对此很高兴。又例如施特凡，一直想着偷偷逃走。还有卡尔·路德维希，小组里年龄最小的，他和他哥哥一起进的教养院，开始的时候经常在床上拉屎，后来教导员改掉了他的毛病，但是他在父母来探望过他之后又开始了。至于莱昂哈德，他和六个兄弟姐妹一起来的教养院。因为他们家全是臭虫，所以孩子们全身上下满是臭虫叮咬的包。

吃早饭的时候，恩斯特观察着教导员门泽尔，他来来回回穿梭在一排排座位间，想着那块无聊的橡皮。

“门泽尔这人还可以，”哈拉德说，“他一支接一支地抽烟，别吵到他就行了。你应该庆幸不是温特里希值夜班，她很难相处。”

“但是她看起来相当和善。”

“别被骗了。她刚从护士学校过来，知道所有的诡计，装出一副友善的样子，但事实上冷酷无情。关键在于，她这么年轻，没人把她当回事。只要她一转身，我们就拿她的肥臀开玩笑。”

“门泽尔现在一定去找校长了。”

“别担心，他不会因为一块橡皮小题大做的。而且你很难见得到高乐，他所有时间都在外面参加重要会议，这个老人是虔诚的基督徒。但是你要特别留心弗里德尔，他的女助理。老人离开的时候，就由她来管理教养院。”

“那老师们呢？”

“和斯特罗贝尔可以相处得不错，但是你可能会遇到约瑟法两人中的一个。”

“谁？”

“约瑟法。一个叫约瑟法·克林格，另一个叫约瑟法·奥斯曼。她们俩不但名字一样，而且都是令人讨厌的老太婆。你一定要留心，她们最喜欢到老校长那儿告状，屁大点儿的事都写进你的档案里。”

“那又怎么样呢？”

“喂，你想得倒简单。你知不知道，要是你不听话，她们会怎么处置你？把你关进疯人院。”

“胡说。”

“可惜我自己是不会去试的。她们把沃尔夫冈送到了乌尔斯贝格，其实他也没有做什么坏事，只是头脑有点儿简单，常常在床上拉屎。”

“乌尔斯贝格？究竟是什么？”

“就是一所疯人院。现在他就和一群傻瓜在一起。”

恩斯特瞪大眼睛看着哈拉德，他正咽下他的面包。恩斯特又忍不住开始抓挠。

哈拉德笑了笑。“你会习惯这个的。”

“习惯什么？”

“虱子。”

教养院很大，所以寝室和教室都在一幢房子里。孩子们只要换一下楼层，走过几条走廊，就到了教室。如同哈拉德预言的那样，恩斯特的老师是约瑟法中的一个，克林格，她用冷漠的眼神迎接恩斯特。她身上的一切都一丝不苟，编好的发髻、姿态、粗糙的双手，尤其是藏在框架眼镜后面的眼睛，特别的小，而且总是充满怀疑、飘忽不定地看着四周。她很少打人，而是让不听话的孩子跪在角落的木柴上，之后再让他们抄写院规，直到手指开裂。

恩斯特分到了第一排的座位，他属于被严格观察的学生，尤其“享受”克林格的怀疑。

坐在他旁边的是保罗，他自顾自地画画，同时所有时间都想着逃跑。保罗是个不踏实的、强壮的男孩，有着黑色的短发和一次拳击比赛中被打断的鹰钩鼻。他已经逃跑了几次，每次都是几天后就被抓回来，但他从不透露他去了哪儿。他活在自己的世界里，埋头于冒险小说，他想将来去非洲做猎狮人，或者就做马戏团的骑术表演者。

课间休息结束后，克林格让大家做听写：为什么我们的元首喜爱青年？保罗让恩斯特抄他的，可他自己也没写对。

突然克林格站到恩斯特旁边，抽走他的纸，怒骂道："你笨得连抄袭都不会！但是对一个吉卜赛人又能期待什么呢。"

恩斯特吓得跳了起来，他看到坐在旁边长凳上的弗朗茨脸变得通红，而且很快把头埋进了本子里。

其他人笑起来，克林格继续骂道："撒谎、欺骗、偷窃。要是你以为你的那套在这里行得通，那你就错了。滚出去，站到角落里！到明天为止，抄完五遍校规。"

下午恩斯特偷偷溜进盥洗室，想要不被打扰地在镜子里仔细观察自己。他在一本教科书里看到过吉卜赛人的画像，他们都是深色皮肤，有着歪鼻子和颜色如黏土的奇怪眼睛。但是他在镜子里没有发现任何这种特征。他有着普通的褐色眼睛，皮肤是近乎苍白的浅色，头发金色。他检索着脸上的每个器官，如果一定要说有像吉卜赛人的地方，也许就是他的耳朵……

2

要是赫尔来了，准没好事。她定期从慕尼黑过来，给教养院的孩子们检查身体。这位女医生对孩子们的身体疾病从来不感兴趣，她更多的是调查孩子们的家庭情况。她做测试，提问题，观察寄宿生们的行为。她的检查结果可以在档案中查阅，每个寄宿生都有一份。每个在教养院的人都知道，给赫尔女医生留下好印象很重要。谁要是在她那儿得了差评，在教导员和老师们那里就要倒霉。

每次她来，教养院都要特意为她布置好一楼的病房。门外面插了一块牌子，上面写着“K. 赫尔医生”。

8月初，假期刚刚开始，恩斯特和三个同学一起坐在病房外的长凳上。他觉得胃有点儿不舒服。坐在他边上的哈拉德告诉他，赫尔的报告里很少写好事，她不喜欢因德斯多夫的孩子们，或许她根本就不喜欢孩子。她穿着时髦的黄色短裙穿过院子，既不向左看也不向右看，而是紧紧拿着她的大文件袋无视一切，即使听到“希特勒万岁”也毫无反应。

哈拉德警告他，不管怎样，在调查的时候必须十分小心。“好好想想，你要说什么。她会记下每句话、每个错误的回答，她还会记下你是不是挖鼻孔，衬衫是不是正确地塞进裤子里，你站得是歪的还是直的。”

哈拉德已经接受过两次调查，今天是第三次，因为他爸爸写信投诉了。他爸爸在前线，有一枚**铁十字勋章**。哈拉德偷偷给他写了封信，告诉他，他在教养院里被打，而且他们对他不好。然后他爸爸就给校长高乐写了信，告诉他这是不对的，哈拉德作为一名前线战士的儿子理应得到正确的对待。这起了很大作用。自此指导员们对待哈拉德就很克制，他则更加趾高气扬地到处跑。现在他必须接受赫尔的调查，他觉得这是个坏信号。所以现在他像唱诗班的男童一样端坐着，甚至还梳了头。

西格弗里德已经在里面待了半个小时。哈拉德说，通常不用这么长时间，也许是因为从西格弗里德身上查不出什么。大多数时候他总是一个人在幻想，看起来笨拙迟钝，但这只是他的伎俩，事实上西格弗里德是个能把人气死的男孩。上一次全校募捐时，他把自己账本上的金额擦掉，写了一个更小的数额，这样他差不多给自己留了十五马克。糟糕的是，门泽尔发现了账本上橡皮擦过的痕迹，结果西格弗里德挨了一顿揍并且被罚搬了一周的木柴。

西格弗里德还很会赚钱。他左眼上有个黑罩子，下面没有眼珠，只是一个空洞。在孤儿院的一次事故中他失去了这只眼睛，究竟怎么发生的，他从来不说。如果和他说起这个，他只是问："想看看它吗？"看一次他收十芬尼。因为这个眼罩，大家都叫他亚哈船长——一个来自小说《白鲸》里的人物。西格弗里德讨厌这个名字，因为它听起来像犹太人，但是他对此无能为力。

"船长出来了，"当西格弗里德开门的时候哈拉德说，"嗯，怎么样？"

"怪阿姨。"西格弗里德嘟哝着，然后他没有再说什么，拖着脚吧嗒吧嗒地走了。

哈拉德笑起来。"亚哈船长说得对，她确实奇怪。我告诉你，好好留心她。她一直装得很友好，背后又在校长那里抹黑你。"

门开了，轮到哈拉德。他迅速用口水捋平他的黑头发，在进去前快速地眯了一下眼睛——外面还剩下恩斯特、弗朗茨和汉斯。虽然弗朗茨已经 12 岁了，却是这个年龄组里长得最小的孩子之一，体弱多病，脸色苍白。他坐在那里几个小时，一个人沉思着，或者用水汪汪的蓝眼睛看着窗外。如果其他人想激怒他，就朝他喊“射手弗朗茨”，这几乎能立刻让他咆哮。因为两年前他用步枪射死了他 4 岁的妹妹。究竟发生了什么，没有人清楚地知道，只剩下谣传。据说是弗朗茨在家里玩爸爸的步枪时，无意中扣动了扳机。自此他对什么都满不在乎：当他偷东西被逮住而且挨打时，他一点儿都不在意；当他没完成作业被克林格臭骂时，他也无所谓。

汉斯恰恰相反，一刻不停，总是匆匆忙忙。他的小脑袋和瘦长脸与强壮的身体一点儿都不协调。汉斯淘气、自以为是、性情暴躁。他 4 岁的时候点燃了一个干草堆，之后他们总是逮到他在玩火。有一次他烧光了当地所有住着小鸟的鸟窝，之后还眼睛发亮地对此津津乐道。今年年初他在祖父母家的农庄放火，幸好他们在整个院子着火前把火灭掉了。第二天他们就把他送进了教养院。汉斯兜里总有火柴，虽然这是被严禁的。无论他们搜查他多少遍，拿走他的火柴，他总有办法搞到新的。

“你觉得，赫尔想从我们这儿知道些什么？”他问恩斯特。他来来回回移动双脚，好像马上就要从这里逃走似的。

“你是不是还在床上拉屎。”恩斯特回答。

“你，等着瞧！”汉斯攥紧拳头。

“开个玩笑。我确实不知道。”

汉斯问弗朗茨他有没有火柴。

“没有，”弗朗茨说，头都没有抬一下，“怎么，你又想点火？”

汉斯咧开嘴笑。“我可不做这种事。”

弗朗茨发牢骚："昨天我还看到你躲在谷仓后面，点燃了一堆干草。"

"你真是个蹩脚的间谍。你要是敢出卖我，就打得你鼻青脸肿。"

这时哈拉德出来了，脸上挂着胜利者的表情。"她上了我的当，完全听我的。她说我做得很好，但是这个赫尔真是个狡诈虚伪的女人。我很期待，她在报告里会怎么写我。"

"你觉得，她会给你看吗？"恩斯特问道。

"废话。报告直接给校长看，哪儿轮得到你。不过门泽尔和温特里希会拿到一份副本。"他阴谋式地扬起一条眉毛。"这幢房子里没有秘密。"

门再次打开，赫尔医生的头闪了一下。

"洛莎！"

哈拉德朝他眨了眨眼睛。

赫尔医生穿着白色外套坐在书桌后面。恩斯特小心翼翼地关上身后的门，她停止翻阅资料，审查似的打量着他。

恩斯特不知道该把手放哪儿，一会儿捏着手放在身后，一会儿又放在肚子前，然后看着自己的指甲。他感到医生的目光在他身上上下游走，简直把他整个人都照亮了。她在面前的纸上写了些什么。钢笔在纸上沙沙地响，恩斯特的头发都快竖起来了。

然后她对着纸说："脱了！"

"什么？"

“把你的衬衫和裤子脱了。此外不是说‘什么’，而是‘请再说一遍’。”

她透过眼镜严厉地看着他。恩斯特站上秤，26.3 千克，然后贴近标杆，1.32 米。

“洛莎，这是个罕见的名字。你来自哪里？”

恩斯特开始说话前，不得不先清清嗓子。他的声音沙哑。“来自奥格斯堡。”

“你父母是奥格斯堡人？”

“不知道。”

“这里写着，你父母是吉卜赛人。”

“我们不是吉卜赛人。”

“那是什么？”

“杰尼人。”

“原来如此，那自然不一样。”她举起他的手臂，就像在医院做的那样，仔细听他的肺部。“你知不知道你为什么在这里？”

“我不是吉卜赛人。”

“我已经听懂了。我想知道，你为什么在这里。”

“我什么都没有做过。”

她观察他的手和脚，测量他的头围，又记下笔记。

“你之前在哪儿？”

“在奥格斯堡。”

“奥格斯堡的哪里？”

“圣约瑟夫孤儿院。”

“那为什么孤儿院把你送到这里来？”

“不知道。”

她翻着资料。“这里写着，你‘无药可救’。”

“我不是。”

纸上又响起沙沙声。

“你在因德斯多夫已经半年了。你喜欢这里吗？”

“是的。”

“你特别喜欢这里的什么？”

“不知道。”恩斯特的脑海里响起哈拉德的声音：当心，她是个狡诈虚伪的女人。

“你参加希特勒少年团了吗？”

“今年 4 月加入了少年队。”

“那么，你喜欢吗？”

“喜欢。我们每周训练两次。上周我们进行了野外演习，我是投球赛的第三名。我们队的队长，阿尔方斯，甚至还表扬了我，他平时很少这么做。现在暑假里我们会外出一周，在野外扎营。”

“克林格女士告诉我，你经常偷东西。”

“完全不是这样的。”

“但是克林格女士不会骗我。”

恩斯特尴尬地看着窗外。8 月下午亮晃晃的阳光让他眩晕。

“你知道，偷东西是不允许的。”

“是的。”

“尽管如此你还是这么做。”

“只是偶尔，不再经常偷了。”

“哦，不再经常。孤儿院的报告里写着，你会偷走所有拿得走的东西，对你必须时刻关注。”

“这不是真的。只是偶尔，如果是我喜欢的东西。”

“如果你喜欢，你就拿走，也不管它是不是你的？”

“不，不是一直这样。”

“你知道，偷窃会受到严厉的惩罚。”

“嗯。”

“尽管这样你还总是这么做。”

“我不想这样的。”

“但是？”

“但是我看到我喜欢的就忍不住。事后我才想起来这是禁止的，而且还会引起麻烦。”恩斯特咬着下嘴唇。“但是我已经改正了。”

“是吗？”又响起钢笔的沙沙声。

“是的，我们到这里来的时候，瓦塞尔曼和我，哦是瓦塞尔曼神父和我，我们到了慕尼黑，因为火车要在那儿停一小时，我们有时间进城逛逛。那时候我看到商店里那么多漂亮的东西，但是我控制住了自己，什么都没有拿。”

“那是2月，距现在已经有半年了。这期间你还是经常在偷东西时被逮到。克林格女士说，你甚至从她的手袋里偷钱。”

“那不是我干的。”

“那究竟是谁？”

“是阿尔弗雷德。他说，我们拿了钱就可以去村里买东西。”

“但是钱是在你的书包里发现的。”

“我只是帮他保管。”

“另外在你枕头下面有块手表，是温特里希小姐的。”

“我也不知道它是怎么到那里的。”

“此外门泽尔先生抓到你在墙壁缝里和地洞里挖了藏匿处，把你偷来的东西都藏在那儿。”

“那些都是我的东西，我只是把它们藏起来，因为其他人总是偷东西。”

“哦。”

她又写了些什么，一会儿看着恩斯特的资料，一会儿看着面前的纸。

“我会改正，再也不偷了。我发誓。”

她透过眼镜长久地审视着他，然后费劲地掏出一本书，在他面前打开。这是些奇怪的图画，好像有人把墨水渍倒在纸上，然后在中间对折，再把两面合在一起。

她把墨渍画放到他面前，要他说出他看到了什么。一开始他什么都看不到，然后他看到一只鹰、一头狮子、一幢燃烧的房子、一只死猫、一个老人、一条火龙，也可能是魔鬼或小精灵。她把所有的答案记在另一张纸上，然后就结束了。他抓着门把手的时候，她说：“下周我还会再来，我不想听到坏消息。”

“我会努力的，医生。”

“我希望这样。”她皱着眉头看着他。

出门的时候他听到钢笔的沙沙声，这个响声仿佛能深入肌肤。

他完全不清楚赫尔医生知道些什么。这里所有人都偷东西。

有几个笨手笨脚的小偷，例如*路德维希*，他无非顺手牵羊，让东西消失在裤子的大口袋里。还有诡计多端的贼，比如哈拉德和*西奥多*。西奥多两周前才来教养院，之前他只是在大街上游荡，他在那里学到了很多，成了高超的扒手。

恩斯特下定决心好好控制自己，可第二天莱昂哈德就把他的手表放在他旁边，他除了把它藏起来别无他法。*西蒙*的小梳子和保罗的窄柜钥匙同样如此。午饭前恩斯特打开保罗的窄柜，一双溜冰鞋对着他闪闪发光。他刚把鞋子拿在手里，突然想起自己的誓言，于是叹着气把鞋子放了回去。

在一周后的复查中，恩斯特悔恨地交代了这两次偷窃，但他很自豪地告诉医生，他没有偷保罗的溜冰鞋，因为他最终想起来他答应过要改正。赫尔医生点点头，做了笔记。恩斯特不知道，这对他来说是好是坏。

恩斯特离开调查室后，赫尔医生在报告里写道：洛莎是个病态、不合群的孩子。他有着意志薄弱、不坚定、超乎寻常的冲动型病态人格。经推测他根本不可能改正过来。

3

自从恩斯特在全国运动比赛中赢得了冠军别针，甚至连少年队队长阿尔方斯也接受了他。阿尔方斯是个真正的流氓，强硬冷酷，但是所有人都崇敬他，因为他像熊一样强壮，他粗鲁狂妄，是一个真正冒失大胆的人。他快 14 岁了，希望战争一直打下去，那样他就可以入伍，尽快成为士兵，最好是飞行员。他常常偷偷抽烟，甚至学会了把烟吸进肺里。一般他抽的都是“鼓手牌”的烟，因为烟盒里有德国军队制服的小相片，他的相册里几乎贴满了收集来的全套相片。

每周三的晚上阿尔方斯都要行使职权，修改大教室里的德国地图。他在任何有德国军队的地方插上小旗子，用铅笔耐心地给被占领的地区画上阴影。1940 年对德国来说是个“丰收年”，灰色面积增加了很多，一开始是挪威和丹麦，接着是荷兰、比利时、卢森堡和半个法国。“再等等，很快就轮到**伊凡**了。”阿尔方斯说着指向波兰右面的广袤地区。那里用粗体字标注着“苏联”，并且被他提前画上了阴影。但是在那之前，德国军队正在另外一个地方进展神速，那就是**隆美尔**将军驱逐英国人的地方——非洲。少年队的队员们需要一张新的地图，因为他们的旧地图上没有非洲。

阿尔方斯完成了地图，让所有人都端正笔挺地站着，集合好准备授旗。有时候阿尔方斯让他们在房间里操练，接着准备下一次街道上的搜集工作，搜集来的东西有的给前线士兵，有的给国民福利社，有的给冬天救济机构。阿尔方斯一边做动作一边唱着歌，例如《我们向胜利冲锋》或者《我们向英格兰前进》。他最喜欢唱的是《烂骨头在颤抖》。现在是冬天，他们很少玩野战游戏。阿尔方斯搞到了新的棋类游戏，叫“犹太人滚出去”。这个游戏的玩法和“没人让你生气”游戏类似，不同的是，不是互相投掷而是必须把犹太人赶出他们的房子和商店。谁先把六个犹太人赶到巴勒斯坦，谁就赢了。恩斯特还从来没赢过。

“关键你是个胆小鬼。或许你是犹太人的朋友？”阿尔方斯说，他眯起了双眼。

“真是胡说八道。”恩斯特反驳。

“哦，有可能的。你们这种人，谁知道呢。”

“什么叫我们这种人？”

“你知道我什么意思。”

“不，我不知道。”

“无所谓啦。来，我们继续玩。”

但是恩斯特没兴趣了，他生气地扔掉石头，走了。

阿尔方斯朝着他怒吼：“你这是违抗命令，我要告发你！”恩斯特无所谓。

是的，他知道阿尔方斯的意思。他说的是吉卜赛人、杰尼人、反社会分子。可真要说起来，他们都是反社会分子：开枪打死妹妹的弗朗茨，喜欢放火的汉斯，少了一只眼睛的西格弗里德，来自爬满臭虫的屋子的莱昂哈德，甚至阿尔方斯自己也是——他没有真正的父亲，他的妈妈成天和不同的男人交往。

关于阿尔方斯妈妈就在儿子床边接待情人的故事，只在私下流传，他自己从来不说。他手头备有一堆下流的故事，这方面他很有经验。他已经交往过女孩，曾在露天泳池的更衣室偷窥他人，有一次甚至偷看了一个姑娘。每次阿尔方斯讲起他的故事，寝室里的喘息声和喧闹声比平常任何时候都厉害。

所有吸引人的、不正经的事情，都会给男孩们留下深刻印象，所以恩斯特也跟他们说起约瑟夫孤儿院里特劳德尔的故事。

“她虽然有点儿蠢，但是已经有胸部了。有一次我们给了她 1 马克，她就躺在地上，把腿分开。我们可以看到她的内裤，甚至能看到里面的一些黑色。”

恩斯特没说的是，他们很愚蠢地被斯高丽娜逮到了，被打得鼻青脸肿。

男孩们一直想听这种故事，他们想知道更多细节，于是等着恩斯特继续说。他就自己编了一些。每次他都给故事添枝加叶，讲述着他怎样偷偷溜进孤儿院的女生寝室，躲在柜子里，通过锁孔偷看女孩们脱衣服；他怎样在窗外偷窥女生洗澡；他怎样在屋子后面亲吻克里斯蒂娜。虽然这些都是弥天大谎，但是男孩们不想听别的，就渴望听这些。不久恩斯特就获得了最讨女人欢心的名声，寝室里的故事也越来越荒谬。

直到他们被发现。有一天晚上，温特里希站在大寝室里，没有人看到她站在那里，也没有人听到她进来的动静，因为她穿着拖鞋像蛇一样偷偷进来。她听着这些“荒谬的故事”，在黑暗中站了很久，然后把莱昂哈德从床上拖起来，他是说得最起劲的。她抓住他的耳朵，打开灯。

“你这头猪，你在干什么？”

莱昂什么也说不出来，而且在睡衣裤裆鼓起来的情况下也不必说什么。大家都幸灾乐祸地笑，这让温特里希更加生气。

“你们都出去，所有人！”她尖叫道。接着她把二十个男孩赶到冷水下淋浴，当所有人都冻得发抖躺回床上，她像蛇一样咝咝地说：“还没结束。”

第二天，恩斯特被叫到弗里德尔那里。她有意让他心神不宁地等了一会儿。恩斯特站在书桌前的时候，她长久且锐利地看着他。因为他不能直接看她的眼睛，他只好盯着她身后的希特勒画像，元首正严厉地俯视着他。“要是元首知道的话”，每当事情出了差池，大人们就会这么说。但是元首有这么多事情要听，他怎么可能关心所有的事情。

弗里德尔把恩斯特从冥想中拉回来。“你来这儿已经超过一年了，我看了你的报告，完全没有任何进步。”她用手指敲着桌面，“是你在寝室里煽动大家手淫？”

“不，不是我！”

“温特里希小姐和你的同学们可不是这么说的。他们说，你经常说些下流的故事，诱使他们做出堕落行为。”她说话的时候，站起身来，威胁地走向恩斯特。

“不是这样的。是他们一直要我给他们讲，然后我就编造了一些。”

“哦。他们要你讲什么？”

“瞧，就是一些和女孩的事情。”

她往前跨了一大步，甩了恩斯特一巴掌，打得他横摔过办公室。

恩斯特试着诉苦。“我根本不想这样，但是他们都特别想听，一直求我‘恩斯特，再说一个故事’，然后我就说了。但是我不会再这么做了，弗里德尔太太，我发誓。”

“你从哪儿得来的这些故事？”

“我自己编的。”

她又挥起手臂，但是恩斯特乞求道：“是真的，所有故事都是我编的。千真万确。”

她久久地看着他，然后生硬地说：“我不想再听到这种事情。纪律是这里的最高信条。你要是违反了纪律，我就教训你。我要是再听到什么，就把你分到大男孩那里去。那里吹的可是另一种风，懂了吗？”

“是的。”

“作为惩罚，抄写十遍院规，为食堂搬一周的柴火。”

“是的，弗里德尔太太。”

当他回到其他人那里，大家都嘲笑他，令人讨厌地议论他绯红的脸。他知道，他们这次又需要一个替罪羊。但是用不了多久，他们也会变成他这样。春天很快就到了，那时候他就逃离这里。

这里经常有人逃跑，有的已经尝试了四次。通常他们会在几天后又被警察送回来，或者他们自己就回来了，因为饿了或者外面太冷了。不久前，2 月底的时候，莱昂哈德和他的好友西奥就逃走了，那天下午他们应该接受惩罚训练，却穿上希特勒少年队的制服，越过篱笆跑了。但因为实在太冷，傍晚的时候他们又主动回来了。

弗朗茨和施特凡出逃的时间最长。温特里希小姐带着整个小组在森林里收集榛果的时候，他们俩偷偷溜走了，提前悄悄回到教养院，进了门泽尔的房间偷东西。他们拿走了所有值钱的东西：各个年级储蓄箱里的钱、小盒子里的十块手表、香烟、巧克力夹心糖、饼干、巧克力、胶卷、一部相机、一盏台灯和希特勒青年团的旅行刀。他们把所有东西塞进背包，穿上他们希特勒少年队的制服，去了火车站，在那里乘上了去慕尼黑的火车。两周的时间里，他们都在路上，最终到了奥地利的南部，在那里偷窃时被抓。

但是恩斯特确信，这种事不会发生在他身上。如果他逃跑，不会去奥地利，而是最终逃到美国，那样就没有人能抓到他。或者去非洲，隆美尔和他的军团正在那里。恩斯特知道隆美尔的一切，因为保罗是他的狂热追随者。保罗经常买德国步兵杂志，他确实对此上瘾。如果他看完了，有时候会同意给恩斯特看看。

保罗非常想进非洲军团。恩斯特不知道自己是不是也想成为士兵，但他讨厌在希特勒少年团小分队里无休止地操练。要是他们没有足够快地躺到泥地里、站起来、卧倒、奔跑、匍匐前进，阿尔方斯就到处吼叫，他受够了这些。阿尔方斯说，恩斯特绝对不会成为英雄，要是他不遵守纪律不服从命令，很快就会被希特勒青年团开除。

5月1日，所有人都严格按照顺序站在教养院的院子里，希特勒青年团站在最前排。纳粹青年团团员对高乐来说是荣誉精英部队，他在这样的庆祝日子里总会出席并作无聊的讲话。他们唱着

《我们的旗帜向前飞扬》，当唱到“是的，旗帜多过死亡”这一句时，恩斯特感动得眼眶含泪。

他抬头仰望红色的旗帜，它们正飘扬在头顶上方。旗帜上的纳粹标识在风中旋转，就像一个螺旋桨。高乐说，元首拯救了祖国，他寄希望于青年人，因为他喜爱青年人，因此他们要全心全意地为祖国奉献。校长讲话的时候，血红色的旗帜哗啦啦地响着。

但是如果一个人被拘禁起来了，他要怎样奉献呢？旗帜正拉扯着绳索，想要飞走。恩斯特等待着绳索断裂的时刻。旗帜是一张飞行的毯子，他们抓住了它，绑住了它，禁止它随处飞翔。四处流浪的人是堕落的，必须被关起来。但是它在反抗——发怒的旗帜抖动得脸都红了，发出短促刺耳的噼啪声，声音响得已经盖过了校长的讲话，接着绳索就断了。

旗帜愤怒地悬在院子上空，遮蔽了整个灰色的教养院，升到云层那么高，飘荡在教堂、院墙和花园的上空，嘲笑着校长和老师们。没有人能阻止它，没有人能再抓住它，它飘向森林，很快消失不见。无论校长叫得有多响，它都不会再回来。少年队的队员们正唱着：德国，看着我们，我们将死亡作为最小的功绩献给你。

恩斯特一直策划着新的逃跑计划，他没告诉任何人。他准备等到暑假，那时一定会有好机会。在那之前，他开辟了新的藏匿地，把他的东西藏在其中：钱、手表、旅行刀——所有旅途上需要的东西。

也许他可以带上保罗。保罗是个叫人摸不透的人，有时候他搜集小动物，几个小时地训练壁虎，有时候他又过分激动、烦躁不安、好斗生事。他不看《德国步兵》的时候，就迷恋卡尔·梅[①]，有时候甚至在课桌下读他的“温尼托”。

课间的时候他们吵了起来，争论究竟是老沙特汉德[②]更好还是隆美尔更好。恩斯特认为老沙特汉德更好。保罗说：“隆美尔有更多手下，他是一名真正的将军，现在已经有中将军衔。这是老沙特汉德不能比的。”

“但是老沙特汉德能一枪打中敌人的太阳穴，他能从胯下射击，还能用刀杀死一头熊。”

“隆美尔拥有一级十字勋章。”

他们被打断了，因为门泽尔突然过来，让恩斯特马上去弗里德尔那儿。现在一切都完了，他想。一定是又有人告发他，他们肯定发现了他的宝藏。

“我真的什么都没做过。”他以防万一地说。

“是啊，我知道，但马上去女校长那里！”

“但是我必须马上去上课了。”

---

① 卡尔·梅是德国文学大师、希特勒最崇拜的小说家。下文提到的是“温尼托”是卡尔·梅所著一系列小说中主人公的名字，这些小说包括著名的“温尼托三部曲”。——编者注

② 老沙特汉德，卡尔·梅小说中的另一位主人公。他是温尼托的好朋友，以骁勇善战著称。——编者注

"我会告诉克林格，你有访客。"

"我有什么？"

"访客。好了快点儿，马上过去。"

"是谁？"

"不清楚。我只是通知你过去。现在去吧，他们在等你。"

恩斯特慢腾腾地走向弗里德尔的办公室，他的心脏跳到了喉咙口。自从奶奶去世后，他从来没有过访客。那是1937年，他很快算了算，距今已经有四年了。

或许他可以重新回到约瑟夫孤儿院？瓦塞尔曼来接他了，因为他良心不安，认识到了他的不公？

但是女校长的办公室里没有瓦塞尔曼，只站着一个身材瘦长、衣衫褴褛的男人，他目光低垂眼神疲惫，手里拿着一顶帽子。这不可能是他的访客。可是房间里没有其他人了。恩斯特看着弗里德尔，但她什么也没说。没有人说话，直到她觉得房间里太安静了。

"那么？"弗里德尔督促地目视着这个男人，他正尴尬地转着手里的帽子，然后清了清嗓子。恩斯特不知道这里正发生着什么，但一定有什么特别的在发生。他觉得被愚弄了，很想走掉。这时男人开始对他微笑，一种左半边脸的微笑，他立刻就知道了。他的心脏几乎停止了跳动，他不能说，不能动，他想跑过去，抱住他，紧紧抱住他，但是不行，他的双腿完全没有力气，眼前一片朦胧，天旋地转，他只能非常小声地张口说话。

"爸爸？"

“嗨，恩斯特。”

4

弗里德尔带着两人进了会客室，小房间里有一张桌子和两把椅子。但是爸爸更想去外面的花园。

“如您所愿。”女校长说，同时却提防地看着他，好像害怕他偷了外面的覆盆子。

像这样在爸爸身边走着，让他有一种熟悉又陌生的奇怪感觉。恩斯特常常梦到爸爸终于来了，他笑着跳进爸爸怀里。但当一切真正发生的时候，却令人透不过气来，爸爸的来访让恩斯特害怕，害怕爸爸又走了，害怕他不会再来，害怕他带来可怕的消息，害怕他赶自己走，因为自己做了很多坏事，害怕爸爸留下他，害怕爸爸带走他。或许这根本不是他爸爸，而是一个错误，一种混淆。也许他们只是找了一个和爸爸长得一样的人，好让他规劝恩斯特，让他不再做蠢事。但是这个男人看起来一点儿不像要逼迫恩斯特的样子，反而显得迷惘绝望、精神恍惚、几乎透明。

这实在可笑，恩斯特一直都期盼着爸爸的到来，而现在爸爸在这里了，他却感到比以往更加孤独。胸口的针又开始刺痛他，每当可怕的事情发生，胸口就会有刺痛感。他第一次感受到灼烧，是他从家里被带走的时候。他回忆起妈妈被埋葬的那天，回忆起奶奶在冬天的浓雾中消失，回忆起穿着白色长睡衣的梅琴和南娜——每当有人离开，每当有人消失，他就会感受到这种灼烧。

但是现在没有人消失，恰恰相反，爸爸回来了。恩斯特应该觉得幸福。可幸福感也许并不完全如他所想的那样，幸福感可以是“纵使相逢应不识”，可以是痛哭流涕，也可以是真实与梦想的不同。这种混杂着害怕、迷惘和哽咽的情绪，也许也是幸福。

他们两人并肩走着，占据了一整条走廊的宽度，恩斯特在左边，爸爸在右边，两人隔着很宽的距离。不停有学生从他们中间走过，傻傻地看他们。在恩斯特的记忆里，爸爸总是很悠闲，可现在他身边的爸爸走路僵硬，跛着一条腿。记忆中爸爸总是穿着华丽，现在他却穿着一身皱巴巴的旧西装，裤子在他腿上晃荡。记忆中爸爸总是生气勃勃、兴高采烈，现在他却安静压抑，看上去好像宁愿远远离开。他又戴上了帽子，因为他瘦骨嶙峋，帽子似乎比原来大得多。到了花园里，他点上一支烟，深深吸了一口。

恩斯特有很多问题要问：为什么他离开那么久？为什么圣诞节那时他没有来，之后也没有？劳改所怎么样？他是不是重新做生意了？现在他们是不是可以一起去美国……但是他不敢，他担心爸爸会生气或者更加伤心。他们走到花园的后面，那里有很多参天大树，原野一望无际，他们坐到一条长凳上。过了整整一支烟的时间，爸爸终于开始说话。

“你们教养院很漂亮。”

“嗯。”

“教导员都和善吗？”

“嗯。”

“而且这里有很多和你同龄的男孩，一定很不错。”

“嗯。”

“我差点儿没认出你。上次见你时，你还是个小男孩。我想想，你那时4岁。天啊，时间过得真快。现在你都11岁了，长得这么高。”

“嗯。”

“我知道，我是个糟糕的父亲，几乎没怎么关心过你们。但是我在……没有别的办法……我不能。你懂吗？”

“嗯。”

“另外，我去过奥格斯堡的约瑟夫孤儿院，他们告诉我，你现在在这里。安娜和阿玛利亚要我转达她们的问候。”

“嗯。”

“她们都很好。我的天哪，她们都长这么大了！安娜上个月已经满9岁。我看着眼前的她，好像她还是那个裹着尿布使劲哭的小姑娘。哎呀，她真是个能哭的孩子。梅琴10岁了。他们说，她的髋部要做个手术什么的，也许会进医院或者疗养院。他们说，不是很糟糕，如今动个小手术就可以修复，然后她就可以和其他人一样正常走路。斯高丽娜修女让我问候你，她希望你规矩一点儿。她说，她常常为你祷告。”

沉默。

爸爸好像也被传染了，坐在那里，手肘放在膝盖上，双手托住下巴，一言不发。他曾经漂亮娇嫩的双手，如今满是老茧和疤痕。他看向外面的田野，幼嫩的麦穗沉甸甸的，整片田野犹如绿色的海洋。树上几只鸫鸟正发出咯咯声，似乎在警告对面正在教养院上空盘旋的猛禽。教养院那里没有传来任何声音，现在大家又都上课了，一阵冷风吹过，橡树和杨树发出簌簌的响声。恩斯特抬高腿，盘起双手。

“你现在带我走吗？”

“小家伙，不行。”

“为什么？”

“我没法照顾你，我连自己都几乎照顾不了。你在这儿挺好的，有足够的食物，有住的地方，有玩伴和朋友。”

“呸，朋友。对他们来说我就是个吉卜赛人。”

“哎呀，别听这种无聊的闲话。”

“我不想待在这里，我更想和你一起流浪，睡在马车里。”

“我没有马车了，已经没有很久了。自从你妈妈去世，所有的就……我就是没有运气。”

“那我们就去美国。”

“你想在美国做什么？”

“你说过，要是你再来的话，要是赚到足够的钱，我们就去。你答应过的。”

“美国……那你还得多些耐心。目前生意很不好做，你知道吗？”

“是不是因为元首不喜欢流浪的人？”

“小心你说的话，否则他们也会把你关起来的。”

“怎么了，他们还把谁关起来了？”

“啊，没有谁。”

“奶奶说过，你在达豪。”

“真是典型的妈妈，从不闭上嘴。”

“她谈到过你。”

“不管怎样，我现在又出来了，十匹马都拉不回去。别担心了。”

“她还把你和妈妈的项链给了我。”

“它还在你那儿吗？”

“当然。”恩斯特解开他的衬衫，给爸爸看戴在脖子上的项链，这样没人能偷走它。“我还有很多宝贝在我的隐藏地。那里还有钱，至少有五十马克。”

“你哪儿来的这些？偷来的？”

“不，省下来的。”

“别骗我了，女校长告诉我，你相当的滑头。她对你很生气。”

“哎呀，这个弗里德尔，一个蠢妇。”

“胡说。”

“是真的，她一直怀疑我。在她看来，只要一有东西被偷了，就是洛莎干的。如果我说不是我干的，没人会相信我。一直都是我挨批，这不公平。”

“他们这么说的话，一定有原因的。”

“你也不相信我！”

“不，不，我当然相信你。好了，别伤心了。给我说说你的朋友们，说说你整天都做些什么。”

“啊，没什么好说的。每天都一样。六点被叫醒，洗漱后是早锻炼。在奥格斯堡的时候，我们一早就必须去教堂，我觉得那样更好，还能趁机打个盹。这里必须集合做操，而且是在早饭前做，真是愚蠢。我不喜欢克林格，她是我们的老师。她说我不适合运动，不守纪律，可我恰恰在全国运动比赛上得到了冠军别针。她总是盯着我的耳背和指甲，如果发现不干净，就在全班面前把我骂得抬不起头。她对其他人从来不这样。比如西格弗里德，他就一只眼睛，却是个十足的诡计多端的家伙，总是装出清白无辜的样子。如果他在课上睡觉，克林格什么都不说，可对我就不一样。我望着窗外的时候，她会拉我的耳朵，或者让我跪在角落里。还有保罗，他坐我旁边，也不比我好多少，每次得分却比我高。保罗想去非洲隆美尔那里，要是不行的话，就想去马戏团，骑着马、骆驼和大象。弗朗茨想成为飞行员。我们一直叫他‘射手弗朗茨’，因为他射死了他的妹妹，他不是故意的，只是不小心。我想他很伤心，但他是个软骨头，总是告状。”

恩斯特和爸爸聊着小组里所有的男孩，他说啊说，但是爸爸根本没有认真听。他坐在那儿，抽着烟，看着远处的草地，好像在看他脑海中放映的电影一样。直到恩斯特说“此外，我现在加入希特勒青年团了”，他才清醒过来。

“什么？你加入褐衫党了？”爸爸真的吓了一跳。

“其实我还在少年队，但我们已经有制服了，黑色裤子、褐色衬衫、皮带、围巾和所有东西。我不喜欢行军，但喜欢野外侦察游戏。上周我们玩红蓝对战，每个人都分到一个彩色手环，这代表生命，不能被夺走，否则你就死了。我是蓝队的，我们完全战胜了红队。我们先在小树林里包围了红队，接着开展单人对战，直到对方一人不剩。有的人甚至号啕大哭。阿尔方斯，我们的小队长，以我们为傲，把其他人都痛骂了一顿，因为他们太蠢了，根本没有用心。事后，为了让他们学会更好地战斗，他认真训练他们。每个人都必须战斗，因为只有强者才有生存权。”

爸爸咽了口口水，他看起来一点儿都不觉得骄傲。“那谁来支付制服的钱。”

“不清楚。所有东西都是学校发的。”

爸爸咬着下唇，轻轻摇了摇头，但是他什么都没有说。接着他匆忙站起身来，歪着脸，按摩着似乎僵硬了的腿。

“你的腿怎么了？”

“哦，没什么，一次小事故，很快就好了。好了，我又得走了。”

“你去哪儿？”

“我去纽伦堡一个同事那儿。”

“做生意吗？”

“是的，做生意。但是不再做纽扣和裤子松紧带，如今做这个赚不到钱了。我目前有别的想法，想做批发，不再小打小闹。如果顺利的话，就能渡过难关。”

“如果什么顺利的话？”

“这我不能告诉你，是秘密。”

“和战争有关吗？”

“别再和我提战争，我希望这个该死的战争快点儿结束。”

“但是我们一直在胜利，我们有世界上最好的战士，希特勒是史无前例的最伟大的统帅。”

“好了好了，就这样。”

他走到恩斯特面前，蹲下来看着他的眼睛，紧紧抓住他的肩膀。他看起来疲惫不堪，可他不想表现出来，装出高兴的表情，但他的眼睛出卖了他，他的眼睛如此悲伤、无神、胆怯。

“要勇敢，不要气馁。”

“爸爸，带上我吧。我能好好照顾自己，不会吃很多。而且我还能帮你做生意。”

“不行。你要理解，你待在这里会更好。”

“可我不想你走。”

“别担心，我会再来的，那时我们再一起离开。”

“去美国吗？”

“我想是的。答应我，到那时为止都别惹事。秋天我就来了，最晚明年春天，那时我们俩一起走。”

他半边脸的笑容看起来不对劲——他自己都不相信自己说的话，不相信他能来，无论秋天，还是春天。恩斯特也不相信。他看着爸爸，这一次他确信自己从此再也见不到爸爸了。这个想法让他几乎窒息。

“你不能走，爸爸。请别走，别去纽伦堡，我们一起出发，随便去哪儿，远远离开这儿。”

“别怕，我一切都弄好了。我们很快就见面了，半年后世界会完全不同。”

这时恩斯特挣脱了爸爸，跑走了，没有转身，径直横穿过花园，飞快地奔跑，好像有魔鬼在他身后。虽然他没有转身，但他看到爸爸一直蹲在那里，垂着双手，脸上抽搐着，好像马上就会哭出来。他看到爸爸慢慢站起来，按摩着疼痛的腿，环顾四周，看有没有人观察他。恩斯特跑过空荡荡的走廊，听见自己脚步声的回响，踉踉跄跄地奔上楼梯，进了寝室。白天是不允许进寝室的，但是现在恩斯特无所谓了。爸爸用手擦了擦脸，深吸了口气，准备离开。他没有进屋子，而是沿着外面长长的围墙走到了主街上，那里没有停着马车，也没有行李箱，因为他现在做其他的生意。他只有自己，以及疼痛的腿、皱巴巴的西装和灰白的帽子，他没有了儿子，就在刚刚，他失去了他。恩斯特倒在床上，用拳头捶着枕头，直到精疲力竭。

5

三个月后，1941年10月10日，克里斯蒂安·洛莎在纽伦堡落到了警察手里。当局政府确定他没有住所，是流动商贩，到处流浪，而且已经在达豪的**集中营**里待了两年。三天后，警察把他从监狱移送到福洛森堡的集中营。

在这期间，恩斯特被调到大男孩的小组。他现在很后悔暑假的时候没有逃走，但是在爸爸来看过他后，他自然要取消他的逃跑计划，因为爸爸说了：“秋天我就来了，最晚明年春天，那时我们俩一起走。”可现在已经11月了，爸爸没有来。

雨水滴滴答答地打在休息室的窗玻璃上，这样的天气已经持续了好几天。看起来雨水好像要冲走教养院，冲走村庄，冲走整个国家。白天也不怎么明亮，一直阴沉沉的，孩子们几乎不出门。恩斯特上午待在学校里，下午在休息室无聊地发呆。大部分时间他都坐在窗边，一边观察雨滴从窗玻璃上淌下来，一边胡思乱想。

他心情糟糕，因为他再也没有能和他一起玩的朋友。弗里德尔说，他对他的同学们来说是危险人物，他已经不适合待在中年龄组。但是在大孩子那里，不满12岁的他是年龄最小、个子最矮的。他们对待他就像对待一个垃圾，骂他是废物、没用的东西、逃避责任的人、蠢蛋。即便是现在已经在高年级组的哈拉德，也不帮他。“事情就是这样，”他说，“上级欺负下级。”

这里的“上级”是格雷戈尔。他是高年级组的统治者，肥胖、脸上长满了雀斑。第一天晚上，他就对恩斯特说：“熄灯的时候，到我床上来。”

哈拉德警告过恩斯特，格雷戈尔最喜欢抓年纪小的，他们必须帮他爽一次。恩斯特可不想帮这个一脸雀斑的家伙爽一次，于是熄灯的时候，他就躺在床上睡觉了。不久，他的床边就围过来三个人。

“你以为自己这样更好？”格雷戈尔说。

“别烦我。”恩斯特回答，他希望三个人快走开。

“你马上就知道，谁打扰了谁。”

格雷戈尔给同伴使了个眼色。他们猛一用劲就把恩斯特在床上翻了个身。他想喊叫，可是格雷戈尔跳到他的背上，把他的头按进枕头里，另外两个人脱了他的睡裤，轮流用长长的直尺抽他的屁股。恩斯特拼命挣扎，可是格雷戈尔就像块石头一样坐在他身上，还更加用力地压住他，让他几乎没法呼吸。他们停下来的时候，恩斯特已经感觉不到他的屁股。他用手摸了摸，只感觉到一堆麻木、肿起的皮肉。

第二天，恩斯特不断听到下流的话。“啊，小子，你的屁股疼吗？你怎么走起路来歪歪扭扭的？你们看呀，他的裤子都鼓起来了。”

晚饭后，格雷戈尔似乎碰巧经过恩斯特身边，小声对他说：“待会儿见，你懂的。”

后来恩斯特颤抖着躺在床上，等待着发生什么，但是什么动静都没有。他静静地听着呼噜声、呻吟声和窸窸窣窣的响声，但是没有人过来，显然他们已经放弃了。他终于迷迷糊糊地睡着了，那时已经过了午夜。

一小时后，他醒了过来，因为他周围全是湿的，他听到呼哧呼哧的偷笑声。他们倒了一桶尿在他床上。他大声叫喊，几分钟后灯亮了，耶格尔小姐走了进来。她看到他的床时，骂道：“滚出去，你这头猪！”她让恩斯特去了盥洗室，骂骂咧咧地给他铺床。第二天早上，他挨了一顿臭骂，此外因为尿床被罚打扫一个星期的卫生。

每天唯一的事情就是受众人嘲笑。格雷戈尔的同伙经过他身边就用拳头打他的上臂或者肚子。如果他端着饭，就伸出一条腿绊他，结果碗里的饭被打翻掉一半。只有在学校里的时候他才有片刻宁静，因为他仍在以前的班上，但是房管员总是严密注视他。从现在起，第二个“约瑟法”成了他的老师，她一点儿也不比克林格更好。房管员骂他是懒汉、逃避责任的人。下午大孩子们又继续折磨他。

就快春天了，可爸爸还是没有一点儿消息。也许他正在前线，就像哈拉德的爸爸一样。哈拉德的爸爸骄傲地在信中写道，他现在正在苏联，离莫斯科不远的地方。自从接到来信后，哈拉德比以前更加目空一切，甚至相信他已经在《新闻周报》上看到过他爸爸了。

有时候恩斯特觉得爸爸已经忘了他，爸爸早就自己越过千山万水去了美国。晚上他对妈妈抱怨，但她说不能冤枉爸爸，要有耐心。但是所有人都对他挑刺儿，每个晚上他都恐惧不已，每个晚上他都陷入完全的绝望以至于不能入睡，每天他都在课上打盹然后被房管员惩罚，别人都叫他吉卜赛人，而他根本不是……生活如此绝望，他怎么能有耐心？妈妈说只要他相信上帝，那么一切都会好起来。因此他向上帝祈祷，请求他惩罚格雷戈尔和他的同伙们，用闪电劈他们，或者让他们从楼梯上摔下去，摔断脖子。

但是上帝另有想法。复活节后的一周，恩斯特被叫到校长那里。高乐在办公桌后面来来回回地踱步。一开始他相当平静，说着说着就发火了，越说越大声。

“我们究竟该拿你怎么办？我已经很宽容了，但是我的耐心是有限的。现在你已经触碰到了我的底线。自从你来到教养院，就只会胡闹。你大偷特偷、谎话连篇，你懒惰、粗鲁、毫无纪律，此外还对同学们讲下流的事情。我希望你在大男孩们那里会变好，但是我没有看到任何进步，相反，情况越来越糟糕。”

“我什么都没做过。”

“你完全清楚我在说什么。”他指着书桌上面的小文件夹。“这是在你书包里发现的，你知道这是谁的。”

“不知道。”

“你到底怎样才能停止撒谎！这是奥斯曼太太的小文件夹，是你从她那儿偷来的。”

“我再也不会这么做了。”

“是吗，究竟多久？两天？一个星期？”

“不，真的，我发誓，绝对保证。我真的想努力。您可以告诉我爸爸，我正在改正，我正在努力。”

“你爸爸？”

“他说过，他会来接我，最晚春天。”

高乐停住，沉思地摸着鼻子，然后坐到书桌旁，瞪着面前的文件，手指敲打着桌面，他把另一只手放在嘴上，似乎想阻止自己说出错误的话来。

“你爸爸，嗯，谁知道他什么时候来。”他更多是说给自己听而不是恩斯特。接着他合上文件夹，鼓起劲来。“无论如何不能再这样下去。赫尔医生一年前就预言过了，但我总是说，我们要试试。上帝知道我们已经试过了，一次又一次地给你机会。但是你是怎么表示感谢的？不断地偷窃、举止不端、行为粗鲁、撒谎、打斗。此外你在学校的成绩也糟糕透了，又总在小组劳动时偷懒。我们教养院再也不能容忍你了。我们提出了申请，把你转移走，现在收到回复了。周一你就会被移送到另一家教养院。”

“周一就走？”

“是的，下周一。”

“那可不行，那天是元首的生日，我在希特勒青年团有任务。周日晚上我必须参加少年队队员的入队仪式。阿尔方斯给每个人分配了任务，我是火炬手。而且周一我们在院子里有方阵和升旗仪式。”

“这个没有你也可以举行。”高乐考虑了一下。“你可以在周日晚上去完成你的任务，但要在那之前整理好你的东西。”

第四章　被遗忘的孩子们

1

车厢里又暗又闷，恩斯特真想脱了穿在毛衣外面的紧身羊毛外套。外面太阳刚刚升起，火车从慕尼黑南部开向广阔的田野，金色的光点掠过乘客们的脸庞。门泽尔坐在对面，点燃了一支“摩科瑞”。他旁边坐着两个回乡度假的士兵，年轻的那个不停说着苏联，年长的那个——可能是他父亲——把船形军帽拉到脸上打着盹。坐在后面的农妇们带着各种东西：满篮的蔬菜、鸡蛋、牛奶罐，以及活的母鸡，其中一只正自由自在地在长凳下散步。

门泽尔正和士兵们聊天。恩斯特打开窗户，面庞迎风，浸沐在春日的暖阳中。火车冒着蒸汽穿行在刚刚发芽开花的树木间，桦树林冒出绿色的嫩叶，棕色的田地上农妇们正驾着耕牛劳作，零零星星的农庄前孩子们正在玩耍。

偏偏是今天。为什么他必须今天走？4 月 20 日，所有学校都放假，教养院里还有盛大的元首生日庆祝会。升旗集合时他应该站在第二排，就在昨晚刚刚加入希特勒少年队的队员们后面。昨晚的活动相当隆重，他手里的火炬和其他上百个一起照亮了内院。当新人们宣誓“少年队的队员们坚强、沉默、忠诚，少年队的队员们是伙伴，少年队队员们的最高目标是荣誉”时，恩斯特很感动。一年前他也站在同一个地方。

一个村庄出现，又慢慢远去，屋舍、院子、一座教堂，还有一队正在铁路国道旁边等待着的希特勒少年团。他们站得笔直，高高举起右手，恩斯特朝他们吐着舌头。今天所有的一切对他而言都是虚假的。他的同学们得知他要离开的时候，连一根手指都没动。所有人只是看着地面，他们只会在背后说他坏话，用他们见鬼的“荣誉”让他去偷东西。

他们停靠的每个火车站都装饰着纳粹万字旗，最漂亮的是慕尼黑站。因为他们有时间，门泽尔带着恩斯特穿过几条马路，进了一家烟草店。店里都是穿着制服的人，大部分属于希特勒青年团，也有**纳粹冲锋队**和党卫军的成员。大家都要去国王广场，庆祝希特勒的生日。

教养院的所有人现在一定正夹道列队，唱歌、敲鼓、升旗。他这时要是在那儿就好了，不是因为高乐无聊的讲话，而是因为一切都非常隆重，事后他们还能分到节日餐——煎肉和土豆丸子，这种节日里通常都是这些。但是高乐一点儿都不通融，恩斯特甚至必须留下他的制服。

在烟雾缭绕的车厢里，门泽尔在膝盖上铺了块手帕，用一把小折刀把一条硬香肠切成小片，然后打开包裹取出黄油面包。他递给恩斯特一块面包，但他一点儿都不饿。他宁愿远眺窗外，呼吸泥土的气息和早春温暖的芬芳，看着如画的风景在身后一点点远去。一个年老的农夫牵着马和马车站在田埂上，火车经过时发出的短促鸣笛惊得马腾跃而起，老人用尽全力拉紧了缰绳。

今天早上，当所有人都骄傲地穿上制服时，恩斯特不得不打包行李。门泽尔站在旁边，以防他带走其他任何东西。不过恩斯特已经预先准备好了，昨天就把藏在窄柜里的东西都处理掉了。他唯一留下的是妈妈的项链，他一直都戴在脖子上。在他整理的时候，寝室里其他男孩都嘲讽地看着他，发表无聊的议论。“疯人院快乐，洛莎！”他们做着鬼脸，格雷戈尔扮演猴子，发出“呼呼呼”的声音，直到门泽尔把他们都赶走。

群山从晨雾中显现出来，火车正好面朝山峦停了下来。虽然它们还离得很远，但已经能看到白色的尖顶。难道新的教养院坐落在山里？也许就在希特勒的避暑山庄附近，在学校里他们就听到很多关于它的传闻。但是元首能允许自己隔壁有家疗养院？高乐说过，恩斯特去的是一家疗养护理院。

当恩斯特这样告诉哈拉德的时候，他皱起眉头，发出轻轻的嘘声。“当心了，伙计，那是家疯人院！”然后他笑起来。“或许他们会动手术取走你的大脑或其他的东西。”他的这番话让恩斯特心情糟糕。

他们离开前，还必须去一下校长那里。高乐不在办公室，或许他在准备讲稿。弗里德尔给了门泽尔一个大信封，她正式地和恩斯特握手，叹息道：“我希望你能改正，成为一个正直的人。恩斯特，你确实不蠢，所以鼓起勇气来，首先停止偷窃。无论如何，考夫博伊伦对你来说都是正确的地方。在那里他们能用最好的方式应对你的天性，会好好纠正你。”

那么那里确实是一所罪犯集中营？会有怎样的“设施”？恩斯特慢慢地跟在门泽尔后面，手里提着他的小箱子，他觉得自己好像正被押送去处决。也许那是一所纠正教养所，所有干过坏事的男孩都被藏在那里。可他最近几乎什么都没偷，除了几件小东西。偷了一把梳子和一块手表是不会进罪犯营的，更不会进疯人院。

从门泽尔那儿什么也打听不到。他一直抽烟，看着周围，似乎对于这次出游挺高兴的。当他们离开教养院的时候，他甚至吹起口哨，哼着《莉莉玛莲》[①]的调子。他生气勃勃地大步快走，恩斯特疲惫地跟在后面。他的箱子像一块挂在他胳膊上的石头，每走一步就撞到他的脚窝。

这种情形就像他和爸爸一起穿越田野。一个美丽春天的早晨，阳光明媚，乌鸫在他们头上鸣叫，他们挨家挨户地叫卖皮带、裙子和裤子纽扣。只是这个今天一早吹着口哨带着他穿越村庄的男人，不是爸爸，而是教导员，他要带他去罪犯营或疯人院。突然恩斯特脑中一片空白，沉睡中的因德斯多夫在恩斯特看来悲惨不幸，他孤零零的一个人，无依无靠，世界上没有比他更迷惘、更悲惨的孩子了。此时门泽尔吹着口哨，调子是《草原上盛开着一朵小花》。

① 《莉莉玛莲》，一首写于“一战”期间的德国歌曲。作词者诗意地组合了“莉莉”和“玛莲”这两个女性名字。这首歌在“二战”中被交战国双方所喜爱。——编者注

车厢里的两个士兵也取出早点，还有一小瓶烧酒，他们用鸡蛋和烧酒与门泽尔交换香肠和香烟。年轻的士兵说，他们刚从苏联回来，在那儿狠狠教训了伊凡一顿。年长的那位一直打着盹，只是疲惫地点点头，年轻的接着吹嘘道：“再等等，春天过后，我们就能拿下莫斯科。苏联人看到我们的坦克时，跑得比兔子还快。”

老兵无聊地睁开一只眼睛，随后又闭上了。

“我听说，苏联人是真正的野兽。”门泽尔说。

“哎呀，我跟你说，他们都是下等人。如果你被他们逮到，就会被串在铁叉上烤着吃了。”年轻人大笑着回答。然后他对着恩斯特说：“小家伙，你可别被苏联人逮到。不过别害怕，我们在那里。卡尔和我，我们会把伊凡赶走。”他伸了个懒腰。“不过现在我们正休假。你们是去哪儿？”

“考夫博伊伦，”门泽尔说，“我带这个男孩去疗养院。”

“考夫博伊伦！”士兵笑着在面前转着手。“你看起来一点儿都不像那里的人。”

“你可别被他骗了，”门泽尔说，“他装出一副天使的面孔，可是你一转头，你的钱包就被偷了。这家伙满脑子的坏点子。”

恩斯特羞愧地看着地面，母鸡正在啄食地上的碎屑。

“嘿，那你就遇到好事了！在那里你可以整天做傻事，而且一点儿都不会显得奇怪。”

大家都笑起来，恩斯特不安地跟着笑，虽然他的喉咙像被一团东西堵住了。

2

考夫博伊伦的火车站看起来和其他的一样：到处是纳粹万字旗、三角旗、彩带、穿制服的男人、旅行者、农民。站台上恩斯特被一个圆脸的、戴着尖帽子的护士接走了。她不比他高多少，40 岁左右，名叫艾丽卡。

他们穿过一座公园，进了考夫博伊伦的老城区。这里的房屋都有着灰色的外墙，人们都沉默寡言，但是在狭窄的小巷里有很多有趣的商店和漂亮的橱窗。

艾丽卡带着他进了一家小店，里面装饰得很有异域风情，弥漫着不知名的香料味。她买了包“自豪牌”香烟，同时恩斯特惊异于种类繁多的烟草、各种装在纸盒和铁皮盒里的香烟、柜子里的各色烟斗。但是艾丽卡急匆匆的，他们很快离开了老城，登上一座陡峭的山。

“也许你会来我们儿童院，”她说，“但是必须由院长决定。首先洗澡，然后体检。12 点吃午饭。”

攀登了一会儿后，他们来到一座大型公园的入口，映入他们眼帘的是一栋长方形的三层建筑。它看起来华丽大气，让人觉得这好像是一座农庄或一个小型城堡。只有装着护栏的窗户和灰黄的颜色与建筑很不协调。入口处竖着一块牌子，标题是疗养护理院，下面第二行是一些小字：小心伤寒危险——未经许可严禁入内。

他们从旗帜下走过，来到大门口。艾丽卡从包里掏出一个钥匙环，灵巧地在许多钥匙里选出正确的那把，接着他们就进入一条宽大走廊，走廊两旁满是带门的房间。艾丽卡从里面锁上门，递给门卫一个信封，就是门泽尔在火车站给她的那个。她说，这些资料必须马上交给院长。于是他们走在长长的、没有窗户、空无一人的走廊里，他们的脚步在铺着石板的地面上发出啪嗒啪嗒的声音，除此之外没有任何声响。压抑的寂静。突然从远处传来一声长长的吼叫，听起来就像是一只受伤的动物发出的。恩斯特吓了一跳，不自觉地停了下来。艾丽卡推着他继续走。

“别担心，那是弗里茨，他又发作了。”

“他得了伤寒吗？”

“你怎么会这么想？哦，因为大门口的牌子。不不，我们这里已经很久没有伤寒了。”

恩斯特想，那为什么还在入口处竖着那块牌子，难道是为了吓退好奇的人。吼叫声时高时低，像防空警报的汽笛声，让恩斯特起了一身鸡皮疙瘩。他觉得，发疯的弗里茨似乎下一刻就会从角落冲出来袭击他们。

突然吼叫声消失了，像被切断了一样，但是这种寂静更让人毛骨悚然。这时侧廊里响起了脚步声，恩斯特吓得缩成一团，随时准备跳起来。现在出现的一定是弗里茨，他一定像野兽一样红着眼，淌着口水。但出现在角落转弯处的只是一个年长的男人，他穿着一件蓝白格纹的长外套，和气地微笑着，和恩斯特握手问候。

“这是恩斯特·洛莎，新接收的，能好好交谈。你接管他吗？

待会儿他必须去院长那儿接受检查。”

“你帮我带烟了吗？”

她微笑起来，从口袋里掏出一小包“自豪牌”烟。“这东西会让你倾家荡产。”

“让我有个恶习吧，否则我的人生毫无乐趣。”男人说。他递给她钱的时候眨着眼笑。

“我要相信你吗？”她边笑边沿着长长的走廊离开，走了几米后又转过身来。“你好好瞧瞧他的头发。我想，他有虱子。”

护工雅各布·肖尔瓦尔德把恩斯特推进浴室。他必须脱光衣服泡进浴盆。肖尔瓦尔德帮他从头刷到脚。这时护工看到他的项链，扬起眉毛。

“漂亮的挂坠，小心别被人偷了。”然后护工检查他的头发，皱起了眉头。“看起来不太好，小家伙，你大概是直接从吉卜赛人的车上下来的吧。”

看来，当人们想要指责某人的时候，总会想到这个Z字。当有人偷东西了：吉卜赛人。当有人欺骗了另一个人：吉卜赛人。当有人撒谎：吉卜赛人。当有人长虱子了：吉卜赛人。

“我来自因德斯多夫的教养院。”恩斯特倔强地说。

“好吧，看起来他们没有认真对待卫生问题。一直都这样，总是自吹自擂，如果仔细看，没有任何可取之处。”他自顾自低声咒骂着离开房间，很快又回来了，抱着一堆新衣服、拿了一把剃须刀。他熟练地用起剃须刀，恩斯特看到自己金色的头发掉在地上，为自己的光头感到伤心。

“头发会很快又长出来的，”肖尔瓦尔德安慰他，“现在穿好衣服，我们去见院长。”

在三楼，他们很远就听到一个男人吵吵嚷嚷的声音。“我忍受不了，您很清楚！”

一个愤怒的声音从一扇装有乳白色玻璃的门内传来。肖尔瓦尔德刚举起手，准备敲门，又停了下来。恩斯特紧张地看看门，再看看肖尔瓦尔德，又看看门。门牌上写着：法尔特豪泽医生，医疗院长。

一个微弱的女声传来，接着又是法尔特豪泽响亮的男低音：“要是他不能工作或者不想工作，那么就调他走——没得商量！”

一个矮小、微胖的护士打开了门，她脸上满是悲伤和失望。她从院长办公室慢慢走出来的时候，转动着眼珠示意肖尔瓦尔德现在不是找院长谈话的好时机。肖尔瓦尔德安慰地把手放到她肩上。

通过敞开的门，里面传来法尔特豪泽的喊声：“还有什么事？”肖尔瓦尔德深深吸了口气，推着恩斯特进了房间。

法尔特豪泽坐在一张宽大的黑色书桌后面。他是个面容英俊的年长男人，两鬓灰白，戴着一副镍质眼镜，白大褂里面是一件黑色西装。头发光滑，向两边分开，好像用糖水黏在头上似的。他的目光穿过优雅的眼镜镜片，锐利地打量着恩斯特。

肖尔瓦尔德向他报告：“这是新来的洛莎，恩斯特·洛莎。今天刚从因德斯多夫到这里。”

法尔特豪泽挥了挥手。“我现在没时间，你带他去奥特曼医生那里。你知道韦尔勒吗？她会安排床铺。奥特曼医生检查完后就把他送到她那里。”

“好的，院长。”

走过一条走廊后，恩斯特就被带进一个房间里等着。护工从外面把门锁了起来。

恩斯特环顾四周。墙上挂着人体解剖示意图，其中一幅是肌肉，另一幅是内脏。房间里有一张带椅子的小书桌，另一个角落里放着一张病床，边上是一张小桌子，上面放着各种各样恩斯特不认识的医疗器械，夹子、钳子、测量仪。他拿起一个夹子，用它量了量自己的腿、胳膊和椅子脚。突然门锁里传来钥匙转动的声音，恩斯特赶紧把夹子放好。一个穿着白大褂的金发男人慢悠悠地走了进来，他只有一条腿，拄着拐杖蹒跚地走向书桌。

“脱衣服！”他发出咯咯的声音。“都脱了，剩下内裤。”

他有浅金色的头发和雀斑，在眼镜后眯起双眼。恩斯特确定他见过这个医生，但是想不起来在哪儿。当恩斯特把衣服放到床上的时候，医生翻阅着带来的深红色文件夹。突然恩斯特看到墙上的影子，那是一个只有一条腿和不断移正着眼镜的影子，影子翻阅着文件夹，用钢笔沙沙地写字。现在他知道了在哪儿见过这个男人。

他就是那个在奥格斯堡家拜访过他们的医生，奥特曼医生。就在恩斯特被带走前，他侮辱了妈妈。恩斯特清晰地想起了这个画面：

在潮湿、阴暗的厨房里，他和梅琴、南娜、克里斯托依偎在餐桌旁的妈妈身边，对面是这个目空一切的医生。

“你几岁了？”

恩斯特什么也说不出来，只是瞪着这个影子。

“嘿，你听得到吗？”

“我？啊，12岁。”

“那你还在上学吗？”

“嗯。”

恩斯特觉得，这不是个好话题。希望这个男人不会问他的成绩或教师评语册里的评价。

“我不明白你怎么会做出这种事情。”

奥特曼的目光从红色文件夹移向恩斯特。

然后他问道：“7乘以8是多少？”

又是这个！恩斯特焦急地思考着，但是他一直语无伦次。时间越长，他就越紧张。

“怎么样？”

他开始冒汗，意识到自己的脸都红了。他决定猜一下。“49。”

看起来是正确的，因为他听到医生轻轻地咕哝了一句。奥特曼继续翻阅资料，看起来发现了一些有趣的事情。

“我知道了。我去奥格斯堡拜访过你们，在你们的住所，真是糟糕透顶的状况。可以看得出，那时候你妈妈马上快死了，但是你爸爸……”奥特曼停顿了一下，抬高眉毛，“……他还活着。”

“是的，他在美国，他有一幢宏伟的房子。而且他很有钱。”

“哦。在美国。但是这里不是这么写的。你不想知道真相吗？”

恩斯特看着地面，沉默着。纸上面究竟写了什么？爸爸现在究竟在哪儿？要是爸爸最后一次来看他的时候，他没有跑掉就好了。爸爸的声音在他脑中回响，就像在教堂里：秋天我就回来接你，最晚明年春天，然后我们俩就一起走。

奥特曼合上文件夹。恩斯特必须张开嘴巴，他感到一把木质压舌板深深地在他喉咙里到处钻，直到他干呕。医生摸了摸他，做着笔记。他检查了恩斯特的头、眼睛、耳朵、嘴巴和整个身体，所有地方都测量了一遍，一会儿抬高他的手臂，用听诊器细听，一会儿用小锤子敲打他的膝盖，一会儿用手柄检测他的腹股沟，使他发痒。

当奥特曼填写资料的时候，恩斯特观察着医生放在桌上的银色怀表，一个罕见的漂亮东西。然后奥特曼开始说教。每到一家新教养院，都是这样的：恩斯特你要好好表现，不做坏事，等等。他没有认真听，因为怀表让他十分兴奋。它有一个银色的盖子，现在正打开着，白色的表盘上有黑色的大数字。

“听懂了吗？”

“是的，医生。”

奥特曼站起来，一瘸一拐地走向窗户。

“如果你遵守这里的规定，你在我们这儿就会很好。我们这里不打人。”

他仍一直对着窗户说话，靠着拐杖，取下眼镜对着光擦拭着。

奥特曼，这个侮辱妈妈的家伙，一定是他让他们在青年福利局上当，让他们被接走。恩斯特猛地快速抓起怀表，塞进内裤里。

“这是一家疗养院，是医院的一种。我们希望病人们守纪律、听话，在这里不能撒谎、不能偷盗、不用挨打。听懂了吗？”

“是的，医生。”

“必须听从医生、护工和护士的话。不能离开疗养院的区域，除非有工作人员陪同。有固定的探望时间。你有没有可能来探望你的人？”

“没有。”

“那好吧，穿好衣服。你先去儿童院，然后我们继续观察。”

恩斯特又在外面走廊上听到那个狼叫般的声音，他确信，这是针对他的。那个疯子弗里茨一定站在那儿，等着他，要把他整个吃掉，只留下怀表。

3

这里全是被遗忘的孩子们。他们从来没有探访者，没有妈妈、爸爸、叔叔、阿姨带来糕点或者一件自己织的毛衣。他们被移交到这里，然后就被遗忘了。因为人们遗忘了他们，他们就消失了，越来越瘦弱，越来越透明。他们的床会在某个早晨突然空掉，一个新来的孩子被安排在那里。

只有一次来了一个母亲，看望小马丁。她不停地环顾四周，蜷缩着身子，像小偷一样蹑手蹑脚走过一排排床铺。她为马丁感到羞愧，他整天躺着，来回晃动，他瘦弱、弯曲的小腿撞到床沿又弹回来，撞到又弹回来，像一个活动装置。马丁9岁了，却仍像婴儿一样躺在摇篮里，一直舔着左手手背，直到手上淌满了口水。他妈妈来的时候，他突然变得很安静，停止晃动、弹撞、舔手，好像有人关闭了他这个机器的开关。妈妈抚摸着他的头，他的大眼睛跟随着她的手转动。她就那样在那儿坐了大约一个小时，不停地用手帕擦着脸。她走的时候，给了韦尔勒一个小包裹。马丁又开始晃动、弹撞、淌口水，比之前更糟。

韦尔勒轻轻地拍着这位妈妈的手臂，让她不必担心，她的小马丁在这里会得到最好的照顾。除了包裹之外，这位妈妈又给了她五马克。

米娜·韦尔勒是儿童院的护士长，她矮小敦实，对访客一直都很亲切。但在其他情况下，她孤僻而严厉，和其他护士也只说必要的事情。其他护士在背后议论这位女领导，说她装腔作势，不过只有当她不在的时候。恩斯特一开始就觉得韦尔勒阴森可怕，主要是因为她冰冷的目光。

儿童院位于公园的末端，距离主楼大约有几百米。有时候恩斯特可以帮护士艾丽卡取饭菜或送换洗衣服。艾丽卡说，恩斯特是病房里唯一能帮上忙的。艾丽卡说得对，因为其他孩子不是脑子不正常，就是身有残疾，不是瘸子就是瞎子，或者既瘸又瞎。寝室里有40个孩子，很多人整天都不下床，必须一直裹着被子，躺在那里，瞪着天花板，或者像婴儿一样哭喊。他们需要人喂粥，恩斯特有时可以帮忙。

他有时也喂马丁。马丁是护士们的最爱，因为他长着金色鬈发，看起来像一个小天使，即使他的身体整天来回晃动。给他喂食并不容易，因为他一直乱动，躺着也一刻不停。而且他还淌口水，每当恩斯特把一勺粥成功送进他嘴里，粥很快又会从左右两边流出来。

有一天，恩斯特观察到法尔特豪泽医生坐在马丁床边，轻轻抚摸他的头，这是让马丁安静下来的最好办法。院长每周来视察两次，护士长总是像只小狗一样一边慢慢跟在后面，一边在纸上记着笔记。

有一次院长带了好几个男人一起来，其中几个穿着制服，另外几个穿着白大褂。院长向这些男人介绍病房，表扬护士们和这家疗养院，到处干干净净，说这里的孩子们尽管很穷，但都过得很好。

然后他领着他们看这里最糟糕的残疾儿童，艾尔莎和理查德。艾尔莎 4 岁，得了脑水肿，头像南瓜一样大，而身体其他部分则瘦弱纤细，头和身体完全不协调。她整天躺在床上，独自轻声呜咽，偶尔发出一声尖锐的叫声，犹如晴天霹雳。理查德6岁，残疾。他的手脚长得不一样长，此外还斜视，没人知道他在看什么地方。他只能发出原始的喉音，一直都是“啊啊”的声音，要是他激动的话，“啊啊”的声音就会变得更响。

“我们必须考虑，这样的生命还有什么生存价值。”法尔特豪泽说。

其他人都附和他，只有一个年轻的医生问道："难道我们可以决定，什么样的人有生存价值，什么样的人没有？谁赋予我们扮演上帝的这种权力？"

法尔特豪泽坐到艾尔莎床边，轻轻地抚摸着她得了脑水肿的头。她短暂地停止了呜咽。他说："像这样的情况，无疑是一种解脱。"

"我们没有这种权力。"年轻医生说。

法尔特豪泽激动起来。"我们当然有权力，朋友，我们有必须做出选择的义务。我们的医疗技术更应该给予那些有机会治愈的病人。其他人只不过是没有灵魂的、活动着的肉体。"

"但我们是医生，不是审判员。"

"您还年轻，太理想主义。您再等几年看看。当您像我一样在这种机构工作了这么久，您就不会这么想了。"

年轻的医生安静下来，似乎在深思。法尔特豪泽一直摸着艾尔莎的头，给了韦尔勒一个信号，于是她从艾尔莎床边的夹子里取走了病历单。隔着两个床铺的马丁发出一声尖叫，开始疯狂地摇晃。法尔特豪泽走过去握住他的手，抚慰地和他说话，马丁立刻安静下来。韦尔勒犹疑地看着院长，但是他摇了摇头。接着男人们都走了。

第二天，艾尔莎的情况很糟。她闭着眼睛好像在睡觉，同时粗重地呼吸着。下午她开始发出临死前的呼噜声，一小时后她安静了。

"现在她不必受苦了。"韦尔勒说着把艾尔莎盖起来。

韦尔勒离开后，恩斯特走到艾尔莎床边，掀开被子。她看起来和平时不一样，几乎透明。他小心翼翼地抚摸她得了脑水肿的头，但是完全冰冷。恩斯特吓得缩回手。之前她频繁的呜咽和喊叫声常常让恩斯特不安，但是现在她的安静更加可怕。

晚上恩斯特做了噩梦。他躺在床上，周围一片灰暗。窗外没有空气、没有亮光、没有花园，围墙比房子更高。他想喊叫，可是嘴里全是粥。一个胖胖的女护工一直在喂他。他想反抗，但是他太胖了，他的手臂有象腿那么粗，他就像一根马上要裂开的香肠。他面前站着大头的艾尔莎，正忧伤地看着他。没有人像他一样，这么孤独，无父无母，被孤零零地撇下，受人谴责。他想逃走，猛摇着门。这时胖胖的女护工走了进来，抓住他，掐得他几乎透不过气来。

恩斯特从噩梦中醒来，大汗淋漓，他满眼惊恐地环顾四周，但是他的周围只有和平时一样的打鼾声、呼吸声和呻吟声。夜班护士莱尼和凡尼坐在寝室旁的护士间里，通过敞开的寝室门，她们可以从小桌后看到这里的全貌。她们的台灯将一束光投向寝室中间的一排床。恩斯特偷偷靠近她们，可以听到她们正一边解填字字谜，一边闲聊着。

“我不知道，他们在弗里克那儿发现了什么？”莱尼说。

弗里克是行政主管，一个装了假肢的侏儒，喜欢穿着纳粹冲锋队的制服到处跑，为一点儿小事就对工作人员大发脾气。大多数人都怕弗里克，因为他是党内人士，总是大喊大叫，总是骂人。

凡尼咯咯地笑着："我可不想忍受这个受了战争创伤、目空一切、装腔作势的家伙。"

"不过他就像时髦年轻人似的，总跟在女人后面跑。"

夜班护士们交流着院里的流言蜚语。接着莱尼说起她男朋友写来的信，他在信里说想从前线一回来就和她结婚。突然凡尼把手指放在嘴上。两人又俯身看填字字谜。

走廊里传来脚步声。恩斯特很快回到床上。韦尔勒来了，但是今天她不值夜班。她简短地和护士们说了句话，然后走过一排排床铺。她的影子有她实际身形的两倍大。她在理查德床边停下，坐到他身边，轻轻抚摸他的头。他发出轻微的"啊啊"声，她抬起他的头，喂他喝了些什么。

她走后，恩斯特走到理查德床边，但是他已经微醉地睡着了，嘴里散发出覆盆子汁的气味。恩斯特睡不着，悄悄溜上鲁迪的床。鲁迪虽然脑子不好，但是其他地方都没有问题。鲁迪醒了，不满地抱怨究竟怎么回事。恩斯特让他安静点儿，帮他"打一炮"。鲁迪没听懂，恩斯特拿起他的手，教他怎么做。鲁迪抽回手，这时恩斯特承诺明天帮他从厨房弄一块糖，于是他就做了。

第二天早晨没有了理查德"啊啊"的声音。他躺在床上，翻来翻去，眼睛却不睁开，像发烧一样喘气。这种情况持续了一整天，第二天也是。第三天早上，理查德安静了，他静静地躺在床上，不再发出"啊啊"的声音。

恩斯特问鲁迪："韦尔勒对孩子们做了些什么？"

鲁迪转着眼珠，咯咯地笑，然后他说："覆盆子汁里有药片。"

"什么？为什么药片会在覆盆子汁里？"

"味道更好。"

"然后呢？"

"然后，咔嚓。"鲁迪握起拳头对搓着，笑了起来。鲁迪显然并没有他看起来的那么蠢。"但是不管怎样，他们总要死的。"他说。

他是对的。单单5月就新来了十二个孩子，他们全都半睡半醒，说不了话。到6月，他们中的一半都死了。床位很快被填满，因为又新来了一批孩子。

恩斯特拉拢鲁迪和另外两个年纪小的孩子当他的帮手，有时帮他偷东西，有时分吃的给他，有时为他撒谎。深夜恩斯特继续爬上鲁迪的床，正当最美好的时候，凡尼突然站在他们旁边。她一下子掀开被子，看到鲁迪正在恩斯特身上乱摸，她极为恼火。第二天她向韦尔勒告状，韦尔勒在院长下次视察的时候将情况报告给了他。恩斯特只听到谈话的只言片语。

"再也不能让他待在这儿……搞得整个病房乱七八糟……完全败坏了……不能要他……撒谎偷窃……护工们食物最好的部分……"

关于食物是昨天的事。自此以后护士们都讨厌恩斯特，甚至连一直站在恩斯特这边的艾丽卡也是。恩斯特从楼上的厨房里取了食物，半路上在专为护士们准备的大圆木桶里发现了美味的大肉排。他太饿了，马上就尝了一块。因为味道太好了，他又尝了一块，又一块，等他走到楼下的儿童院时，里面就只剩下一些肉碎屑。一开始护士们大骂了整个厨房的人，后来到晚上事情就败露了。

巡视结束时，法尔特豪泽向恩斯特招手。

“我听到一些我不喜欢的事情。”

恩斯特咬着下唇。

“我只说一次。如果我再听到一次关于你的投诉，后果会很严重。懂吗？”

“是的，院长。”

倒霉的是，两天后病房大扫除，所有东西都要晾到外面透气，被子要拍干净，在这个过程中，艾丽卡在恩斯特的床垫下面发现了一串钥匙，这是他上周在艾丽卡值夜班的时候顺手牵羊捞走的。艾丽卡非常生气，什么解释都不愿意听。无论他说什么，不管他怎么呼天抢地，大喊大叫，她一点儿都不同情，揪着他的耳朵出了寝室。

然后她给院长写了份报告，列举了恩斯特的所有卑劣行径。一周后的 8 月初，他们打包了他的东西，带他进了主楼。科室的门上写着“病房 C2”，在里面迎接他的是肖尔瓦尔德，那个第一天给他洗澡的护工。

“好好注意这个废物。”艾丽卡警告他。

“我们会牢牢掌控他的，这里的同事和儿童院的完全不同。”肖尔瓦尔德说，他推着恩斯特穿过光秃秃的走廊。“好了，我们进去吧。”

4

肖尔瓦尔德推开门。响亮的咀嚼声、谈话声和笑声向恩斯特扑面而来。空气又热又黏，充斥着食物和汗水的气味。超过三十个男人坐在长木桌旁，舀着炖肉和土豆泥。肖尔瓦尔德拿起铁皮盘子和勺子，让恩斯特坐到木长凳上两个男人中间。

“让一下，古斯塔夫，来了个新人！”

古斯塔夫看起来根本没听到他的话。他正贪婪地把一块面包塞进嘴里，用手指和舌头把盘子擦得干干净净。然后他看到恩斯特的盘子还是满的，就抓了上去。但是肖尔瓦尔德更快，他打掉古斯塔夫的手，骂他。古斯塔夫生气了，不满地发牢骚。

恩斯特的另一位同桌大笑起来，根本停不下来，直到肖尔瓦尔德把手放在他肩上，用温和的声音对他说:“好了，霍斯特，安静下来。这是恩斯特，现在他留在我们这里，你们俩多照顾他一些。我可以相信你们，对吗？”

恩斯特用余光打量他旁边的这两个怪人。怎么偏偏是他们来照顾他？他们看起来自己更需要一个保姆。

霍斯特至少有一米九，而且很强壮。他手掌巨大，下巴向外突出，脸上配着一对奸诈的小眼睛。他笑起来的声音就像一只叮当作响的铁皮桶。他整天都和古斯塔夫待在一起，虽然他们俩每天都要激烈地吵一次，但生气从不超过五分钟。古斯塔夫还没有恩斯特高，有个大肚子，像吞了个球在里面。他整天都笑嘻嘻的，声音尖细，说话结巴。他越激动，结巴就越厉害。

吃完饭他问恩斯特："待会儿你一起去,去,去园,园,园圃吗？"

恩斯特不知道自己能不能去。他们问了肖尔瓦尔德，他说可以。肖尔瓦尔德是个好脾气的人，和他同事普施完全相反。普施是个秃顶、阴郁的家伙，看起来总是满脸不高兴的样子。

恩斯特一开始被分到园圃里给甘蓝地除草，但是甘蓝地超级大，天气又热，他很快就没兴趣了。肖尔瓦尔德说："你站在那里，草是不会自己消失的。"然后派他去浇花。

整个夏天就这样过去了，很快到了深秋。胡萝卜、小红萝卜、甜菜、菠菜、生菜、洋葱、球茎甘蓝、土豆，这些菜地里到处都是杂草，草长的速度比他们除草的速度更快。这期间病人们必须施肥、浇水、除草、收获，接着采摘浆果、苹果、梨和李子。霍斯特和古斯塔夫不知疲倦地劳作，他们教恩斯特松土、耙堆和修剪，告诉他怎么剪下玫瑰、怎么移植洋葱、怎么采摘苹果，并且让它们没有压伤处。在这里劳动唯一的好处是，工作的同时可以一直偷吃些东西。护工们不乐意看到这个，不过霍斯特说，他们不一定都能看到。

这个病区有一个大病房和一排小房间，大病房里睡着三十个男人，每个小房间里有三四张床。一开始恩斯特住在大病房里，后来他和霍斯特、古斯塔夫和迪特住一个小房间。迪特是个只有一只手的年轻人，有时看起来很正常，有时会连续几天都悲伤地凝视着虚无的空气。他是个经验丰富的木匠。霍斯特说，迪特把手伸进了圆锯机器里，这不是意外，因为家里的桌上放着征兵的入伍通知。但是锯子切掉的比计划的更多，当迪特从医院回来的时候，他的妻子离开了他，因为她不愿意与一个残疾人和懦夫在一起。结果他精神失常，砸了房子。后来警察来了，把他送进了疗养院。有时他半夜醒来，会大喊大叫，像疯子一样用剩下的那只手捶门。

门上没有把手，只能用钥匙进出。如果半夜有人要上厕所，只能用便器，所以所有房间都臭得厉害。只有执勤室里有马桶，用半高的隔墙木板隔开，前面是敞开的，便于护工在座位上监视在里面解手的男人们。

病房里有很多秘密。每个人都有自己的储藏地，有的藏着巧克力，有的藏着烟草，还有的藏着烧酒。每个人都有要交换的东西，都强烈渴望得到钱。霍斯特需要钱主要是为了买发臭的烟草。为了有东西可交换，他收集自行车零件，到处找螺丝、铁丝和钢丝。他之前在车间里工作，但是因为偷了太多东西，被换到了园圃。

冬天园圃里没有很多事做，恩斯特被换到了运煤处。煤炭由卡车从火车站运来，然后卸到堆煤炭的院子里。他们必须用手推车或桶把煤炭从那里运到锅炉房。煤桶实在太重了，以至于恩斯特手上磨出了老茧和水疱。霍斯特说他可以帮恩斯特运煤，那样恩斯特只要铲煤就可以了，但是恩斯特必须给他点儿东西。所以恩斯特就从一个驼背老病人的裤子口袋里偷了烟草。霍斯特很满意，立刻卷了一支烟。其他人运煤的时候，恩斯特可以看雪花，他看着它们和煤炭混合在一起，成了棕色的烂泥。

第二天烟草的事情就败露了，因为驼背老人发现烟草被偷后，立刻跑去找护工，他们立刻就怀疑是恩斯特。

恩斯特装出无辜和生气的样子，但是毫无用处。普施说，他不应该说谎，这会让他在病人登记册上被记过一次，他要小心了，否则……他没有把话说完。

最受病人们喜爱的业余活动是打牌。护工在旁边的时候，他们就只赌香烟，但是只有他们自己玩的时候，就赌钱，而且互相骗得很卖力。霍斯特是骗人大王，他知道很多诡计，一再作弄其他人。

12 月的一个星期六，古斯塔夫和霍斯特又吵了起来。古斯塔夫用他尖细的声音骂霍斯特是骗子。霍斯特不满地嘟哝，骂古斯塔夫是个差劲、输不起牌的人。

他们互相攻击了一段时间，接着古斯塔夫的声音越来越响，最后他叫道："你就该被，被休，休克。明天奥，奥特曼来，来的时候，我要告诉他，霍，霍斯特不，不管怎样都必须被休克。"

"而你会被他们用灰色汽车接走！你很快就能看到。"霍斯特反驳说。他生气地扔掉牌，说他没兴趣玩了。他坐到隔了两张桌子的恩斯特身边，兀自生着闷气。

这时恩斯特说："我清楚地看到你在桌子下面藏了两张牌。"他承诺，如果霍斯特给他一支烟，他就不出卖他。

"你太小了，还不该抽烟。"

"我已经 13 岁了。"

"呵呵，已经 13 岁了，那好吧。"他卷了烟，一支给恩斯特，一支给自己，继续发着牢骚。

恩斯特知道"休克"的意思。大家都害怕，害怕护工拿着那个仪器进来。这种事在这里不经常发生，不像对面的C3病房，他们那里每天都进行电休克治疗。在这里，只有当某个人失去控制，或者蹲在那里空洞地瞪着周围时，他们才偶尔这么做。护工们拿着仪器走进警备室，竖起一块隔板，不让其他人看到治疗过程。但是恩斯特还是看到过一次，当他们给赫尔曼做休克的时候。

赫尔曼是个无害的人，活在自己的世界里，不太与其他人接触，通常总在自言自语。但偶尔，当他听到歌声时，会开始大喊大叫，无法平静。

他又一次发病的时候，肖尔瓦尔德和普施就拿来了仪器。他们把两个金属部件装到赫尔曼的太阳穴上，让他的头看起来像是嵌在了一把大钳子里。他们先在赫尔曼的太阳穴上涂上某种乳液状的东西，然后取出他的假牙，往他嘴里塞了个橡胶垫块。他们俩一起按住赫尔曼，然后接通电源。

霍斯特说过，把人按压住很重要，否则电击时骨头会断掉，因为震动得太厉害了。此外因为嘴里垫了胶垫，才不会咬到舌头。赫尔曼只短促地叫了一声——与其说是叫声不如说是被闷住的声音——然后他开始剧烈地挣扎。肖尔瓦尔德和普施用尽全力才能把他按在床上。电击过后，他成了另一个人，睡了很久，温顺得像只羊羔，根本不知道发生了什么。

没人愿意被休克，虽然奥特曼总说这是让人安静下来的最佳方法。恩斯特理解霍斯特不愿被休克，但是他说的灰色汽车是什么意思呢？

恩斯特询问他的时候，霍斯特吐出第一口烟，用手挥开。“已经很久没有来过了。”

“什么？汽车吗？”

“最后一次是一年前的夏天，我想，是8月。”

“来做什么？”

“他们带走你。然后……”他眨着小眼睛凑近恩斯特，“然后你就会被毒气杀死。”

“胡说八道。”

“你要是不相信，可以问问其他人，或者问肖尔瓦尔德，他也知道。他们来了一趟又一趟，至少有一年的时间，他们不停地从这里把人带走，有时一辆车，有时两辆。他们把病人们赶上车，但只是那些完全不正常、不能工作或者有严重残疾的人。接着，他们就开走了。”

“去哪儿？”

“不知道。他们一直说，只是换个地方，但我们又不蠢。汽车第二次来的时候，里面有箱子，箱子里装着他们第一次带走的那些人的衣物。你再也听不到那些人的消息，他们根本就是在什么地方被偷偷消灭了，又少了些吃饭的人。从此，这里所有人都害怕汽车再来。不过只要你能工作，就不必担心，因为他们需要你。但是如果你只是躺着，被养着，”霍斯特在恩斯特眼前转动着手，“那就危险了。”

恩斯特确信，霍斯特只是为了让他害怕而编造了这些故事。这里胡说八道的人多着呢，这只不过是又一个不可信的故事。第二天，他趁劳动休息的时候问肖尔瓦尔德，灰色汽车的故事是不是真的。

护工起初吃惊地看着他，然后否定。“这些都是旧闻，别担心，小家伙。”

两周后，赫尔曼又听到歌声，而且反应越来越糟糕：他捶打自己，不让任何人接近，只要一有人靠近，他就开始大叫他们都是野兽，想要杀死他。接着，肖尔瓦尔德和普施带着仪器来了。赫尔曼完全没有机会对抗两个强壮有力的护工，但他仍没命地呼叫。这时普施说：“你最好还是被塞进汽车里。”

对此赫尔曼毫无反应，因为他什么都听不到，但是周围的其他人都缩起脑袋。这时恩斯特知道霍斯特没有说谎。

5

从今年年初开始，所有人都必须定期进防空洞。防空洞幽暗巨大，中间有一条贯穿整个疗养院的、箭一样直的通道。通道很长，在下面劳作的工匠们可以骑自行车从一头到另一头。每隔十米有一盏昏暗的小灯，其间漆黑一片，到处是黑棕色的甲虫。

当防空警报响起，病人们由护工和护士们按病房依次带到地下，分在各个防空洞里。许多人不得不被背着下去，他们疑惑地看着周围，因为他们不知道为什么必须离开床。去年只是演习，但是最近慕尼黑开始越来越频繁地被轰炸，现在是真正的警报。

他们挤在旧木箱和柜子间，紧紧地挨在一起，等待着。空气浑浊，散发着臭味，因为一直有病人失禁，拉在裤子里。虽然什么都没发生，可是紧张感触手可及，许多病人忍受不了，开始颤抖或者大声地自言自语，一些人叫嚷着要出去，护工们不得不用暴力把他们从门边拉走。另一些人紧紧抓住护工，像小孩一样号啕大哭。

在防空洞里，恩斯特第一次见到了弗里茨，那个在他们到来的第一天用一声吼叫吓到他的人。这是个身形巨大的家伙，体形好似卖艺要拳的，却长着一张娃娃脸。他在被塞满的空间里不安地环视着，然后坐到角落里啃着手指甲，同时眼睛四处乱转。突然他开始剧烈地喘气，他身边的护工想让他平静下来，但是弗里茨站了起来想要出去。当护工尝试抓住他的时候，他翻着白眼，像受伤的野兽一样开始不停地喊叫。护工再次想把他拉住，但是高出一头的弗里茨抓住护工，把他高高举起扔向一个柜子。立刻有三个护工冲向弗里茨，把他摁倒在地。他们给他打了一针，他才停止喊叫。

三天后又有警报，但是弗里茨已经不在了。午饭时霍斯特告诉恩斯特，他们把弗里茨送到伊尔塞去了，那是一家离这里五公里远的疗养院。

“如果情况糟糕，就被送去伊尔塞，”霍斯特说，“只有那些完全发疯的。”

“根本不，不是这样，”古斯塔夫反驳道，“伊尔塞是一家疗，疗养院，那里有修道院护士，她们会很好，好地照顾病人，而，而且那里不必干这么多活，他们吃得比我们更，更好。”

“我们还不算是最糟的，”迪特嘟哝着，“你们要是看到对面 C1

病房里他们吃的什么，简直会被恶心死。”

“他们也从不工作，”霍斯特说，“整天只是躺着。他们吃得少也是公平的。”

迪特摇着头。“只有稀薄的萝卜汤和卷心菜，一片面包都没有，无论中午还是晚上。所有人都拉肚子，很多人甚至爬不起来上厕所。我昨天在那里铺了几张床。我告诉你们，那里看起来什么样——男人都瘦骨嶙峋，有的像死人一样穿着拖鞋游荡。”

“战争时期所有人必须做出牺牲，”霍斯特说，“想想在斯大林格勒的年轻人，他们只要有东西吃，就会很高兴了。”

连护工们也开始抱怨新的用餐规定。从10月开始，只有有劳动能力的病人们才能得到正常饮食，其他人只能分到“饥饿膳食”。走廊里到处站着消瘦、面颊凹陷的人，他们向每个走过的人讨要面包。在卷心菜地里，恩斯特听到肖尔瓦尔德和普施咒骂着“饥饿膳食”。

“卷心菜、萝卜、没有油的水汤，这就不奇怪了，为什么大家都得了痢疾或者伤寒。”普施说。

“这恰恰是目的，这样就又有床铺空出来了。”

“别说这么大声。你没听到院长在主持职工会议吗？”

“对对，给员工和有工作能力的人更多营养，这真可笑，”肖尔瓦尔德说，“现在汽车不来了，他们就想出了另一个办法。”

“安静点儿，你这家伙。”普施发现了恩斯特，两人不再说话，把他赶走。

恩斯特想他是不是该良心不安，因为他盘子里有东西，即使只是土豆加脱脂乳，但是C1病房的人只有清水汤，斯大林格勒的士兵们什么都没有。几周以来他们一直在广播里收听斯大林格勒的消息，上周报纸上出了大标题：国防军向苏联红军投降了。元首下令国丧三日，疗养院前的所有旗帜都降了半旗。电台里播放着悲伤的音乐和帝国宣传部长戈培尔的讲话，他说，德国民众遭遇了不幸，因为斯大林格勒丢了。护工们看起来闷闷不乐，摇着头。

恩斯特房间里的气氛也不好。迪特的状况越来越糟糕，每次警报一响，他就翻白眼，开始抽搐。有一天吃过早饭，大家都赶去卷心菜地，迪特却消失了。这在上午引起了大骚动，午饭时他们得知，他穿着便鞋去了行政楼，不被察觉地上了三楼，从那里跳了下去。他扭曲的身体周围有一大摊血。但是跳楼之前，他把鞋子整齐地放在一边。

那之后，霍斯特沉浸在默想中，非常安静。古斯塔夫担心不久后能吃到的东西会更少。他和厨房的关系很好，总能搞到吃的，这次甚至搞来了一整条火腿。恩斯特非常清楚古斯塔夫的秘密储藏地在哪儿。等一有机会，恩斯特就爬到古斯塔夫的床底下，小心地抬起一块地板。这时火腿的香味已经冒出来，散发着诱人的味道，恩斯特马上咬了一口。因为他不想把咬过的火腿放回去，就把它藏在衬衫下，然后偷偷溜走了。

第二天古斯塔夫暴跳如雷，但是他不能去护工那里投诉，因为那会泄露他的隐藏地。下午大家都去了院子。恩斯特躺在院子旁一棵已经长出嫩枝的树上，他吃了太多火腿，觉得不舒服，正眯着眼睛打瞌睡。突然古斯塔夫坐到他身上，掐住他的脖子。

“你，你偷了我的火，火腿。”

“不，我没有，千真万确！”恩斯特挤出一句话。

“我清，清楚地知，知道。我在你，你的床垫下发现了这个。”古斯塔夫拿出几乎啃得干干净净的骨头，威胁着在恩斯特头上挥舞。“我要把这东，东西塞进你，你嘴里，你，你这头猪。”

恩斯特相信他真的会这么做。他急忙喊道：“等等，我给你点儿东西！”

这话看来起了作用，古斯塔夫好奇地问：“是吗？究竟是什，什么？”

“好东西，不过你得先从我身上下去。”

“你先说，是什，什么？”

“一块手表，特别棒的银表。”

古斯塔夫考虑着，恩斯特被他压得几乎透不过气来。“好吧，要是你，你对我撒谎，你会倒霉的。”他起身离开恩斯特。

恩斯特让古斯塔夫在这里等他。他进了后院，围墙边的菩提树下是他的隐藏地。真是可惜了，他原本可以把手表卖个好价钱，但是在他被古斯塔夫打死前，他宁愿把手表给他。

古斯塔夫高兴得像个孩子。他马上把手表挂在裤腰上，到处趾高气扬地晃悠。

偏偏那天晚上奥特曼来巡视，看到古斯塔夫在炫耀手表。一开始，奥特曼根本没注意到这是他的表，直到古斯塔夫把这个好东西拿到他面前展示。五分钟后，奥特曼站到恩斯特面前，他的小眼睛几乎要刺穿他。他气呼呼地拿着表在他鼻子前来回晃动。

“等着，小家伙，你会自食恶果的！”

晚上，恩斯特问肖尔瓦尔德他是否会被休克，护工让恩斯特不必担心。此外，肖尔瓦尔德笑着说，目前为止还没有人敢偷医生的手表，尤其是没人受得了的奥特曼。然而恩斯特还是非常害怕那个令人毛骨悚然的仪器，他一直盯着门，看他们有没有出现。

深夜，他梦见来了三个人，紧紧按住他，把休克仪绑在他头上，他立马冷热交织，牙齿打战，全身剧烈晃动。第二天早晨，他精疲力竭。古斯塔夫坐在他床边，悲伤地看着他。

“你别介意，”恩斯特说，“我给你弄个新手表。”

但是古斯塔夫只是摇头，用下巴示意护工的房间。

恩斯特转过身，看到奥特曼正和护工们在说话。这时普施过来了，站在恩斯特面前。

“嗯，男孩，现在你彻底搞得一团糟。”

第五章　阴森恐怖之地

1

1943年5月5日，恩斯特离开了考夫博伊伦。这是个风景如画的春日，蓝色的天空万里无云，树木、灌木和花朵在历经了漫长的冬天后都渴望瞬间绽放，到处是蓓蕾和嫩叶。恩斯特坐在一辆小型货车里。清风吹拂他的头，他的头上已经长出了金色的柔软头发，他呼吸着遍布田野的气息。

汽车在颠簸，以坑坑洼洼的节奏摇晃着。从前的画面涌现在恩斯特脑海中，摇晃、亮光、耳畔的哼唱声、一路上草原和田野的气息，这些回忆让他分心。离他最后一次坐马车已经过去十年了，那时候一切都简单美好。现在所有的事情都是扭曲的、疯狂的，而且还会更加疯狂——如果同伴们的晦气话是真的。他们说，伊尔塞那里都是最傻的傻瓜，完完全全的白痴，那些人是无望的。

司机托舍克是个坏脾气的怪人，戴着便帽，眉毛都长到了一起。每天早晨，他开五公里车从考夫博伊伦到伊尔塞，带去面包、肉和香肠、水果和蔬菜、咖啡、米、面或者麦糁，还有木材、替换零件和药物，回程则带上土豆、牛奶和奶酪。

托舍克先进了城，把车停在一家商店门前，他走进去消失在门后，开门和关门时响起了清脆的铃声。商店的小橱窗里挂着一块钠皂的广告牌，旁边是一张元首的大幅海报，海报上元首正亲切地和青年团的少年交谈，自豪地把手放在其中一个少年的肩膀上。陈列窗的下方整齐地排列着火柴、鞋带、袋装苏打粉、咖啡、盐和一小盒彩色糖果棒。恩斯特只吃过一次这种糖果棒。那次爸爸外出做生意回来，他说因为生意不错，可以慷慨地花些钱庆祝一下。然后他们进了城，恩斯特给自己选了一根糖果棒。托舍克回来的时候，恩斯特问他是不是能坐在后面的装货区。

“你要是想逃跑，有你好受的！”托舍克威胁他。不过他还是同意了，他乐得一个人在前面安安静静地抽支烟。

他们出了城，这下车子的咕隆声更响了，装货区的蔬菜筐跳了起来，粮食袋移来移去。恩斯特最后看了一眼考夫博伊伦的房子，它们在树丛后消失，然后货车扬起的尘土挡住了恩斯特的视线。恩斯特把两个软软的粮食袋堆到一起靠上去，从筐里拿起一个苹果，惬意地享受着5月温暖的阳光。随着货车驶过路面的坑洼，头顶的云彩不停地跳跃。阳光明媚，春风和煦，风带来清新泥土的气息和修剪后青草的香味。恩斯特希望托舍克能继续开下去，一直开下去。

他们转过弯，货车慢慢地爬上一座山，进入一座森林。又过了一个弯，恩斯特看到树木顶上高高露出的两个教堂的塔尖，它们矗立在那儿，就像林海上的两个白色龙头。

很快出现了伊尔塞的路牌。

恩斯特很想看看这个村子，但托舍克马上按路牌转了弯，停在一扇木门前。木门后面耸立着一幢巨大的建筑，一半城堡，一半修道院，像考夫博伊伦的疗养院一样，它被涂成灰绿黄的伪装色，避免受到空袭。可笑的是，他们保留了屋后突出的教堂塔楼上闪亮的白色。如果害怕轰炸机，不是应该首先把塔楼涂上伪装色吗？

托舍克按了两次喇叭，抱怨着，因为没有人立刻来开门。他又按了一次，这时两扇大门打开了。恩斯特跪在储物袋上，目光着迷地穿过大门盯着里面。院子里紧挨着几间杂物房——仓库、牛棚、工场、工具棚。右边有一个精心开辟的园子，可以看到树木、灌木、暖房和菜地。一切看起来非常整洁干净。

远处有一个年长的护工，可以看出他穿着蓝白格子的长外套，靠在一扇边门上，正监督着一组病人把垃圾桶装上手推车。他看到了货车，慢慢溜达过来。他中等身材、瘦长结实，和气地眯着眼睛。

“早上好，埃尔温，今天你有个帮手？”他问托舍克。

托舍克把手放到帽子上，疲惫地笑了笑。“要是帮手就好了。他是你们的一个新人，我把他送到这儿来。”

护工走向恩斯特，用力地握着他的手。“我叫马克斯·里斯。你呢？”

“我叫恩斯特。”

马克斯皱着眉头问正在点烟的司机："你确定，他是来我们这儿的？"

托舍克耸了耸肩，从车上拿出一个棕色的信封，递到护工手里。"他们说，我应该把他送到这里。还叫我要留心，别被他偷了东西。"

里斯边走边拿着信封，让他这个小组的病人们继续干活，接着带恩斯特进了屋。他们走在高耸陈旧的走廊上，里斯询问着他。他一直歪着脑袋，重复地问，似乎听力不好。他想知道恩斯特之前在哪家医院，在考夫博伊伦待多久，几岁了。恩斯特告诉他，他 13 岁半，护工不相信地看着他。

"我原本估计你至少十五六岁了。我们现在去见加特纳医生，他是这里的主治医生，由他决定你去哪儿。"

加特纳医生 35 岁左右，是个大脸稀发的怪家伙，他要是不穿着白大褂，就和病人没什么两样。

主治医生开始也不知道该拿恩斯特怎么办，后来把他分到 M2，那里都是有工作能力的人。这里的大寝室和考夫博伊伦的一样，区别是床铺更多，差不多三排，放着四十张床。恩斯特分到一张靠窗的床。那里可以看到外面的花园、树木、红色石墙和小石子路。

第一次午饭时间，恩斯特迷茫地站在光秃秃的大餐厅里，这是一个沸反盈天、极其吵闹的地方，眼前一片混乱。餐桌旁坐着面容扭曲、疯狂扭动的病人们：嘴边淌着口水的脑水肿患者、挖着鼻孔的麻木不仁者、来回晃动或者用铁皮盘子砸桌子的疯子。一些人面无表情地看着他，另一些人傻傻地笑着。一个人把盘子扔在地上，跪下去舔地上的汤汁；另一个人狂热地玩着盘子里的食物；还有一个人在喊叫，因为邻座拿走了他的一个土豆。分发食物的两个护工和一个修女正竭尽全力应付这混乱的场面。

这时一个强壮的、巨人般的少年走到恩斯特身旁，一声不吭地拉起他的手，带他来到餐桌旁，按坐在自己旁边的座位上。

他自我介绍叫“奥亚”，一个高大强壮的、像熊一样的年轻人，但是分发食物的修女叫他弗洛里安。恩斯特注意到，这个巨人只是说不清楚自己的名字。“O-i-a。”他用喉音慢慢地说，就像他做所有事情一样，都慢慢地。奥亚非常开心恩斯特坐在他旁边，吃饭的时候总是轻抚他的手臂。恩斯特对面坐着一个比他大不了多少的少年，他看起来像一个木塞起子。他能用扭曲的手吃饭真是个奇迹。木塞起子旁坐着个胖胖的家伙，长着一张斗牛犬的脸，巨大的兔唇，牙齿都斜着长出嘴巴。

“你是新来的？”木塞起子问他。恩斯特点点头。

长得像斗牛犬的家伙瞪着他，突然越过桌子想抢走恩斯特的项链。

木塞起子马上打掉他的手，喊道：“停，威利，把你的手从我朋友身上拿开！”

叫威利的家伙马上停了下来，害怕地看着邻座，然后继续吃东西，好像什么都没发生过。

恩斯特拉好衬衫，对木塞起子说：“我不是你的朋友。我根本不认识你。”

“喂，我刚刚从威利手下救了你。注意了：威利，狗是什么样的？”

威利开始发出狗的呼噜声，露出他的斜牙齿。口水从他嘴里流下来，他的脸离恩斯特越来越近。

恩斯特往后退。“好了，威利，好了。”

但是威利没有停下来，直到他的邻座命令道：“停！坐好！”

威利马上照做，又面无表情地埋头于食物。

“你究竟叫什么？”木塞起子想知道。

“恩斯特·洛莎，你呢？”

“约瑟夫·戈培茨。”他边吃边含糊不清地说。

恩斯特呛到了，咳嗽起来。“约瑟夫·戈培尔？你在拿我开玩笑。”

约瑟夫歪着脸。“戈培茨，我叫戈培茨。”

恩斯特摇着头。“演讲！你要做演讲。”随后，他轻轻推了下奥亚。“你听说了吗，戈培尔博士要做演讲。你知道前线什么样子吗？**神奇武器**又是什么？”

“闭嘴，笨蛋。”约瑟夫看起来受了羞辱。恩斯特笑得停不下来。

下午大家都在园子里。恩斯特坐在屋前的石阶上晒太阳，他前面的几个人正在大声喧闹，也许他们很高兴春天终于来了。

春天，这说明爸爸又上路了。他是不是还在生他的气呢？也许他已经忘了他，现在正带着梅琴和南娜去美国——他们把他留在这里，因为他不勇敢。

鼻涕流了下来，他用夹克衫的袖子擦了擦。这时突然有人递给他一块手帕，是坐在他旁边的马克斯·里斯。

“第一天总是很难的。”

他是对着花园说的，没有看恩斯特，然后继续空洞地直视远方。

“大多数人都会觉得孤独、迷茫、想家。我能理解，你想家了。”

恩斯特没有转过头，说：“我没有家。”

“这真让人伤心。你父母呢？”

恩斯特表现得对护工的举动视若无睹，还是用袖子擦鼻涕。里斯刚想把手帕放回口袋里，恩斯特便从他手上拿过手帕，塞进了自己的裤袋。

“你从哪儿来？”里斯问。

恩斯特第一次转头看他。他为什么问这个？他明明已经知道了。“来自考夫博伊伦，C2。”

“之前呢？”

“在教养院。”

“再之前呢？”

“在另一家教养院。”

“再之前呢？”

“在旅行。”

“旅行？”

恩斯特点点头，表现得像一个睿智的老人，正在回顾自己漫长的人生。

里斯激动地看着他，等着他继续说。这时他们前面传来剧烈的争吵声。两个男人在玩连珠棋，玩着玩着争吵了起来。一个男人没命地喊叫，愤怒地把棋盘和所有石子扔在地上。另一个就要朝他冲上去。里斯跳起来去平息争吵，恩斯特不必再继续解释。他面前的吵闹声逐渐淡去，好斗者的声音似乎从遥远的地方传来……

他看到一个乡村的广场，听到喊叫声，还有拳头打在马车遮篷上的敲击声，直到爸爸救出他们，驶离村子。爸爸驾驶着马车，直到发现一个好地方，他们生起篝火，讲故事、唱歌、拉手风琴。他们紧紧地依偎在一起，这么温暖柔软，妈妈唱着歌，照亮了黑夜。

2

古斯塔夫是对的。伊尔塞没有考夫博伊伦那么严格，他们不必干很多活，护工和修女们都很亲切，这里就像个大家庭。厨房的修女们煮的饭也更好吃。

但是这样的饭只给有工作能力的病人。这里的其他人也只有稀薄的蔬菜汤，他们乞求工作人员从自己的定额里留出一些或者从家里带一些吃的给他们。

恩斯特来这里已经三个月了。他知道这里的每个角落，也知道村里的每条巷子，因为像很多其他病人一样，他必须常常为护工和农民们帮个小忙，跑跑腿。他有了新朋友，主要是马克斯，他最喜欢的护工。马克斯·里斯是年龄最大的护工之一，已经在伊尔塞工作了三十多年。他对恩斯特来说像父亲，恩斯特可以常常帮他的忙，里斯则偶尔从家里带块面包给他。

在这期间，马克斯也知道了恩斯特的爸爸是流浪小贩，妈妈在天堂。

恩斯特帮马克斯拍打地毯、修理金属床、清扫值班室的时候，和他说起杰尼人、旅行流浪、挨家兜售和庆祝活动；说起布豪的外婆，她做的油煎饼是世界上最好吃的；说起芭贝特奶奶，她到处流浪，整修教堂。只有爸爸在劳改所的事，他没有说。

里斯告诉恩斯特自己马上就要退休了，有太太和两个孩子。他原来学过理发，所以他每月在这里转一圈，给大家剪头发修胡子。

马克斯来剪头发的时候，大多数人都很高兴，尤其是他还带着香喷喷的护发水。但是有些人必须紧紧抓住，在给他们理发的时候，他们会叫着喊着，似乎要被屠宰了似的。对于马克斯真的不必害怕，他不会强硬地抓任何人。但是有些护工则全然不同，他们最乐于使劲地索取，享受他们的权力，喜欢病人在他们面前屈从、奉承。马克斯总是说，人不能把自己的情绪发泄在病人身上。

他应该把这话对海瑟雷说，海瑟雷总是一瘸一拐地径直走过执勤的大病房，脸上挂着闷闷不乐的表情。海瑟雷个子矮小，几乎没有头发，挺着一个很大的肚子，总是拖着一条腿走路。他负责病房和儿童部，说话不多，总是闷闷不乐，难以接近。约瑟夫说，海瑟雷人不坏，只要知道怎么和他打交道，那么他还是比较随和的。当其他护工站在一起闲聊或抽烟的时候，海瑟雷很少参与。法尔特豪泽和弗里克来的时候，他经常被叫进院长办公室谈话。其他护工则会翻着白眼在背后议论他，意思是说：那人又去阿谀奉承了。

所有人都尊敬法尔特豪泽。他一到医院，所有人都起立，说："希特勒万岁，院长先生。"法尔特豪泽很享受这种待遇。加特纳医生则完全不同，他只是一直嘟哝："没关系，没关系。"没人真正理解加特纳。有时他像厨娘一样话多，有时又沉默寡言、心不在焉。医院里的每个人都知道他的不幸故事。1939 年 9 月，战争刚刚爆发，他决定和妻子一起自杀。他们一起吞了四管安眠药，加特纳活了下来，他妻子却死了。加特纳恢复健康后，被调到伊尔塞。大多数护工和病人都喜欢加特纳，主要是因为他没有其他医生那种优等民族的装腔作势。

相反，大家都害怕弗里克。只要他的木质假腿在走廊里一发出咯咯声，所有人都缩紧脑袋。虽然加特纳是伊尔塞的主管，但暗地里弗里克才是这里的头儿。他负责伙食，到处对厨娘们发号施令。如果被他逮到擅自在蔬菜里加了些许的油脂或肉汤，整幢房子都能听到他的喊叫声，他甚至禁止把骨头放进汤里煮。

几乎每天早晨恩斯特都是大寝室里第一个醒的，然后等着早班的护工来叫他们起床。那些整夜被绑在床上的男人会先被松开，绑住他们是因为他们晚上会撕碎床单，或者不停地到处乱走。其他人会去上厕所或者尽量自己穿衣服。只有亨宁·佩特纳总是好像听到号令一样从床上立刻跳起，直挺挺地站着。他是个强壮的人，虽然还不到30岁，头发却已经灰白。半年前他还是士兵，据说，他被炮弹击中，在掩体里埋了三天。他疯狂地敲头盔，终于有人听到把他挖了出来。

恩斯特已经能从远处根据护工们的脚步声分辨他们：海瑟雷的瘸腿发出吧嗒吧嗒的声音；而马克斯走路微晃，鞋跟在石板地面敲击出嗒嗒的轻响；有时还会响起急促的嗒嗒声，这是弗里克假腿的声音。

今天来的是“吧嗒吧嗒”，但旁边还有第二个人，他穿的明显是橡胶鞋底的鞋子，因为只听到噗噗的轻响。这时海瑟雷已经站在门口，像个宽大的黑影。他身后站着的不是男人，而是一个比他高出半个头的女人。

“全部起床。”海瑟雷大叫道。

亨宁跳起来，高举右手，开始嘟哝。其他人继续睡觉或咕哝着翻个身。瘸腿的路德维希·葛兹想着要守纪律，坐起身，戴上眼镜，咧着没有牙齿的嘴微笑着。过了一会儿，所有人才都起床。在这期间，这位女士好奇地四处打量。她梳着浓密的深色发髻，露出温和的眼神。

海瑟雷介绍道：“这是护士长布劳恩，是我们的新护士，现在负责你们。我已经告诉她你们是怎样一群人，好了，振作精神。我不想听到任何关于你们的投诉，否则……”

“否则怎么样？”葛兹发问。

海瑟雷回答前，奥亚突然开始咯咯地笑起来。这笑声极易传染，其他人也一个接一个地咯咯笑起来。海瑟雷喊道：“安静！”但是所有人继续大笑，虽然没有人知道什么事这么好笑。

海瑟雷愤怒地看着奥亚，这时护士长布劳恩摁住他的肩膀，说：“算了，随他们去吧。我来就好。”

海瑟雷气呼呼地走了。门被重重地锁上，吧嗒吧嗒的声音回响在走廊里，这时笑声停止了，好像收到了命令一样。奥亚四处找他的裤子，葛兹擦着他的眼镜，其他人有的疲惫地坐在床边，有的到处溜达。只有佩特纳一直笔挺地站着，高举右手，只是穿着短裤的模样有些可笑。

护士走到他跟前，温柔地放下他高举的手臂，和他握手。“我是护士克雷泽舍。”

佩特纳吃惊地看着自己被护士松松地握着的手。

恩斯特站到两人旁边，解释道：“这是亨宁·佩特纳。他以前是士兵，去过苏联。突然飞来一颗炮弹，砰的一声，所有人都死了，除了亨宁。他有些精神失常，但他篮子编得很棒，在菜地除草的时候不放过任何一棵杂草。”恩斯特跑到奥亚身边，抬起他的头，让克雷泽舍可以看清他的圆脸。“这是奥亚，我的朋友。他非常强壮。”恩斯特抬高奥亚的手臂，展示他的肌肉。然后他闪到约瑟夫身边，约瑟夫正歪着脸，因为他怕恩斯特又叫他戈培尔，但是恩斯特只是说：“这是我的朋友约瑟夫，他会说最美的故事，但是不能全信。”

这时大家都坐在床上，笑着听恩斯特的介绍。“这是威利，其实他完全没有看起来那么糟。这是路德维希·葛兹，要是拿走他的眼镜，他就瞎得跟鼹鼠似的，但是他有丰富的操作缝纫机的经验。”他一个又一个地介绍他的同伴们，大家都开心地鼓掌。

克雷泽舍坐在床上，边笑边摇头。“那你是谁？”

“我叫恩斯特。我体操很好、动作敏捷，可以帮你忙。”为了证明他的话，他在地上翻了个跟头。大家像在马戏团里一样热烈鼓掌。

“你想帮我做什么？”

“什么都行，我都能做。”

克雷泽舍想了想。“你能不能帮我让他们尽快去吃早饭？”

“为此我能得到什么？”

“你会得到一份额外的丰盛早餐。”

这是许诺。恩斯特自己先穿好衣服，然后去帮仍在摆弄裤子的奥亚。他摇醒那些又开始打瞌睡的人，帮约瑟夫把他木塞起子似的手臂塞进衬衫和外套。克雷泽舍一边照顾卧床的病人，一边惊讶地看看恩斯特。

3

所有不能外出劳动的人整天都待在上面的大寝室里。早晨护工拿来装满零碎布料的金属箱，摊在桌上。病人们要把布料拆成擦机器的丝头，最后所有丝头再被送到车间。

克雷泽舍觉得恩斯特能干比拆布料更难的活儿，她设法让恩斯特进了缝纫车间。这是一个纵向延伸的房间，房间的一侧是窗户，窗户旁放着缝纫机。葛兹坐在椅子上，跟随机器的节奏哼唱着。病人们需要把边饰和肩章缝到制服外套上。葛兹对此得心应手，他指导恩斯特怎样把小布料拼凑到一起，但恩斯特更愿意看着窗外。负责监督的护工艾泽勒骂他是懒虫，但葛兹说恩斯特是他的学徒，还需要时间。艾泽勒只好疲惫地摆摆手。

艾泽勒有个坏习惯，他常把钥匙留在护工的桌上。这是个大钥匙串，有一大把钥匙。

趁艾泽勒不注意的时候，恩斯特碰巧经过他的桌子，迅速抓起两把钥匙塞进裤子口袋。钥匙上挂着小标签，一个写着“工具房”，另一个写着“苹果房”。

工具房就在旁边的仓库里。恩斯特说他急着上厕所，快速地跑过院子进了仓库。猛一用力锁就开了，恩斯特感觉自己像站在了天堂里。墙上整齐地排列着各种工具：锤子、锯子、钳子、刨刀、斧子、钻机、锄头、镘、螺丝刀、锉刀、米制测量尺，以及许多他叫不上来名字的东西。

恩斯特考虑着他能用到什么，他的宝箱里还能放下什么。自从他来到这里，他的储藏地已经满了：一把梳子、一把有雕花的木手柄折刀、一个烟斗和些许火柴、一小瓶烧酒、一本礼拜堂的祈祷书和一张他在考夫博伊伦拍的照片。照片上他还是光头，他的大象耳朵竖着，虽然这是他唯一的一张照片，但总比没有好。

他的宝贝都藏在围墙的夹缝里。教堂旁边院子的最后面的墙上有一块砖松了，里面有一个空洞，正好能放下装他宝贝的铁盒。讨厌的是，海瑟雷机警得像猫，他在恩斯特偷东西的时候逮到过他两次，警告他要是再发生这种事，就让他一直睡在病房里。

恩斯特快速地藏起一把米尺，急忙回到缝纫车间。这时艾泽勒已经站在门口。

“把钥匙拿出来！”

“什么钥匙？”

“别装傻。我看到你从仓库出来，赶紧交出来。”

恩斯特无话可说，只能拿出钥匙。但是艾泽勒还不满意，他抓住恩斯特，从他口袋里找到了米尺。

“要是再让我逮到你一次，孩子，有你好受的。”

恩斯特想起裤子口袋里的第二把钥匙，他觉得自己最好马上交出来。但这是苹果房的钥匙，机不可失时不再来，况且现在每天的食物越来越少。

等了一个星期，机会终于来了。吃晚饭的时候，佩特纳病情发作，从长凳上倒了下去，摔了盘子，一头撞在地上。大家都跑到他身边，护工也是。趁着这片混乱溜出去一会儿应该不会引起注意。

苹果房在厨房下面的地窖里。那里的存货都放在隔板屋里，只用板墙隔开。从外面透过板条的缝隙可以看到里面有很多储物格子，一格放着密封瓶子，一格放着面包。旁边的地窖里堆着蔬菜和土豆。在黑暗的过道里走了几米后，恩斯特透过隔板看见了色泽诱人的苹果。他在锁孔里转动钥匙，进了隔板屋。眼前的苹果架子堆到天花板，散发着美妙的气味，他马上抓起一个苹果，尝了起来。角落里有个麻袋，正好用来装他的战利品。

突然灯亮了，整个地窖回响起脚步声。一个硬邦邦的嗒嗒声，毫无疑问，是弗里克。恩斯特小心地关上隔板门，蜷缩在架子对面最靠后的角落里。脚步声停了下来，也许弗里克察觉到了什么，正凝神细听。然后他继续走，在苹果房前面停了下来，透过隔板缝隙向内窥视。恩斯特屏住呼吸。

恩斯特透过木条间隙看到弗里克打开了隔壁板屋的门，然后走了进去，那里面存放着很多酒。他费劲地拿着个篮子，往里面装满酒，然后放到隔板屋门口，锁上门走了。恩斯特从没看到过医院里有人喝酒。弗里克一定是为他自己的庆祝拿的酒，关于他的庆祝，医院里流传着许多故事。

当嗒嗒声拐弯时，恩斯特抓起装满苹果的麻袋，轻手轻脚地走上楼梯回了寝室。恩斯特干脆利落地回来，没有人注意到他的缺席，他十分冷静地把战利品藏在被子下面。后来他挨床挨铺地售卖他的商品。所有人都渴望苹果，但只有付得起钱的才能得到。约瑟夫说恩斯特是奸商，因为一个苹果他卖十芬尼，但最终他还是付了钱。威利马上要了五个，付了一马克，因为恩斯特说他没有零钱找给他。奥亚也想要一个，但是他没钱，不过因为他是恩斯特的朋友，恩斯特送了他一个。

第二天上午，恩斯特进了缝纫车间分拣士兵帽上的绦带。艾泽勒站在他面前，难看的脸色说明没好事。

“我警告过你，洛莎，但你完全不听。把钥匙拿出来！”

“我没有。”

“别撒谎，我很清楚，你去过苹果房。”

“我没去过。”

“我们马上就知道了。走！”

他带着恩斯特去了加特纳医生的办公室，办公室就在疗养院大门口的另一侧。办公室里，加特纳、海瑟雷和弗里克都在等他，一场暴风雨即将降临到他身上，这事非同一般。

威利，那个白痴把苹果藏在枕头下面，被海瑟雷发现了，然后他盘问了威利，糟糕的是，他在恩斯特床底下发现了空麻袋。

弗里克最为愤怒，骂恩斯特满口谎言、偷窃成性，是个肆无忌惮的、反社会的人民祸害，应该被关起来。

恩斯特暂时被禁止再外出劳动。从现在开始，为了晚上也能监视他，他们勒令他必须待在病房里睡觉。

4

恩斯特最喜欢与约瑟夫和奥亚一起坐在院子里的大石阶上。即使现在是冬天，他们也充分利用每个好天气，在太阳下的白雪里眯起眼睛。

约瑟夫偶尔会说一些这里的故事，其中好些是他偶然听来的。

他在这里七年了，对这里很熟。他说，以前这里要舒服得多，而如今几乎就像个军营。病人们必须站得笔直，甚至残疾人也不例外。约瑟夫用他的右手做**希特勒敬礼**的姿势，看起来像个滑稽演员。就连最蠢的笨蛋也学会了希特勒敬礼，高高举起手臂，因为他们都害怕。

"但是这里应该没人需要害怕。"恩斯特说。

约瑟夫摇摇头。"你看看他们：院长来视察的时候，所有人都害怕得拉在裤子里。你仔细看一下陌生人来访的时候都发生了什么，他们走了之后，这里的人一大片一大片地发病。从三年前开始来了升天汽车[①]。你一定有所耳闻。"

恩斯特告诉他霍斯特在考夫博伊伦说的事情。

"你真得看看，"约瑟夫说，"汽车总是晚上来，黎明时离开。他们从不走大门，而是直接开进医院的内院。病人们穿上最漂亮的衣服，列好队准备出发，被告知要移送到漂亮的新医院去。每个病人的背后都贴着一张胶布，上面写着他们的名字和编号。然后他们就出发了，个个兴高采烈。几周之后，这些人的衣服被运了回来，衣服都是反的，缝线露在外面，而且都很脏，臭得令人作呕。如果你问我的话，我想他们都被杀害了。"

"但是我来这儿已经两年了，从没见过汽车，也许汽车现在不来了。"恩斯特说。

"可你不知道汽车明天会不会来，所以这里的人都害怕。每个

---

① 升天汽车指运送病人进毒气室的汽车。——编者注

星期都有新的谣言，现在据说是要饿死穷鬼。谁知道他们还会想到什么。要是可以的话，我今晚就想逃走。”

一说到“逃走”这个词，奥亚总会微微斜视，虚幻地看着远处。奥亚是个走路慢得像蜗牛的人，也因为他很少说话，所以大家都认为他是个彻头彻尾的傻子。但是恩斯特觉得这都是他装的，他有一次看到奥亚趁没人注意的时候灵巧地绑鞋带，然后又恢复如常。

“好想逃走。”奥亚用他缓慢低沉的语调说。

约瑟夫笑道：“你，逃走？你连一百米都走不了，蜗牛。”

这时奥亚沉默了，又陷入他的白日梦。

“但是你不一样，”约瑟夫对恩斯特说，“你很容易就可以离开。你究竟为什么待在这里，你又不疯。”

“你也不疯。”

“要是我能出去，我当然很乐意。但是你看看我，就我这形象，我放弃了，我根本走不出这个围墙。”

恩斯特只是耸耸肩。为什么他要逃走？“你想去外面干什么，约瑟夫？在这里你可以偷懒，有很多吃的，做了坏事也没人会狠狠揍你。”

“那又怎样。”

“无论如何我不会在这里待很久，我爸爸会来接我。”

“你爸爸在哪儿？”

“在美国。他在那儿有个大型农场，一幢大房子，有二十个房间和仆人。每天中午都有肉，甜点是巧克力。”

“那是当然。我爸爸还是中国皇帝呢。”

“你不相信我？这儿，看这里！”

恩斯特给他看戴在脖子上闪闪发光的妈妈的项链。

“这是什么？”

“这是我爸爸送我的，在他登上轮船去美国的时候。这是真金的。”

“那你妈妈呢？”

“妈妈是天使。”

恩斯特偶然也会想起逃跑，尤其现在是冬天，日子特别灰暗。他害怕在这儿待下去，自己也会发疯。

当他看着一棵树的时候，他能同时看到树精灵，听到它和其他树、空气、天空聊天的声音。当他看到一条小溪时，能感觉到水精灵，感觉到每滴水和溪流的密切关系。他甚至可以深入到它们之中，把自己变成树、溪流或者天空、风、雨。

当他说起这些，所有人都觉得这是疯话，就连和他无话不说的马克斯也这么想。所以恩斯特不再告诉任何人他所看到的、听到的、闻到的。有时候他甚至可以看到别人的思想，和真实的画面一样清晰。

马克斯不仅是理发师、护工，他还是医院解剖室的清洁工。也就是说，他必须处理尸体。在医院死去的人，都要先由马克斯经手。他从病房取走尸体，送去病理解剖室。解剖室是一个小建筑，隐蔽在医院北面的教堂和院墙之间。

那里有个小小的前室和一个主室，主室里放着一张长长的铺着厚大理石板的桌子。光秃秃的墙上油漆斑驳。光线从天窗透进来，此外还有两个长长的手电筒。长桌的一边是一个洗手盆，另一边放着一个黑色棺木担架，以及放置毛巾和工具的木箱子。最有趣的是那张桌子。它有一个铁框架和两个排水管，通往下水道。大理石板的中间有道凹坑，血水和尸水淌过，流进其中一条排水管。另一条排水管连通桌子另一端的小水盆。

马克斯把尸体抬上桌，切开，让加特纳医生确认死因。事后他把尸体穿戴整齐，放进棺木。恩斯特帮过几次忙，不过只是在入殓的时候。马克斯切开尸体的时候，恩斯特必须转过身，因为这不是好景象。然后加特纳医生进来，确认病人死于某种病情，马克斯把它记在一张纸上。当马克斯收拾好尸体，恩斯特就给他们梳头发，整理衬衫，帮他一起把尸体放进棺木。这时他们看起来漂漂亮亮的，闭着眼睛，面容安详，好像睡着了一样。

现在是冬天，马克斯更频繁地待在冰冷的尸房里。他总是摇着头，似乎不能理解死亡。

1月底，他们又站在石桌旁，在马克斯扯下死者脸上的白毛巾时，恩斯特禁不住惊叫出声。

“你认识他？”马克斯问道。

恩斯特不得不咽了咽口水。“这是弗里茨，以前也在考夫博伊伦。”

马克斯看了眼纸条。“弗里茨·科塔格鲁伯，1943年1月转移到伊尔塞，正好一年前。”

弗里茨非常高大，双脚垂到了桌面下。他的娃娃脸看上去很宁静，嘴边满是变干的白沫。不能想象，就这样的一张嘴能发出那么阴森可怕的喊声。恩斯特现在回想他到考夫博伊伦的第一天，仍然起了一身鸡皮疙瘩。马克斯激动地嘀咕着。他切开弗里茨的时候，恩斯特必须转身。后来加特纳医生来了。

“又留给我这样一具尸体。”马克斯生气地嘀咕着。

“这样一具？”

“您知道的。”

“这全是废话，里斯。”

“这种刺鼻的气味，您难道没注意到？”

“这是因为……”

恩斯特扭头越过肩膀，偷看了一眼。他看到加特纳医生做了个好像在吃药的手势。

马克斯砰的一声把手术刀摔在石桌上。“这简直就是……”

“听着，里斯，”加特纳把手放在马克斯的肩膀上，压低了声音，“这和我们无关。这是上面决定的。我给您个好建议，闭上嘴，做您的事。今年您还会有大量工作……”加特纳急匆匆地走了，好像他已经讲了太多东西。

马克斯在他身后喊：“那死亡证明上我怎么写？”

“您写支气管肺炎，和以前一样。”医生在外面喊道，然后走远了。

马克斯不满地嘟哝。“肺炎，哈，这要真是肺炎的话……”

等到他磨磨蹭蹭地干完活，恩斯特又可以转过身。

马克斯问他："你想给他梳头吗？弗里茨一定愿意美美地去天堂。"

"你怎么知道他会去天堂？"

"因为上帝爱孩子和疯子。"

"那我也会进天堂。"

马克斯吃惊地抬头看了他一眼。"你？你这么健康活泼！"

5

广播的新年致辞里说，1944年将是复仇年。站在收音机周围的护工们脸上掠过苦笑，如果再提到**最终胜利**，大家脸上的表情都是这样。即使没有人明确承认，但大家确定已经不再相信有最终胜利，也许除了弗里克。虽然总是提到复仇，但是每隔几天就有一次新的空袭，可能敌方不听电台。

上周他们轰炸了奥格斯堡。恩斯特在梦中看见整座城市在燃烧。这段时间，他每晚都做古怪的梦。他飞越被大雪掩埋的农田，目光所及全是白茫茫一片，只露出房屋和树木，树上挂着的冰锥被凛冽的东风使劲地吹着。他飞向奥格斯堡，想去看看约瑟夫孤儿院，老远他就看到奥格斯堡在燃烧。整个市中心一片火海，房子被烧得只剩下废墟，到处冒着黑烟，他找不到约瑟夫孤儿院。

或许南娜和梅琴还有其他孩子早就已经被带走了。他们把所有孩子带进田野里，那么轰炸时他们就是安全的。许多机构都解散了，因为它们被征用作野战医院。很快，每周都有新的病人从大老远被运来伊尔塞，他们被塞在汽车里，大多数人在长途行驶后几乎走不了路，必须被搀扶着或抬进来。即使正值冰冷的冬天，他们也只穿了薄薄的睡衣，看起来瘦弱不堪而且饥肠辘辘，他们用低垂的目光迷惘地打量着新的环境。疗养院就这样被塞满了，大寝室里不得不搭起了双层床。

来的人越多，死的也越多。马克斯不停地在停尸房里谩骂，因为现在锯子都用坏了。当恩斯特在梦里飞越伊尔塞的时候，他看到森林上方有一片灰色的浓雾，像大鸟的翅膀。浓雾慢慢移向疗养院，当灰鸟似的浓雾飞得很近，想抓住恩斯特的时候，他醒了。

斯蒂芬教堂旁边村庄的墓地里已经没有位置了，所以医院不得不开辟自己的墓地。他们就在修道院教堂后面找了一块位于停尸房和森林之间的斜坡草地。因为草地坡度很大，所以必须为墓穴建个小平台。这是累人的体力活，一开始土地被冻得坚硬，当雪融化时，又不停地下了几周的雨。劳动时所有人都在叫骂，恩斯特觉得这对墓地来说不是个好兆头，因为第一次下葬前的每一锹泥土都伴着咒骂。

恩斯特在洗漱和铺床的时候，听到马克斯在对护士克雷泽舍抱怨。

“这太糟糕了，每个坟墓都灌满了水。要是把棺木放进去，一定噼噼啪啪溅得到处都是。”

克雷泽舍厌恶地皱起眉头，她正取下另一张床的床套。“帮我拿一下橡胶垫。”

马克斯抓起垫子，但他仍不想停下来。“你想想，尸水沿着陡坡流下去，流到下面的村子里，村民们就遭殃啦。用不了多久，我们这里就又会有伤寒病。”

“你不该说这么不吉利的话，”克雷泽舍说，“情况不会变得这么糟糕。”

“建墓地就是个荒唐的想法。要是雨一直这么下，坟墓会和整片草地一起滑进山谷。就是说，我们必须给草地排水、做好支撑，但是谁能告诉我，该怎么做呢！”

“但你也不能就把死者那么堆着，总得把他们葬在什么地方。”

“加特纳说得对。他在1月的时候就对我说‘里斯，今年你会有大量的活儿’。”

“你看看，我们这里有多少新来的。弗里克说，要是还这么继续下去，我们就必须在走廊里搭床铺了。而且这些人状况凄惨，到这里的时候差不多已经半死不活了。”

“这不是死这么多人的原因，你很清楚。这里还做了手脚。”

克雷泽舍停下换床套的动作。马克斯惊慌地沉默了。

“哎呀，你得注意了。”克雷泽舍责骂他。然后她担心地看了看周围，发现恩斯特，骂道：“你站着干什么，快来帮忙！”

所有人都怀疑海瑟雷，因为过去一段时间他负责的病房死的人太多了。

海瑟雷每晚都来恩斯特现在睡的病房里分发药片，他坐到恩斯特床边，用安抚的声音要他吃药，说那样能让他睡得更好。但是恩斯特只是转过头。海瑟雷嘟哝着离开了。恩斯特非常害怕药片，因为他耳朵里一直响起约瑟夫的声音："注意，别被喂什么，否则你很可能就再也醒不过来了。"

病房里毫无装饰，空气里充斥着一种令人讨厌的、混合着汗水、尿液、地蜡和刺鼻的清洁剂的恶臭，污浊极了。窗户被硬纸板遮住了，只能透过狭长的缝隙才能看到外面的天空。这里除了四张发出刺耳咯吱声的铁床外别无他物，床上的孩子没几周就会更换。

几天以来，恩斯特旁边一直躺着海因茨。他最多7岁，只是自顾自地嘟哝着。无论醒着还是睡着，海因茨总是用右手牢牢抓住耳垂，左手则看起来自由自在，像一只不小心长在了人身上的翅膀。现在他正熟睡，"翅膀"正不停地缓缓抚摸着被子，抚平，折起，又抚平。

当海瑟雷值夜班的时候，就会发生些奇怪的事情，不过他并不经常值夜班。只要他值夜班，头天晚上还活蹦乱跳的孩子第二天早晨就软弱无力地躺在床上，只有呼吸时喉咙里才能发出点咕噜声，一天后就被盖上尸布抬了出去。海瑟雷在病房旁边的护工房里有一个自己的小柜子，他一直小心翼翼地锁着，不让任何人靠近，其他护工也不行。恩斯特确信，海瑟雷一定给孩子们喂了什么，就像考夫博伊伦的韦尔勒，把药片混在覆盆子汁里，让它尝起来不那么苦。

恩斯特避免喝覆盆子汁，此外他还像狐狸一样小心。海瑟雷已经偷偷试过两次，一次把药片放进恩斯特的咖啡里，一次放进午饭里。但是恩斯特都留意到了，一点儿都没碰。

4月，医院里的长舌妇们有了大量谈资，谣言满天飞。这次主要是围绕新的墓地，连村子里的牧师也在骂，因为下雨天尸体几乎都飘在水上。每次下葬不再需要他主持，以至于他在村里的威望大不如前。以前死者会在棺木车里被推着穿过村庄，前面是牧师，后面跟着几个修女和病人。现在每次下葬时，必须有个园圃工人守在通往新墓地的灌木旁，驱赶看热闹的人。

大多数流言是关于女子病区新来的女主管。她叫保利娜·克奈斯勒，来自柏林。自从她接任女子病区的主任后，每天都有一个死者从医院抬出去。有人说，这是因为那里爆发了伤寒病，但马克斯总是一直摇头。验尸的时候，加特纳医生比以往缺席得更多，马克斯发牢骚时，他只是疲惫地摇头。

4月还有件意外的事情。一个阳光明媚的上午，恩斯特刚从厕所出来，慢慢走在走廊上，这时他发现了挂在护工房间门边的海瑟雷的外套。他很快把手伸进外套口袋，找到一个打火机，它简直是自动跳到他手里的。他看了眼窗户下面的院子，一群病人正在大声吵闹。他想着要把打火机藏在哪里，才不会被海瑟雷马上发现。

这时突然有个声音在他背后响起："你最好把它留在原地。"

他吃惊地转过身，他的面前站着两个和他差不多年纪的女孩，正好奇地从头到脚打量他。一个瘦一些，红色的短发，淘气的绿眼睛；另一个强壮些，金色的长马尾，胆怯的小鹿眼睛，一直微笑着。恩斯特看着两个人，感觉到自己已经脸红耳热。

红发女孩盯着他鼓起的裤子口袋。“他们要是逮到你，你就要倒霉了。”

“不知道你在说什么。”

她看了看周围，小声说：“这是个阴森恐怖的地方。”

“你胡说。那么你们在这儿又要找什么？还有你，一直傻傻地看着我笑什么？”

“她听不到你说话，”红发女孩说，“特丽莎是聋哑人，但她一点儿也不傻，和你相反。”她给特丽莎做了个手势，两个人大笑起来。

“喂，你们最好现在马上回自己的病房去！”

“现在这里也是我们的病房。好了，你可以闭嘴了。”

这时克雷泽舍沿着走廊过来。“啊，我看到你们已经互相认识了。南德尔和特丽莎，你们跟我进院子。你去找马克斯，他需要有人帮他拍地毯。”

两个女孩跟着克雷泽舍走了，她们一边用手势聊着天，一边还转身看恩斯特，咯咯地笑着。

恩斯特和马克斯一起进了男人的院子，趁着马克斯去取毯子的时候，他很快把他的战利品放进围墙的隐藏地。马克斯告诉他，有五个女孩被转移到了海瑟雷负责的儿童病房。据说是弗里克安排的，没有人知道为什么。女主任马上抱怨，这不恰当，一直以来医院里都是男女严格分开的。但是女孩们还是来了，护工特意为她们在病房旁空出了一个房间。

五个女孩中有三个起不了床：一个瘸了，第二个总是被绑在床上，第三个一直有节奏地来回晃头。但是另外两个给病房带来了新的活力。特丽莎和南德尔可以偶尔在空余时间进院子。奥亚突然不再慢悠悠了，他一直围着她们巴结讨好。谁都能看出来，他爱上了特丽莎。

他们在树下一起玩捉迷藏时，奥亚总能抓到特丽莎。对她而言，他很少说话完全没关系，因为反正她听不到。

这次是恩斯特被绑住了眼睛。其他人扯他的衬衫和裤子。南德尔玩得尤其疯，但是她咯咯的笑声出卖了她。他循着她的笑声进了一个墙角，她无处可逃，咯咯笑着躲进角落。

“我抓到你了。”恩斯特喊道，高兴地把布条从眼睛上扯下来。

两人都没料到会离得这么近，他们深深凝视对方的双眼。南德尔的笑声消失了，恩斯特也是。他们只是气喘吁吁地看着对方，直到南德尔先从惊愕中清醒过来。

“你作弊！”

她快速从恩斯特身边钻过，跑向其他人。

游戏结束后，大家都坐在石阶上。南德尔说起她原来叫玛丽安，爸爸在战场上，妈妈被炸死了，她自己得了癫痫症。

“我有时候会直接晕倒，胡踢乱打，偶尔还伤到自己。但是事后我什么也想不起来。”

约瑟夫笑起来。“恩斯特偷了东西后也是什么都想不起来。”

“闭嘴，戈培尔，当心挨耳光！”恩斯特抗议。

“你为什么在这里？”南德尔问他。

在恩斯特回答前，约瑟夫先替他说了。“他爸爸在美国，他在那里有幢二十个房间的大房子，他们放个屁都有女仆伺候。每天午饭都有肉吃，甜点是巧克力。他爸爸非常富有，甚至还送了恩斯特金项链。来吧，给他们看看。”

“真是胡扯。”南德尔说。

恩斯特从衬衫里掏出妈妈的项链，拿给她看。“看吧，这是他上船前给我的，要不了多久，他就会来接我。”

南德尔皱着眉先看看恩斯特，又看看约瑟夫。

但是奥亚没有听到，因为他只专心盯着特丽莎。

这时南德尔生气地站起来。“这种骗人的故事你说给约瑟夫听听就算了，他什么都相信你。但是你别把我当作傻瓜。你是个小偷，而且还是个骗子。”她给特丽莎做了个手势，气呼呼地走了。特丽莎马上跟了上去。

恩斯特在后面朝她喊：“你不比这里其他的傻瓜好多少！”

接下来的几周，南德尔不再看他，至少当他们在走廊里相遇的时候，她装得就像没有看到他一样。

尽管如此，他还是设法让他们尽可能在路上常常遇到。有时他还会梦到她。梦里，她在他眼前玩捉迷藏，笑着的脸庞突然严肃起来，她从他手臂下面钻了过去，于是她的手偶然地碰到了他的。他手上被触碰的地方变得灼热起来，好像着了火，又像一股电流击中了他，直达心脏。

接着灰色浓雾又来了，追逐着他。他醒过来，再也无法入睡。

其实她就是头蠢牛，他为什么要想她。然而这确实是种温暖的感觉——知道她就睡在离他两个房间远的地方。

6

5 月底，病人们分组收割草料。这是个炎热的初夏。恩斯特在一棵粗壮的野毛榉下面为自己堆了一个柔软的干草窝，那样他的组员就看不到他了，他可以不受干扰地追逐梦中慢慢飘过、散成细丝的云朵。

远处的山峦上方正聚积着雷雨云。克雷泽舍也看见了，警告大家加紧干，但是马克斯说云很快就会飘走。

其他人正在把干草堆上车，他们的声音越来越小，恩斯特打起盹来。这时南德尔突然站在他面前，把木耙子扔在他的旁边。

"某人不承认自己是吹牛大王，但是一遇到工作，这位正派先生就躲得远远的。"

"那又怎样？和你一点儿关系都没有。"

"快点儿起来，懒虫。是不是要我报告护工？"

"让我一个人安静会儿，蠢丫头。"

"你别自以为是了，我知道你是怎么回事。你说你爸爸在美国，完全不是这么回事。我知道，你来自教养院，之前在孤儿院。不管在哪儿，他们都把你赶走，因为你偷窃，因为你是个蠢货，因为你偷东西！"

恩斯特跳起来。“一定是约瑟夫告诉你的，那个牛皮大王，他嘴里没一句真话。”

“如果这里有人说谎，那就是你。”

“你一无所知，来了这里，就知道相信那个最先碰到的笨蛋。”

“这里每个人都知道，你是吉卜赛人。”

恩斯特愤怒地瞪着她，然后立刻转身，步履沉重地踏着草地离开。

这时，伴随着一声沉闷的雷声，雨瓢泼而下，大家都往最近的农舍跑。恩斯特转过身，看到南德尔翻着白眼，她试图抓住树，但是栽倒在地，全身抽搐，捶打自己，嘴角有泡沫。他快速地奔过去，想抓住她，但是她疯了一样地捶打自己，他只好尽力护住她的头部。这时马克斯也来了，他们一起牢牢抓住她，直到她重新平静下来。

6月，早春的第一批土豆运来了。卡车在厨房前的院子里卸下堆得山一样高的土豆，病人们正把土豆装进桶里，搬进地窖，同时挑出坏的喂猪。

这是个阳光明媚的日子，院子里一片忙碌。马车正在卸载，病人们推着满是衣物和垃圾的手推车穿梭着。奥亚在分拣土豆时完全心不在焉，因为他一直看着正用手势聊天的南德尔和特丽莎。恩斯特拿起一个土豆瞄准奥亚的桶扔了过去，当啷声让奥亚暂时回过神来，他疑惑地看了看恩斯特，然后又沉浸到对女孩们的凝视中。

“他完全在热恋。”约瑟夫悠闲地说。

“随他高兴吧。我想，特丽莎喜欢他。”恩斯特说。

特丽莎朝奥亚微笑着。奥亚也笑了，滚了一个土豆给她。她接住土豆，又滚了回来。

约瑟夫翻了翻白眼。“你也不比奥亚好多少，一直盯着南德尔。”

“完全不是这样。”恩斯特拿起一个土豆扔向约瑟夫，但是飞得太远，打中了他后面马车的侧面。“嘿，戈培尔，打赌吗？赌你打不中马车。”

“不要总是叫我戈培尔。”约瑟夫不满地嘟哝。但他还是试了试，没有打中。

弗里克和从柏林新来的女护士一起走过院子。他穿着骑士裤，保利娜戴着她的护士小帽，穿着白色的长外套。

“美好的一对。”恩斯特说。但是约瑟夫没有听到，他正在全神贯注地扔土豆。恩斯特竖起耳朵听弗里克是怎么自吹自擂的。

“您怎么想？喂养这么一大堆人太难了，偏偏又是这个时期。”

“但是您运筹帷幄得很好。”保利娜护士回答。

“这就是我想说的。要是没有我，这里根本难以为继。我要是穿起制服，院长都得听我的命令。”

“那您就相当于这里的秘密院长。”

弗里克摆摆手，但谁都看得出他有多骄傲。“这些笨蛋会把人吃穷。但是自从我们推行了简餐食谱，就克服了困难。蔬菜和土豆，对这些笨蛋完全够了。要是不够的话，那么就……”弗里克做了个扔掉的手势。然后，他降低声音亲密地说：“但是当然还有其他方法。”

“可以这么说。”

“快速无痛，对吗？”

“是的，对。”

两人打趣着走远，但是这时约瑟夫正巧用土豆击中了马车，欢呼起来。

弗里克站到大家面前，喊道：“你想什么呢，就这么对待医院的财物吗？”

大家都缩起脑袋。约瑟夫尴尬地笑着。

“你需要**特别照顾**。”

约瑟夫比往常歪得更厉害，几乎快要倒在地上。这时恩斯特跳了起来，大声叫道：“希特勒万岁，弗里克先生！”

弗里克转移了注意力，面向恩斯特。“你又想干什么，洛莎？”

“我想练习一首新歌，弗里克先生。”没等弗里克说什么，恩斯特唱起了《腐朽的身体在颤抖》。奥亚也站了起来，高举手臂做**德国式敬礼**，然后约瑟夫和其他人也站成一圈。恩斯特绕着土豆山正步前进，就像他在希特勒少年队学到的那样。当他唱起副歌“因为今天德国属于我们，明天属于我们的将是全世界”，弗里克说：“够了，现在够了。”他喘着气，因为不知道该表扬恩斯特还是训斥他，于是他匆忙转身，一瘸一拐地走了，后面跟着新来的护士。

当两人转过角落走远，恩斯特大笑着倒在地上。约瑟夫仍一直弯腰站着，他很清楚什么是“特别照顾”，恐惧还留在他脸上。

他轻声说："好家伙，就差一点儿，你真勇敢。"

南德尔只是摇了摇头，但是她的嘴角露出调皮的笑容。整个下午她一再看着恩斯特，但每当他一看过来，她就转过头。他们必须进屋的时候，南德尔磨蹭了很久，最后只剩下他们两人。她停在门口。

"我很抱歉说你是吉卜赛人。"

"没关系。"

"我就这么脱口而出了。你还生气吗？"

恩斯特对着她笑。"你知道的，我一发病，事后就什么都不记得了。"

她在他手臂上打了一拳。"傻瓜。我刚刚就是想说……"

"什么？"

"啊，没什么。"

她转身走了。在走廊里消失前，她又转过头，对他眨了眨眼睛。"晚安，恩斯特。"

7

阴郁的气氛突然像被风吹走了，医院在新的光亮中闪耀，灰色的走廊和发臭的房间像被染上了新的色彩。

连海瑟雷也更亲切了。恩斯特帮他整理和换洗床铺，他对此很高兴。他也比以往更马虎大意，常常把钥匙留在那里，而不是拴在裤带上。恩斯特控制住了自己两次，但是第三次他没能从钥匙串旁走开。为了不让海瑟雷马上发现，恩斯特只拿了病房的钥匙，其他的都放了回去。这时一把小钥匙引起了恩斯特的注意，是海瑟雷用来锁他的秘密箱子的那把，于是他也一起拿走了。

一小时后，恩斯特站在秘密小柜子前。打开的时候，小门发出轻微的咯吱声，恩斯特紧张得屏住呼吸，里面的东西令人失望。第一格里堆着几盒白色的药片，是海瑟雷平时经常分发的。只有药品，别无他物，没有钱，没有烧酒，没有香烟，连一点儿恩斯特能用的小东西都没有。

药片下面塞着一张折叠起来的纸条，上面写着病人的名字。也许是分发药物的病人名单，名字前都是数字。奇怪的是，名字不是按顺序排列的，编号完全混乱。有两个名字被划掉了，正是上周刚死的那两个。显然，他们不再需要吃药了。在恩斯特能仔细考虑前，他听到走廊里传来声音，于是马上锁好小柜子，把钥匙留在桌上，然后偷偷溜出了门。

晚上睡在床上，他怎么都忘不了那个小柜子。为什么海瑟雷要保守这个秘密，而且柜子里只有药片？他究竟为什么要把药片藏在自己的柜子里？所有护工都是从护士莱茵希尔迪斯那里拿药的，医院有自己的药房。为什么海瑟雷有这么多药？此外还有那份写着奇怪数字的名单，它又是什么？这么多问题让他头昏，他害怕答案。但也许一切都无所谓，他会慢慢疯掉，像这里的其他人一样看到鬼魂。

他想到南德尔，这使他平静下来。他闭上眼睛，想象着他们一起离开，结婚，生很多孩子。他祈祷：妈妈，请让南德尔和我结婚吧。然后我们会像你和爸爸一样生活，我们所有人都住在大篷车里，穿越田野，做生意，在傍晚讲古老的故事。

妈妈微笑着，用她深棕色的闪耀目光喜悦地注视着他。她穿着白色的睡衣躺在那里，一切都是白色的，床、房间，甚至妈妈的脸。恩斯特还是那个可以坐在妈妈身上的小男孩，在柔软的床上蹦蹦跳跳。但他不能待在这里，爸爸和医生禁止他这么做。他听到他们在外面小声地交谈。恩斯特抓住妈妈的衬衫，她应该起床，像以前一样和他玩闹，但是她太累了。她柔嫩的嘴唇周围印刻着忧愁的细纹，就连她的微笑也变得忧伤。他想立刻把妈妈拖起床，和他一起离开。爸爸在喊叫，恩斯特听到他的声音越来越近。门开了，结实的双手牢牢抓住了他。他紧紧抓着妈妈，想留在这儿，但是这双手正拖着他离开。他伸出手臂，喊着“妈妈，妈妈”。

恩斯特满头大汗，吓得从床上跳起来，看看周围，其他人都在睡觉。

恩斯特重新躺回浆洗得硬邦邦的枕头上。他还能听到自己喊妈妈的微弱回声，他眯起眼睛，确认声音不是来自梦境，它是从外面传来的。他起了床，掏出藏在床杆里的钥匙，轻轻打开门，溜进空荡荡的走廊。

寂静。

然后确实响起了一个女孩的声音，听起来不像是人发出的，而是一种沉闷的喉音。

他小心翼翼地沿着走廊缓慢行走，心脏咚咚作响，闹得他耳朵疼。走到女孩房间的两扇门前，恩斯特停了下来，他从锁孔向里张望，隐隐约约可以辨认出海瑟雷，他在一张床的上方弯着腰。恩斯特又听到那声沉闷阴森的“妈妈”。海瑟雷拔出针头，恩斯特听到一声恐惧的、被闷住的“妈……”，然后就是寂静。

他像被什么追赶着一样跑了回去，恰恰这时，海瑟雷从房间里走了出来。恩斯特躺回床上，害怕得发抖。吧嗒吧嗒的脚步声越来越近，停在他房间门口。现在他来接你了，你就是下一个，他满脑子都是这个想法。然后脚步声远去了，逐渐消失在走廊尽头。

只有那声带喉音的“妈妈”一直在他耳朵里回响，就像大教堂里的回声。他深深地钻进被窝里，捂住耳朵，但这毫无作用，因为那个阴森的喊叫声就在他心里。

喊叫的是南德尔吗？不，她的声音他应该听得出。特丽莎是不可能的，她是哑巴。应该是其他几个女孩中的一个，也许是瘸腿的那个，或者是绑在床上的那个，或者是不停摇晃脑袋的那个。恩斯特还从来没有听到过这么阴森可怕的叫声，这么悲苦，这么无助。他仿佛看到南德尔和特丽莎就在眼前，就像他们第一次在走廊里遇到时那样。南德尔淘气地站在他面前，小声对他说，这是个阴森恐怖的地方。一个阴森恐怖的地方。

第二天早晨，6 月 6 日，护工们之间充斥着紧张的气氛。他们聚在走廊里，窃窃私语。广播里的报道说**同盟国**的大军已经登陆诺曼底。长期以来大家害怕的西线入侵开始了。护工们讨论着**大西洋城墙**能不能挡住入侵。一些人害怕空袭会更加频繁，另一些人担心阴谋破坏行动。有人说，元首知道他在做什么。

恩斯特游荡在走廊里，好奇地偷听他们的谈话。这时马克斯推着运尸车来了。“你又是来接谁的？”有人喊道。但是马克斯一句话都没说，消失在女孩的房间里。其他人重新回去工作。很快马克斯又走了出来，车上躺着一具用白床单盖着的尸体。

恩斯特恐惧地盯着运尸车。这时护士克雷泽舍从转角过来，她掀起床单一角，随即惊恐地用手捂住脸。

恩斯特一下子站不住，全身发抖，不得不牢牢扶着墙。长长的走廊开始旋转，还有马克斯和克雷泽舍，护工和病人们，轮椅和可移动的床，窗户和门，图画和灯，所有的东西都越转越快，只有尸架静静地位于旋转的中心。床单下躺着特丽莎，她的嘴唇周围粘着白白的泡沫。

马克斯和克雷泽舍站在那里，一言不发。恩斯特想着是不是要告诉他们他昨天晚上看到的，但是他没有说，况且这里也没有人会相信他。

但是约瑟夫和奥亚必须知道这事儿。他在院子里遇到他们时，他们正把木柴和煤炭运进厨房，奥亚手臂下夹着一个大木筐，另一只手里提着一个煤桶，而约瑟夫则在他耳边胡扯。

恩斯特把两人拉到一边，上气不接下气地说：“特丽莎死了。海瑟雷昨晚对她做了些什么，现在她死了。”

约瑟夫吓得愣住了。“特丽莎？我们的特丽莎？这不可能。你想骗我们？”

“不，相信我。马克斯刚刚把她运进了停尸房。”

恩斯特急匆匆地告诉约瑟夫他看到的，从阴森森的、叫喊着“妈妈”的声音到海瑟雷的秘密柜子，全都说了。约瑟夫牙齿间发出剧烈的颤抖声，奥亚则一直像个雕塑一样站着。突然他扔下木柴和煤炭，快步走过院子，约瑟夫和恩斯特跟在后面。他们对他说话，但他没有反应。无论他们说什么，他只是径直往前走，双眼空洞，直奔大门。他用尽全力猛地摇门，门轴剧烈地嘎嘎作响。他打不开门，开始大喊大叫，声音里透着一种令人害怕的悲恸，院子里的所有人都吓了一跳。

很快过来了两个护工，他们抓住奥亚，把他拖进了屋里，但即使隔着墙壁仍能听到他的叫喊声。下午恩斯特在花园里遇到南德尔，几乎认不出她来。她苍白、孤零零地坐在一棵树下，呆呆地瞪着地面。当他说起海瑟雷的事情，她一个字都不相信。

“你胡说。特丽莎病了，她已经发烧两天了。”

“从什么时候开始，发烧会让人这么快死去？”

她沉思着。“你究竟是怎么在深夜来我们门口，从锁眼里偷看的？你睡觉的房间是上锁的。”

“我偷了海瑟雷的钥匙。”

“你是个蹩脚的吹牛大王。要是海瑟雷到过我们房间，我会醒的。”

“南德尔，我发誓没有对你撒谎。也许海瑟雷给你吃了什么，让你睡着。他对所有人都这么做。”

“好吧，所有人，就你没有？”

“他曾经多次想要偷偷给我吃药，但是我尝到一点儿苦味，就吐了出来。”

她又安静下来。过了一会儿她说：“我还是不相信。海瑟雷是个亲切的护工，和这里的其他人很不一样。”

“他对我也很好，但是我觉得他阴森森的。”

“你害怕吗？”

恩斯特合上嘴。“不。也许有点儿，但是我不是担心我自己。”

她用绿眼睛看着他，脸上第一次掠过一丝微笑，然后她站起来，抚平裙子。“我必须进去了。”

“一定要小心，别吃任何药片。”

“你想得倒简单。我要是不吃药，就——得了，你知道的……”她翻着白眼。

“就算这样也不能吃。”

她现在就站在他面前，深绿色的双眼像鲜嫩的燕麦地。6月的阳光斜斜地洒进树林，她的头发像罂粟花一样发光。一个遥远的记忆闪过他的脑海，那个记忆里也有着罂粟花和燕麦地。但它只短暂地闪了一下，就又消失了。他想说些什么，但是她绿色的目光让他沉默。这时她飞快地在他脸颊上亲吻了一下，然后跑远了。她的红发燃烧着穿过花园，蔓延到他脸上，在他身体里发出灼热，直到把他烧得通红。

8

“这个洛莎是个反社会分子，他懒惰、偷窃成性、一无是处，他让这里的一切都变得乱七八糟。”

这是6月底，像往常一样，院长视察后，法尔特豪泽、加特纳和海瑟雷坐在弗里克的办公室里。弗里克怒气冲冲地说：“我不懂，我们为什么留着这种人这么久。”

法尔特豪泽从文件里抬起头，充满责备地看着海瑟雷：“我告诉过您，要好好看着他。”

“他从不主动做任何事，这家伙太狡猾了。”海瑟雷为自己辩护。“有两次我偷偷给他吃鲁米那（一种安眠药），一次放在咖啡里，一次放在饭菜里，但是他马上就察觉到了。他知道的实在太多了。”

“嗯，好吧。先生们，有什么建议？”法尔特豪泽皱起眉，环视四周。

加特纳建议再做一次尝试：“送去贝肯里德怎么样？”

弗里克反对。海瑟雷耸了耸肩。法尔特豪泽叹了口气。“那好吧。”

第二天早上，恩斯特和护工施瓦兹一起去了贝肯里德。施瓦兹是个随和的护工，病人们都喜欢他，因为他从不大声训斥，有天使般的耐心。

贝肯里德农庄属于医院，位于村庄外大约一公里的地方。他们乘坐由两头骡子拉着、运送牛奶的车。车子最终停在一个院子里，院子的三面分别是房子、牲口棚和打谷场，第四面朝着山谷，可以越过森林远远地看向东方。院子里挤满了牛、鹅、鸭子、母鸡、绵羊、山羊和猪。动物们散发着强烈的气味，恩斯特不得不先适应它。

6月天气温暖，预计有雷雨，所有人都必须去收割干草。整天都在收割，一堆又一堆，最后挂在木架子上，让它风干。傍晚恩斯特要在牲口棚里帮忙，清除猪粪、喂牛、把山羊赶进羊圈、清洗牛奶罐。他们能在这里直接得到食物，大量的牛奶，还有黄油和奶酪。

第一天晚上恩斯特手上就起了水疱。其他人只是笑着说，慢慢就好了。大多数人都在这里工作很久了，他们喜欢这个农庄，不想做其他的工作。他们唯一害怕的是那些低空飞过的轰炸机，它们从春天开始经常出现。据说，敌机会用机关枪袭击农庄的工人们。

每天晚上，恩斯特都躺在床上感受着南德尔亲吻他脸颊的地方，这种温暖的触感一直在他体内疾驰。要是他向她提议一起逃走，去某个地方开始新生活，她会说什么？她会不会高兴得抱住他的脖子？还是会害怕地跑掉？

虽然农庄里有足够的食物，到处都有很多恩斯特可以用到的东西，但是他不想待在这里。他渴望回到朋友们身边，主要是回到南德尔身边。来到农庄才十天，恩斯特就被护工施瓦兹逮到偷了另一个病人的半磅黄油。

施瓦兹遗憾地摇头。“我该拿你怎么办，恩斯特？不能继续这样下去。这里的其他人都在投诉你。我不得不把你送回去。你知道，我必须向院长报告这件事。”

两天后的下午，他和施瓦兹一起回到了医院，恩斯特很高兴。

他们穿过大门的时候，约瑟夫正站在厨房里的劳动小组旁，他激动地向恩斯特挥手，好像有重要的事情要说。但是因为院长正在视察，施瓦兹马上带他去了院长那里。在他离开的将近两周时间里，医院更加满了，现在连走廊里也搭起了床铺。法尔特豪泽走过一排排床，看起来疲惫紧张。施瓦兹做了简短的报告，说了恩斯特偷黄油的事情。

法尔特豪泽不满地摇着头。“洛莎，洛莎，你简直不可救药了。”

“我根本什么都没做，院长。”

“我已经多次和你说过，我不能容忍这里有偷窃行为。但是我总能听到针对你的投诉。现在我对你已经没有耐心了，这是最后一次。要是再让我逮到你，你要面对的就不止这些了。”他的声音变轻了，充满威胁。“你知道你会遭遇什么。”

他看着恩斯特的眼睛。恩斯特知道，法尔特豪泽指的不是拘束衫或者电击。

“你明白我的意思吗？”

“是的，院长。”

恩斯特必须马上和南德尔谈谈，是时候从这里逃走了。

外面院子里忙碌如常。堆满脏衣服、木柴、蔬菜和垃圾的手推车从这里被运走，病人们坐在周围，像机器一样不停晃动，其他人来来回回地走动，兀自咒骂着。

哪里都看不见南德尔。约瑟夫又在厨房里朝他挥手，但是恩斯特现在没有时间听他讲故事。他跑上楼，气喘吁吁地站在女孩们的房门前。但是那里已经没有女孩，取而代之的是小孩子，他们麻木地躺在床上，扭动着手臂和腿。海瑟雷从护工房出来，斥问他要在这里找什么。恩斯特只是结巴地说："啊，没什么。"他又跑了出去，绕着房子跑到院子里、厨房里。

"约瑟夫，女孩们在哪儿？南德尔在哪儿？"

"从你进门我就一直想要告诉你，但是你没给我时间，因为你……"

"快说！"

约瑟夫拉着恩斯特进了花园，在那里他们不会被打扰。"他们又把女孩们送回了女子病房，因为女护士长和牧师投诉了。"他降低声音。"你猜她们去哪儿了？去了保利娜的癫狂病房。"

"南德尔呢？她在哪儿？她好吗？"

"那个……"约瑟夫垂下目光，打量着自己歪扭的鞋尖。

"快，快说！"

"她已经……"他咬住嘴唇，脸皱成一副怪相。

"她已经怎么了？"

约瑟夫的头转向围墙的方向，围墙后面是一片倾斜的草坪，可以看到木十字架，那正是医院的新墓地。恩斯特顺着他的目光望去。

"不。"

“是真的，就在上周。你不在这儿。我也只是听说。两天前她们被送去保利娜那里的时候，大家都在揣测，有人说她发病了，也有人私下议论，说可能是伤寒。她们都因为伤寒过度紧张，这已经是女子病房这周内第三例了，而且……”

恩斯特失去了支撑，他眼冒金星，一切都变得模糊起来：花园、围墙、树木……约瑟夫的声音越来越轻。他看到眼前的南德尔，发光的头发，绿色的眼睛，长着罂粟花的鲜嫩燕麦田。*你害怕吗？海瑟雷是个亲切的护工*。她吻在他的脸上，温暖的清风拂过整个脸庞。*这是个阴森恐怖的地方*。*我要是不吃药，就——得了，你知道的*……她的红发燃烧过整个花园，燃烧在他脸上，在他脑海里。*我有时候会直接晕倒，但是事后我什么也想不起来*。她的脸离他很近。

*从什么时候开始，发烧会让人这么快死去？*什么都想不起来，什么都想不起来。

约瑟夫的声音重新响起。“……也许护士伊格纳蒂也传染上了，而且他们说，要是再这样下去，他们必须把整个医院……嘿，你究竟去哪儿？”

恩斯特跑到教堂下面围墙的最矮处，几下就爬上了龟裂的围墙。下面传来约瑟夫的声音：“别做傻事，恩斯特！”但是他已经跳到了对面，走上通往墓地的石子路。墓地里已经半满，他来到第二排墓穴，慢慢地、轻轻地走着，好像他会吵醒某人。在最后一个十字架前，恩斯特停了下来。那里只有一个土堆，一个简单的木十字架，以及一块名牌。

玛丽安·科尔曼。

一阵风把他吹到空中，他飘荡在墓地上空，向下俯视，看到一个男孩正跪在一个木十字架前。他抓起一把泥土，像嗅鲜花，然后他扔掉泥土，把碎块砸向所有十字架，好像着魔了一样。他环顾四周，似乎在听什么，接着他沿着疗养院的围墙跑起来，经过一个小水塘，跨过去，绊了一下，跌倒了，爬起来，继续跑。

突然他又倒在地上，听着自己的喘息，用手拂去脸上的植物，艰难地爬起来，发现腿被黑莓丛钩住了，血从小腿上流下来。这是他应得的惩罚，因为他没有照顾好她。南德尔的声音在他脑海中翻腾。这是个阴森恐怖的地方。我要是不吃药，就会昏倒。

恩斯特走上通往森林的路，有人在他的身后喊他，但是他没有转身。就让他们喊叫吧，就让他们向院长告状吧，他已经无所谓了，反正他和院长的关系已经无法修复。

森林边缘处的第一排树木下面隐藏着一个猎人观察台。从那里可以看到这片狭长草原的全貌，以及通往考夫博伊伦的路。疗养院已经消失在圆形山顶的后面，只有两个塔尖还突出在树林上方。今晚他要在这里过夜，明天他就到下面山谷里那条铁路上去，然后躺在铁轨上等火车。他们应该好好看看，他们有多不公平。

反正他对他们来说都是坏人。他听到法尔特豪泽的声音："要是再让我逮到你，你要面对的就不止这些了。你知道你会遭遇什么。"他必须安静，不能吵闹。是的，安静，这是他们唯一想要的。谁不安静，谁就是坏人。坏人必须受到惩罚。

但是为什么他就是坏人？因为他饿了，偷了苹果？因为他拿走了一个根本察觉不到的傻瓜的烟草？还是因为他顺手牵羊，拿了一块黄油？总之，只要他一有动作，他们就会说，洛莎是坏人，是反社会分子，是不正常的。

正常——恩斯特从猎人观察台上往下吐了口口水。难道法尔特豪泽就正常吗？那个摸着孩子的头，甚至和孩子们一起玩耍，事后却让人给他们打针的人？还有那个可笑的弗里克，总是穿着制服直挺挺地走在医院里，病人们饿得半死，不得不向修女们讨要面包，他却因为厨娘在汤里放了骨头就辱骂她们，因为这些对他来说都无关紧要，他正常吗？那个海瑟雷，偷偷把药片溶化在覆盆子汁里喂给孩子们，他正常？至于那个保利娜，一直露出甜甜的微笑，却在深夜给病房的女人们打致命的针剂，难道她正常？

是的，所有这些都是正常的。因为这些正常人，一个发牢骚的病人要倒霉，一个扯碎东西或者把饭菜扔得到处都是的病人注定不幸。他们把他关起来，或者绑在紧身衣里，让他整天喊叫，或者给他做电击，断其骨头，剥其意志，让他听任摆布。

太阳消失在山丘和森林后面，草地闪着墨绿的光。恩斯特突然看到森林边缘有个身影，是护工施瓦兹，他正一边找下坡的路，一边喊着他的名字。恩斯特在观察台上缩起身体，希望他没注意到就从这里走过去了。但是他径直朝观察台走来，站到下面，放松地喘了口气。

“你果然在这里。”

他慢慢地顺着梯子爬上来，挤在恩斯特边上，掏出他的烟袋，塞满烟草。他抽烟的时候，两个人静静地看着草地。然后他敲干净烟斗，好像随口一说道："你要是逃走，会把一切弄得更糟。"

恩斯特沉默着。还有什么会变得更糟糕呢？但是施瓦兹是无论如何也不会懂的。他不知道医院里正在发生什么。

过了一会儿，恩斯特轻声说："你们所有人都想让我走。"

"胡说，究竟是谁这么说的？没人要让你走。但是你无论看到什么都偷走，这是不行的。"

"反正我不想活了，我就是想卧轨自杀，然后你们就能摆脱我了。"

"别胡闹。因为这么点儿小事就想要自杀？"

"反正都一样，无论是被火车轧死还是被打上一针。"

"你究竟在说什么？这些都是谣言，你不能真的相信。来吧，我们回去，马上就吃晚饭了。明天你会觉得一切都比你想的要好得多。"

回去的路上突然一下子变黑了，不是天色，而是恩斯特的内心。忽然没有画面，没有声音，一切阴森寂静。他又被高高地吸到空中，但是上面同样一片黑暗。只有一个护工和一个男孩的模糊身影，他们正经过疗养院的池塘走向下面的大门，好像在穿越迷雾。

9

最近总有一种好像要发生什么事情的气氛。约瑟夫说，是因为天气。几天以来雷雨云一直在天际徘徊，慢慢向韦尔塔赫山谷移动，但还没有到伊尔塞。

8月初，马克斯·里斯在停尸房有大量工作。周二，8月8日，有四具尸体要处理。他们是几天前被送到护士保利娜的女子病房的四个男人。两个是昨天死的，另外两个是今天早上。官方说法是他们死于伤寒，但马克斯表示怀疑。在此期间，疗养院里流传着公开的传闻：被送进保利娜病房的病人都活不长久。

另一方面，伤寒的确暴发了，这正是马克斯长久以来担心的。伤寒，这是病人们目前最害怕的词。任何人，只要有一点儿发烧或者拉肚子，就很担心。然而这里的人又长期拉肚子，这不奇怪，因为吃清淡食物的人都不能正常大便，而他们每天除了菜叶和甘蓝吃不到任何东西。

马克斯让恩斯特在解剖室帮他的忙。解剖室有一扇通往园子的门，一扇通往墓地的门，死去的人裹着尸布从一扇门被抬进来，又被装进棺材从另一扇运出去。加特纳医生只来了片刻，他说不必解剖了，这些人都得了伤寒，你们要小心，戴了手套才能触摸尸体。然后他又很快离开了。

所以恩斯特没有很多要做的。这几个男人有着瘦削的腿和凹陷的脸，都不重。恩斯特和马克斯马上把他们从担架上直接抬进了薄薄的木盒子里。因为要节省木材，早就没有了真正的棺材。工作很快完成了，恩斯特为此高兴，因为停尸房让他不舒服。他的眼前总是浮现这样的画面：南德尔躺在大理石桌上，她红色的头发披散在白色的台面上。现在她一定和妈妈一样在天堂里，用她的绿眼睛看着下面，它们有些忧伤，却仍调皮地眨着。

马克斯好像看穿了他的想法，他说：“你有没有偶尔感到我们也被监视了？”

恩斯特吃惊地看着马克斯。到目前为止，他一直认为自己应该是疯了，才会一直想着这些事。

马克斯对他眨了眨眼。“也许是那些到处飞翔、充满好奇的灵魂和留在世间的身体发生了某种联结。”

“是的，有可能。”恩斯特说。他抬头看向天窗，阳光透过窗户在墙上印下一个光亮的四边形。他想起妈妈的话：小恩斯特，你有一个伟大的灵魂，它就在里面，就在你的胸膛里，它让你勇敢快乐、坚强友爱。当你害怕或伤心的时候，当黑暗来临的时候，你只需要把手放在胸口，就能感受到光明在你心中，永不消失。即使你死了，也不会消失，因为它会飞向天空。

在马克斯整理的时候，恩斯特偷偷溜进了花园。他小心翼翼地在花园的墙壁上抽出一块松动的砖头，从空洞里掏出他的宝盒。打开之前，他轻轻地抚摸它，摇晃它，就像抱着一个婴儿。所有的东西都还在，梳子、小刀、裤子背带、烟草盒、烟斗和火柴、烧酒、零钱、祈祷书。他看着自己的照片，这是考夫博伊伦的护工肖尔瓦尔德为他拍的，已经两年了。那时他刚刚剃了头，现在头发又长出来了。马克斯允许他不剪平头，留着齐耳短发。

从停尸房传来声音，恩斯特迅速藏好他的宝贝，把照片也塞了进去。

护工艾泽勒来了。他来和马克斯告别，因为他有两周的假期。两人闲聊着走到门口，抽着烟。

艾泽勒向空中吐出烟圈，眯起眼睛。“要是再这么下去，很快美国人就到巴黎，苏联人就到东普鲁士了，这下完了。”

“可能持续不了多久了。”马克斯说。停了一下，他又补充说：“无论如何。”

艾泽勒扔了烟蒂，这时他发现了正蹲在墙边的恩斯特。“瞧，究竟是谁在那儿呢？好吧，恩斯特，这次又偷了什么？”

“什么都没有，我什么都没做！”

“过来，我从你的表情上猜得出来。”

“不，是真的。”

“随他去吧，”马克斯说，“他在这里帮我的忙。”

艾泽勒点点头。“好了，我马上要动身了。呀，我真高兴有两周的假期。你呢，要听话老实！我不想在回来的时候听到任何坏消息。”

恩斯特心不在焉地说：“那时我已经走了。我们不会再见。”

艾泽勒摇着头。“典型的恩斯特和他的故事。”

“的确是真的，我感觉到了。”

“你就是个捣蛋鬼。好吧，我们两周后再聊。”他用手摸了摸恩斯特的头，走了。

“别胡说八道了，”马克斯说，“来，帮我一下，我们很快就完工了。”

弗里克的办公室里，护工海瑟雷正站在法尔特豪泽和弗里克面前，绞着双手。

法尔特豪泽“啪”的一声合上面前的文件夹。“什么意思，您做不了？这应该不是很难。”

“这男孩不知怎的让我有些疼爱。”

弗里克插话说：“嘀，保罗，你是怎么回事，这么多愁善感？你自己也总是生他的气。”

海瑟雷的双手尴尬地张开又合上，交握在一起。“另外，这家伙太结实了。一个人完全搞不定他。”

法尔特豪泽站起来。“那就只好让保利娜来做了，但是别太显眼。不管你们怎么做，这家伙必须消失。柏林那些人已经在催了。”

“是，院长。”

下午，恩斯特帮马克斯拍打被褥。已经变天了，看起来要下雨。马克斯把床褥和被子挂在拍打杆上，恩斯特拍打着，四周满是扬起的灰尘。

完工后，他们坐在石阶上看着云层。

恩斯特想起那张照片。午休的时候，他用铅笔在背面写上：以此为念。他从口袋里抽出照片，递给马克斯。

“这个，送给你。”

马克斯打量着照片，翻过来，念完后皱起了眉头。“为什么给我这个？”

“我真的活不长了。”

“怎么又说这种胡话？”

“要是可以的话，我想在你还在这里的时候死。”

“小家伙，你究竟在说什么呢？”

“真的。因为你在这里的话，我知道我会被体面地入殓。”

“真是胡说八道，你是个健康结实的男孩。别担心，你还有很长时间要活。”

恩斯特不再继续。马克斯摇了摇头，他看看手表，打了个哈欠：“来，小疯子，我们今天下班了。”

“你现在要走了吗？”

“是的，今天够了。我回家，你去吃饭。别再对我说什么蠢话了！”

“你不能再留一会儿吗？”

“我明天再来。要我给你带什么吗？”

“带点儿吃的。”

“我应该猜到的，除了吃的就没别的了，你永远吃不饱。我看看还能不能找到块面包。”

10

通红的晚霞映照着大地，恩斯特和约瑟夫坐在窗边，惊异于晚霞的绚烂，它淹没了一切，直到消失在蓝色中。自从恩斯特从贝肯里德回来，他又睡回了男人们的房间。现在这里躺着许多新来的。约瑟夫说他听到些关于奥亚的消息，他现在和整天躺在床上的病人们住在一起，只是呆呆地躺着，盯着墙壁。

“哎呀，恩斯特，那个可怜的家伙，那时候他一定想逃走。现在，你看看他。特丽莎的事情把他气坏了。”

“嗯。”

“但是他无论如何也走不远的。”

“有可能。”

“上周有人试过，当天晚上就被抓住了。”

“嗯。”

“但是你也许能行，恩斯特。”

“不知道。”

“你还一直在等你爸爸吗？”

“不知道。”

“要是你问我，我觉得他不会来了。”

“有可能。”

“不知道，有可能，你的话少得可怜。”

“你看到雾了吗？”

“什么雾？”

“那里，森林边缘，每晚都有。”

约瑟夫用目光搜索着那片区域，摇摇头。“那里什么都没有。我已经几个月没看到过雾了。”

“你看不到吗？它正慢慢地从森林那里向我们靠近。”

“你胡扯。8月里怎么会有雾？”

“你一无所知，戈培尔。”

“别总是叫我戈培尔。”

两人沉默地望着外面，各自看到的都不同。约瑟夫看到了森林、晚霞和躺在床上瞪着墙壁的奥亚。恩斯特看到南德尔闪耀的红发、绿色的眼睛和杉木树下像蛇一样慢慢前进的迷雾。约瑟夫把他从沉思中唤醒。

“来，让我们玩点儿有趣的。马戏团怎么样？”

“没兴趣。”

“来吧，我演猴子，你可以当演员。葛兹唱歌。”

约瑟夫马上跑起来，横穿看护室，嘴里喊着“嗷嗷”。他挥手示意应该开始报幕了，恩斯特不想扫兴，于是和他一起玩。

“注意了，尊敬的观众们。”他一边喊，一边翻了个跟头。

其他人鼓掌欢呼，葛兹开始唱歌：“营房前，大门前……”恩斯特继续翻跟头倒立，约瑟夫“嗷嗷”叫着，在大厅里到处滚转，这时大家一起唱起歌。合唱完全走音，听起来很糟糕，但仍然美妙。连亨宁·佩特纳也加入了进来。在唱到“当夜雾迷茫，我将站在灯光下，一如往昔，莉莉玛莲”[①]的时候，他眼眶湿润。来值夜班的海瑟雷也被这种气氛感染，一起哼唱起来。然后大家都得上床睡觉了。恩斯特刚想在约瑟夫旁边的床铺躺下，海瑟雷过来告诉他，今晚他必须睡在儿童房。

“但是我根本什么坏事都没做。我宁愿待在这里。”

“不行，你有患伤寒的嫌疑。”

约瑟夫马上从恩斯特身边挪开。

“这不可能，我一点儿没拉肚子。”恩斯特说。但是无论他怎

---

① 这句是前文所提到的歌曲《莉莉玛莲》的歌词。——编者注

么乞求，海瑟雷都不肯让步。

恩斯特不得不搬进儿童房。他分到了靠门的床铺，但他宁愿睡在窗边，在那儿他可以从纸板的缝隙里仰望天空。房间里空气浑浊，夏天里尿液的气味比其他时节更糟。当璀璨夜空的景象消失后，房间里更加黑暗。恩斯特透过窗户上硬纸板敞开的细长缝隙看着外面，听到海瑟雷一瘸一拐地走过走廊。然后一片死寂。幽静、黑暗、闷热。只听到其他三张床上传来的打鼾声和咕哝声，其中海因茨发出轻轻地窸窣声，他睡觉的时候总是把被子抚平又折起，一再反复，像机器似的。

恩斯特蜷缩起来，闭上眼睛，感到自己的脑袋像个旋转的陀螺。难道他真的得了伤寒？如果不是，为什么海瑟雷要对他撒谎？他大可以直接把他塞进病房，反正也不是第一次了。伤寒——恩斯特摸着自己干瘪的肚子，但他没发现任何可疑的地方，只有他饿得咕咕叫的肚子。海瑟雷想出伤寒的主意，也许只是为了让恩斯特吃药，不过那他可有得等了。恩斯特吓得跳了起来。刚才是不是有人站在他的床边，轻轻抚摸他？

他重新躺回床上，陷入半梦半醒之中。回忆就像小石子，沉入大海，沉入黑暗。水面上余留着圈圈涟漪，彼此纠缠、融合，轻轻地拍打堤岸。那辆老旧的大篷马车疲惫不堪地颠簸在乡村的路上，红色的罂粟花守卫着绿色田野，摇晃的世界正在远去，一切变得越来越渺小，直至消失。布豪的外婆和她的油煎饼，乡村的孩子和警察，篝火和缀满星星的夜空，奥格斯堡黝黑的住所，站在门口的妈妈，孤儿院和斯高丽娜修女，芭贝特奶奶和她的香烟，穿着睡衣的梅琴和南娜，教养院，穿着灰色西装的爸爸，疗养院和护工护士们，疯子还有瘸子，停尸房的马克斯，约瑟夫和奥亚，裹尸布下的特丽莎，轻轻在他脸颊上印下一吻的南德尔。红色在燃烧，红色的罂粟花，红色的头发，红色的吻，红色的晚霞。所有画面交织在一起，迸发出红绿色的光芒。世界在摇晃，所有一切都在旋转，陷入混乱，变得阴暗苍白。小石子沉入海底，大海波平如镜。

隔了两个房间，海瑟雷拿起电话听筒。“到时候了。”

他掏出一把小钥匙，打开他的小柜子。他忧虑地盯着里面的东西，深棕色的安瓿瓶和灰色的药片包装盒整齐地码在一起。有时候他讨厌自己的工作。目前为止只有傻子被注射，他们的情况真的很严重，不能主动进食，整天躺在床上，没有任何知觉，一生都得裹在被子里。即便这样，他们有时也会进入他的梦境。

但是现在偏偏是恩斯特，海瑟雷用手遮住双眼。外面通往楼梯间的门发出咯吱声，他鼓起劲来。在弗里克和保利娜面前不能流露出软弱，命令就是命令。他拿了一盒药片和一个安瓿瓶，考虑了一下，又拿了一瓶，接着锁好小柜子。

恩斯特从半梦半醒中醒来。他是真的听到了脚步声，还是仍在梦境中？然而周围一片寂静，只听到其他人的呼噜声。他翻了个身，试图再次入睡。这时又响起脚步声。这次毫无疑问是真的。一瘸一拐，不是海瑟雷，脚步更硬一些，是其他人。急促的嗒嗒声！这里只有一个人是这样走路的：装着木质假肢的弗里克。深更半夜，行政主管在儿童病房想做什么？他旁边还有一个人，轻轻地走着，恩斯特听不出是谁。两人一起进了海瑟雷的护工房间。过了一会儿，恩斯特听到门嘎吱地响了，三个人一起穿过走廊过来了——吧嗒吧嗒、嗒嗒嗒嗒，以及软底鞋的脚步。他们朝他的方向过来了，声音听起来令人毛骨悚然，他现在应该马上躲起来，但是这时前室的门已经开了，海瑟雷矮壮的身影穿过中门来到他床边。他的后面站着弗里克，再后面是护士保利娜。

恩斯特屏住呼吸，千头万绪在他脑中奔腾。保利娜来这里做什么？为什么弗里克深夜还在医院里神出鬼没？他们想对他做什么？

弗里克和海瑟雷尴尬地看着地面，他们在等保利娜做最后决定。

她装糊涂地对恩斯特微笑着，用温柔的声音说："好了，我们来看看病人。你一定已经被告知有伤寒的嫌疑。"

恩斯特摇着头。

"那么我们来吃药吧。"她走近恩斯特，手里拿着掰成小块的药片。

"我不想吃。"恩斯特说着在床上坐了起来。

"别胡闹，恩斯特。"海瑟雷说道。

他掐住男孩的颈部，牢牢抓住他，同时保利娜试图把药片塞进他的嘴里，但是恩斯特不停扭动，弯起身子，使劲地蹬腿，咬紧牙关，试着来回甩头。尽管如此，保利娜还是成功地把几块药片塞进了他牙齿间。这东西尝起来奇苦无比，恩斯特呕了出来，使劲地把苦涩的药糊吐了保利娜一脸。

海瑟雷松开手，骂道："我就说过，这样不行。"

"那么就换其他方法。"保利娜不满地嘟哝，她甜美的声音突然消失了。

她冲出房间。恩斯特感到弗里克冰冷的手正抓着他的腿，海瑟雷则按住他的胯部。他想坐起来，但是不行，他打着海瑟雷的手臂，喊道："放开我，你应该放开我的，帮帮我！"但是护工只是尴尬地看向别处。

保利娜在前厅里忙碌着。弗里克朝着门喊道："你究竟在干什么呢？"

这时保利娜手里拿着注射器出现了。她重新控制好表情，甜美地说："来，扎一下就好了。"

"但是我不要打针。"

"你会发现一点儿都不疼，然后你就能好好睡觉了。"

"但是我不要打针。"恩斯特对海瑟雷乞求着。

他只是叹息着说："唉，孩子，别大吵大闹了。"

恩斯特将身体侧翻，把膝盖缩到腹部。昏暗的灯光下，他看到保利娜的影子弯向他，感觉她触碰了他的手臂。他更加紧紧地缩成一团，然后被轻轻刺了一次。他手臂上被刺的地方瞬间燃烧了起来，变得灼热。

"好了，完工！"她愉快地说。

灼热从手臂直达腹部，灌进他的脑袋。突然，他不再恐惧，反而心情愉悦，所有一切都这么可笑。他看着站在他床边的三个身影，他们这么滑稽，以至于他一下子大笑起来。他们像看怪胎一样看着他，这更加可笑，他笑得停不下来。他们说了些什么，但是他听不清，因为他不得不一直大笑。在他继续狂笑的时候，三个人溜出了房间。

过了一段时间，他才停止大笑。他高兴地从窗户的缝隙望着外面夏日的夜晚。云层裂开了口子，露出了一颗星星。沉重似铅的疲惫袭上他的眼皮，他看了半黑的房间最后一眼，海因茨和他忙碌不停的手，窗户的缝隙和那颗星星，最后他屈服于疲惫。

恩斯特飞越疗养院，云层已经消散，天空中闪烁着成千上万的星星。伊尔塞宁静地卧在韦尔塔赫山谷的斜坡上，被森林和草地包围着。疗养院巨大且笨重地悬挂在村庄下侧边缘，它似乎像某种重力，要把整个地区，包括被它挤压的农舍和圈棚，一起拖下去。村庄浑浑噩噩地做着梦，不愿醒来。

疗养院阴沉而寂静。只有护工的房间还亮着灯，海瑟雷、弗里克和保利娜正坐在一起，抽着烟。他们看着时钟，这时保利娜和海瑟雷站了起来，弗里克只是疲惫地挥挥手，仍坐在桌旁。两人进了病房，弯腰看向熟睡的恩斯特。

保利娜又拿出一根注射器。“缝两遍的衣服总要牢固些。”她对海瑟雷说。

恩斯特咕哝着转向另一侧，缩紧双腿。护士保利娜在他手臂上注射的时候，他轻微地抽搐了一下。

恩斯特在飞翔，随后又潜入水中。水灌进他的嘴里，他想呼吸，但是不行，因为越来越多的水流进他的肺里。他惊慌失措地划水，但是够不到水面，他来回不停地摆动手脚，但是毫无用处，水流一直将他往下拽，他离水面越来越远。

突然，就在这个时候，当他体力不支、随波逐流的时候，水流释放了他。

那种感觉就像从水下重回天空。他飞过草地和森林，天已经亮了，突然他看到了一直出现在他梦中的大篷车。他停在森林边的乡村道路上，等待着有彩色车篷的马车，驾驶座上有妈妈和爸爸。他笑着朝他们奔去，马车停在他身边的时候，爸爸紧握着缰绳。妈妈和爸爸高兴地对他微笑着。

“上来，小恩斯特。”妈妈说。爸爸把手递给他。

他不敢，因为他害怕一直潜伏在森林边的迷雾。当他环顾四周的时候，灰色的森林消失了。“快上来吧。”爸爸说。恩斯特握着爸爸强壮有力的手，被拉上了马车。恩斯特兴高采烈地坐到两人中间，爸爸递给他缰绳。妈妈和爸爸从左右两边拥抱着他，在他背后握住手。

“我们去哪儿？”恩斯特问。他们没有回答，而是越过他的头顶调皮地对视着。

“南德尔也在这里吗？”

两人互相眨着眼睛，会心地微笑着。“你还在等什么？”

“驾！”他喊道。马慢吞吞地开始迈步，马车轻柔地、晃悠悠地前进，车轮随着街道的坑洼有节奏地吟唱着，白色的光像泼在空中的甜牛奶，他的耳畔萦绕着低沉的哼唱，他们面前是一大片燕麦地，点缀其中的罂粟花正艳丽地开放着。

尾　声

周三，1944 年 8 月 9 日，马克斯·里斯去找恩斯特，给他送面包，这是他答应他的。在后来恩斯特事件的法庭审讯中，里斯做了如下陈述：

“我在儿童病房找到了他，吓了一跳。他的脸变成青红色，嘴上全是泡沫，艰难地发出临死前的喘息声。嘴角和脖子周围很明显像被撒了层粉。我和他说话，但他没有反应。他是下午三点半左右死的，再没清醒过。我在他的衬衫领子里找到两片没有标记的白色药片，还在床底下发现了一个空的安瓿瓶。尸体上有个拳头大小的青红色斑块，但并不是尸斑，应该是其他原因引起的。洛莎是个高大、强壮、健康的男孩，我认为他应该是在施害者使用暴力的情况下被谋杀的。

“解剖的时候，我刚切开胸部，就闻到一股刺鼻的气味。加特纳，一个同样喜欢这个男孩的医生，放弃了进一步解剖。”

加特纳医生在死亡证明上做了如下说明：

死亡原因：支气管肺炎。

在条件许可的情况下，里斯满足了男孩最后的愿望——体面地入葬。8 月 12 日，恩斯特被放进简陋的棺木，葬于疗养院的墓地。

作者后记

1944 年 8 月 8 日下午 3 点半左右，柏林人民法院判决多位参加 7 月 20 日起义的领头人死刑。这些想要推翻希特勒政权的男人不久之后将被处以绞刑。同时，在柏林以南大约 600 公里的巴伐利亚的一个小村庄里，一个 14 岁的男孩预感到了自己的死亡。那天深夜，他被打了两针吗啡，这使他陷入昏迷，再也没有醒过来。他也被处决了，他也是希特勒政权的牺牲品，他不是英雄，却是一个反抗当局、不向希特勒政权屈服的人，他的名字叫恩斯特·洛莎。他没有出现在历史书中，但他的生命历程恰恰反映出纳粹虚伪、反人类的典型形象。

“为什么是我？为什么偏偏是我？”恩斯特·洛莎一定常常问自己这个问题。他无法理解，为什么自己还是一个幼童就要和父母、家人分离，被送进孤儿院。他无法理解，为什么他要从一家孤儿院被移送到另一家。他无法理解，为什么他最终会被送进一家疗养护理院，而那里生活着的全是严重残疾以及最重度残疾的人。也许他最终意识到了答案，那就是：他妨碍了别人。他和社会不协调。他不能做到人们期望的样子。他没有价值，不被需要。

他是个我行我素的人。

《八月迷雾》是一个少年的传记，他 1929 年出生于一个流动小贩的家里。1933 年，他的家人受到纳粹独裁政府的监视，刚满 4 岁的恩斯特·洛莎被迫与家人分离。他在一家孤儿院长大，在那里长成了一个难以被教化的男孩，偷窃、撒谎，一再扰乱秩序。10 岁的时候，修女们把他送进了纳粹教养院，即使在那里恩斯特也没有屈服。一个女鉴定人把他称为“反社会心理变态者”。两年后，教导员们把他送进了疯人院，即使这个男孩既没有残疾也没有精神疾病。1944 年 8 月，未满 15 岁的他在疯人院里因被注射大剂量吗啡而死亡。

2002 年夏天，时任考夫博伊伦区医院院长的米夏埃尔·冯·克拉纳赫给了我恩斯特·洛莎的医疗档案。我需要阅读它们，并且或许会为此著书。但看完后我的第一反应是：这些故事太悲惨、太抑郁，让我一点儿都不想写。但我最终还是写了，因为有两样东西让我放不下：一是这个男孩的照片，拍摄于 1942 年考夫博伊伦疗养院。我被他的目光深深吸引。男孩的目光里充满了渴望、斗争的乐趣、迷茫和固执、机灵和忧郁、好奇和恐惧。另一个触动我的问题是：为什么恩斯特·洛莎必须死？

我不是第一个寻找这个问题答案的人。“二战”后，美国人率先做了调查，他们在 1945 年审理了考夫博伊伦 / 伊尔塞疗养护理院谋杀病人的事件。在询问工作人员的过程中，他们一再听到恩斯特·洛莎这个名字。美国人从众多被谋害人的档案里找出了这个男孩的资料，更加仔细地调查这个案件。在调查的过程中，他们遭遇了大量荒谬的事情，在后来起诉责任医生和护工的诉讼程序中，他们把谋杀恩斯特的案件作为先例审理。

他们首先询问：为什么一个既没有身体残疾又没有精神疾病的男孩要被送进像伊尔塞这样的“疯人院”？里面关着的可都是重度残疾和多重残疾的病人啊。为什么他会在死亡名单上？据实施谋杀的医生们说，他们只是要消灭所谓的“无生命价值的人”和“白吃饭的人”。战争结束四年后，也就是1949年夏天，这些问题在奥格斯堡的一家刑事陪审法庭上进行了讨论，但是美国占领军和德国司法机构都没有找到答案。

该事件看起来相当简单，从男孩的医疗档案中可以读到相关说明。上面写着：恩斯特·洛莎“来自吉卜赛家庭”，他是“具有反社会倾向的心理病患者”。这两个标签中的任何一个在1944年的纳粹德国都意味着死亡。当时的死亡名单上全是被希特勒政权迫害、关押、谋杀的人，而“吉卜赛人”和“反社会分子”又排在这份名单的前列。此外，男孩的鉴定书上把他称为“冲动”、“特别显眼”、“无法教化”、“偷窃成性”、“不适应集体”和“罕见的尤为病态”的孩子。具有这些属性的人在第三帝国的疗养院里最为危险，是针对病人的集体谋杀的优先牺牲品。

在恩斯特·洛莎被杀害近60年后，我开始搜集他的生平故事，这个调查工作从开始到结束持续了四年多。我越是深入了解这个案件，就面临越多的问题。

结果表明：恩斯特·洛莎不是吉卜赛人，他并不来自辛提家庭或罗姆家庭。他既不残疾，也没有精神疾病。即便诊断书上说恩斯特·洛莎是“心理病患者”，但它最终被证实只是个笑话。它除了说明这个男孩行为突出外，什么也证明不了。因此，恩斯特·洛莎的事件揭露了谋杀犯的谎言，这个事件是希特勒政权**种族**妄想和精英妄想的明证。它证实了，对于这个谋杀——以及成千上万的同类型谋杀——只有一个解释：肆意妄为。杀害一个少年的原因是随意的。恩斯特·洛莎必须死，只是因为主任医师或者行政主管想要这样；因为他不符合他们的体制，不符合他们的世界观；因为他看到太多或者知道太多；因为他是围墙后罪行的可能证人；因为他偷了太多东西；或者很简单，因为他在这个名单上，而名单上的人都必须被“处理”。安乐死（原文为希腊语，意思是“尽可能美好地死去”），被纳粹称为“慈悲之死”，但事实上完全不仁慈。

然而，战后案犯们只受到了极轻的惩罚。考夫博伊伦疗养院的院长瓦伦丁·法尔特豪泽医生只被处以三年徒刑。儿童部的女主管米娜·韦尔勒，18个月。伊尔塞的护工保罗·海瑟雷，一年。女子病房的女主管保利娜·克奈斯勒，因为她之前还参与了另一家疗养院的安乐死事件，最终被判四年监禁。行政主管格奥尔格·弗里克因证据不足被宣告无罪。伊尔塞的主任医师加特纳博士在1945年美军进驻的时候在办公室上吊自尽。

以今天的眼光来看，司法机构的宽容令人费解，毕竟这关系到上百名被谋杀的病人。很显然，司法机构对于查清罪行和处罚案犯兴趣不大。美国占领军调查结束后，该案件被移交给德国司法机构。1949年，被告们因被控集体谋杀罪站在奥格斯堡的法庭上。经过三周的审讯，谋杀罪名却没有成立。疗养院的院长法尔特豪泽由于“唆使同谋实施了至少三百例谋杀”而被判刑。对于其他被告，他们的罪名也只是“协助谋杀”。所以，虽然战争后期有2300多名病人在考夫博伊伦和伊尔塞被谋杀，但是在这起谋杀事件中却没有主犯，只有帮凶。根据司法机构的判决，该案件直到今天仍是没有主谋的谋杀案。

法院最终也没有查清恩斯特·洛莎谋杀案的实情。针对这个男孩，当时下处决命令的院长法尔特豪泽在法庭上做了如下陈述：“根据我的判断，他是一个严重的反社会心理病患者……出于同情可以这么说，这个孩子将在牢狱中度过一生。除了不停地偷窃外，他还一直纠缠周围的人，虐待没有自卫能力的人……我认为他的情况永远也不会改善，还会随着年龄的增加而更加糟糕……综上所述，他患有精神病，再也不可能过正常的生活。”

其他被告进行陈述时，自相矛盾，互相推诿责任。保罗·海瑟雷和格奥尔格·弗里克只承认，当保利娜·克奈斯勒给男孩注射致命药剂时，他们在场。而这位护士则一再否认她参与了此次行动。他们中一直有人——可能三个都是——在撒谎，而法庭听之任之。

为了公平起见，恩斯特的家人没有到场。他的两个妹妹阿玛利亚和安娜虽然在战争中幸存了下来，却在很多年以后才得知她们哥哥的命运。他们的爸爸克里斯蒂安·洛莎于1936年被捕，被关进了达豪的集中营。文件上的监禁类别写着“义务劳动”，这是纳粹的惯用手段，为的是对所谓的“不合群、不愿意工作的人”进行恐怖统治。家人被告知，克里斯蒂安·洛莎在酒馆里痛骂纳粹政权。其他的说法是，他倒卖衣物配给证，而这是被禁止的。1938年年底，克里斯蒂安·洛莎从达豪被释放。那之后的近三年，他毫无音讯，只在孩子们的孤儿院出现过一次。1941年10月，他在纽伦堡再次被捕，被流放到福洛森堡的集中营，罪名是“再次犯罪的预防性囚犯”。这罪名听起来无关紧要，但在纳粹术语中却是极其严重的。这意味着，这个男人又一次作为居无定所者或者流浪商贩被抓获，因此克里斯蒂安·洛莎在集中营中处于最低等级。

半年后，1942年5月30日，克里斯蒂安·洛莎死亡，年仅35岁。党卫军驻地医生给出的死因是“肺结核并发心脏衰竭”。

直到今天，恩斯特·洛莎的两个妹妹既没有获得赔偿，也没有得到道歉。而国家对于案犯却更加宽容。针对判决，从前的疗养院院长法尔特豪泽于1949年被宣布无服刑能力，不必入狱，并在五年后被巴伐利亚司法部部长赦免。

这本传记小说的目的不是要评定司法机构的过错，我也不想事后给任何人定罪。对我来说，我只想尽可能忠于事实地、生动地叙述恩斯特·洛莎的一生，让他以另一种方式被公平对待。然而这被证明相当困难。因为虽然“恩斯特·洛莎事件”通过法庭文件被相对翔实地记录了下来，但是关于男孩的出生、他的家人和他们的来历只能找到很少的提示。一开始，我着手查阅了许多资料：关于安乐死的详细资料和档案调查、一般性的资料、考夫博伊伦／伊尔塞的资料、奥格斯堡孤儿院的资料，以及马克特因德斯多夫教养院的资料。我还调查了一些事件始发地，比如恩斯特·洛莎曾经待过一段时间的地方和机构。但是毕竟要追溯到二十世纪三四十年代，当时那些地方的日常生活究竟怎样还是模糊不清。这时，我很幸运地找到了一些当时的证人，他们帮了大忙。我约谈了恩斯特·洛莎的两个妹妹，以及他的外甥外甥女们，根据他们的陈述，我了解了一些关于家族的情况。我还询问了一些知道当时孤儿院和医院情况的人。

对恩斯特·洛莎的一生影响至深的五个阶段是：早期和父母一起生活的童年、在奥格斯堡孤儿院的时期、在马克特因德斯多夫教养院的时期、在考夫博伊伦的疗养院和最后在伊尔塞疗养院的时期。这五个阶段最终组成了本书的结构。它们的调查重点各不相同。

奥格斯堡－霍赫措尔孤儿院，如今已成为青少年活动中心。我只能靠查阅历史资料来描绘当时孤儿院的日常生活。学校的成绩单和评价记录了小恩斯特的表现。当时生活在孤儿院的证人们补充了其他相关的生动故事，他们说起的大多数情景来自日常生活、学校、孩子间的恶作剧、日程安排，以及孤儿院的弱肉强食。

在马克特因德斯多夫，关于1939年至1945年间纳粹教养院的事情至今已无法调查。这时就只能靠中彩票的运气了：慕尼黑的当代史研究机构的地下室里存放着关于寄宿生档案的四十个纸板盒，我被允许入内查阅，对此我非常感激。里面有上百份关于因德斯多夫孩子们的档案，这使我得以了解当时教养院的日常生活和教育方法。此外，我还从中整理了恩斯特的好友和同班同学的资料，因此出现在书中的所有男孩都是真实存在的，但是出于保护私人信息的原因，部分人使用了假名。历史学家安内特·埃伯利向我介绍了当时国有福利院的状况，她丰富的背景知识让我了解了当时纳粹的教育理念。在她的帮助下，我还查清了恩斯特的父亲克里斯蒂安·洛莎在当时的命运。能得到她的帮助，我万分感谢。

关于纳粹时期考夫博伊伦／伊尔塞疗养护理院的事件，有相对完整的记录。这里主要感谢格诺特·罗默和恩斯特·T. 马德，他们在 25 年前的线索调查为我提供了重要的参考。他们当时询问了还健在的证人，了解了关于针对病人的谋杀事件。最后不得不提米夏埃尔·冯·克拉纳赫院长的贡献，他在 20 世纪 80 年代开始整理“他的疗养院”的纳粹历史。克拉纳赫极为负责地参与了本书的前期工作，他向我开放了区医院的档案资料，并用他广博的背景知识帮助我，给我介绍相关的证人。许多来自考夫博伊伦和伊尔塞的人向我叙述了他们对于那段“黑暗时期”的记忆。

能对疗养院院墙内的恐怖活动进行细致翔实的报道，要归功于美国占领军。他们的审问和描述最能反映那个时代疗养院的状况，因此他们也为奥格斯堡安乐死一案的诉讼奠定了基石，毫无疑问，医生和护工们必须为此案负责。我们可以在审讯记录中查阅到病人们是怎样被虐待和杀害的，此外还能看到很多“恩斯特·洛莎案件”证人的证词。

恩斯特在家中的生活成为调研最困难的部分。恩斯特的两个妹妹说不出太多有效信息，因为她们和父母分开被带往奥格斯堡的婴儿院时分别才 1 岁和 2 岁，她们也无法理解为什么洛莎家被认定是“吉卜赛家庭”。一开始只知道他们的父母是流浪商贩，在南德地区挨家挨户兜售衣料和缝纫所需的零星用品，在后来的调查中才发现，恩斯特·洛莎是杰尼家族的孩子。在德国，知道“杰尼”这个名称的人并不多，目前这个族群还有大约十万人生活在德国，然而他们的命运始终是历史地图上的空白点。尽管从那时起，杰尼人就被称为“吉卜赛人”，被到处追捕，但他们受迫害的历史几乎已经无从考证。因此我在撰写这部分内容时，主要依靠洛莎亲属们的叙述。此外要感谢极为热心的奥格斯堡市档案管理员格奥尔格·福伊尔，他提供了一些关于洛莎家的官方资料，例如住址、搬家记录、启程外出信息等。我在巴伐利亚和巴登符腾堡的各个区政府花费了大量时间进行资料搜集工作，这丰富了洛莎的家庭情况。

恩斯特·洛莎家的祖先可能来自意大利北部，1800 年左右迁居德国。恩斯特的曾祖父米夏埃尔·洛莎，和他的许多祖先一样，是制作腰带环的工人。传统上，这类手工艺人的工作主要是对金属和祭礼用品进行制作和日常修复，也有可能是腰带搭扣，或是圣体匣和烛台。米夏埃尔·洛莎有十个孩子，他们中的许多人都从事流浪的行业。因此，1905 年时，这位曾祖父就已经出现在文中提到的《吉卜赛人之书》中，他的一些亲戚也是。纳粹最终编制了该家族的“系谱曲线”，并在其中罗列了他们的所有疾病和每一项错误的社会行为。连疗养院也在恩斯特的病例档案中援引了该“系谱曲线”的内容，他们写道，这个男孩“来自一个吉卜赛人的家庭”。

在调研的过程中，许多零碎的内容拼接成了一幅以纳粹时期为框架的完整图画，这个时期从1933年希特勒“夺取政权”开始，直到1944年夏天德国士兵不得不全线撤退的战争转折点。纳粹同时还进行了一场内部战争，他们排除所有异己，迫害他们，甚至消灭他们。这里的“排除异己”主要是指对几百万犹太人的种族屠杀。此外还有成千上万的人遭到迫害，他们被认为“没有生存价值”“种族低等”，或者在政治上不受欢迎。其中包括反社会分子、不愿工作的人、同性恋者、耶和华见证人、残疾人、知识分子、政治上的异见者、辛提人和罗姆人——当然，还有杰尼人。

在这种背景下，恩斯特·洛莎开始了他的人生，先是在孤儿院、教养院，然后是在那个被世人称为“疯人院”的疗养护理院。这是被隐藏的人生，那些发生在疯人院围墙后的病人们身上的事情，被小心地掩盖了起来。所以，恩斯特·洛莎可以说是以他独特的视角——完全在社会的底层和边缘，一直身处孤儿、难以教化者和残疾人中间——经历了希特勒政权的崛起和衰败。

在整理材料时，出现了一个问题：恩斯特·洛莎没有任何私人的记录。和他不同的是安妮·弗兰克，她和他同年出生，晚半年被杀害。安妮·弗兰克写了日记并流传下来，然而恩斯特·洛莎的所有文件、记录和对话都是别人所写。这个男孩的形象，是由老师和教导员、护士和护工、鉴定人和医生所描述的，他们评判他的行为、举止、表现、错误，但是没有人对他的所思所想所感和看待事物的方式感兴趣。

对此，我想采用对位法的方式，以丰满恩斯特·洛莎这个人物和他的人生，即选择男孩自己的视角来讲述这个故事，以小说的形式来撰写传记。只有这样，我才能刻画出这位不知名的安乐死牺牲者的脸庞、声音、想法和感觉。

本书中的事件经过最大努力的调研，我力求准确地还原历史。故事中的所有人物均真实存在。老师、教导员、护工、护士、医生都有对应的历史人物。恩斯特的亲戚朋友们同样如此，还有他的学校同学、住宿生和病人们。但不是所有人物在这么长时间之后还能被准确地查阅到。另外一些人出于隐私保护的原因没有对大众公开，他们主要是各个院所里的住宿生和病人们，因此他们的名字被修改过。小说中的所有其他人物，只要有史可考且合理正当，均使用他们的真实姓名。

故事的框架主要由场景、对话、情节和感受构成，然而这些场景不是凭空虚构的，它们严格按照已有事实的逻辑来描写。举个例子：恩斯特被送往考夫博伊伦疗养院的日子确有书面记录。这天是1942年4月20日，也就是德意志帝国庆祝希特勒生日的那天。一个医生的记录证明，恩斯特确实是由那位奥特曼医生做的检查，而他正是几年前去奥格斯堡探访过洛莎家的那位。没人知道检查的时候医生和男孩之间说了些什么，因此小说中两人的对话是虚构的，但场景本身是真实的。

要深入了解个别案例，就必须研究希特勒政权的种族政策和残疾人政策。根据最新公布的原始资料，在1939年至1945年间，至少有20万心理病患、残疾人被纳粹称为“无生存价值的生命”，在秘密行动中因毒气、药物或被剥夺食物而死。

1939年秋天，阿道夫·希特勒在他的私人信件中写下了秘密公告，他在信中写道："不能治愈的病人在严格评判其病情后可以对其实施安乐死。"该信件不具备法律效力，却被作为命令执行。这就相当于一张谋杀病人、不适应社会者和另类者的特许证——该公告就是这么被理解的，被唯命是从的官员、医生和护工们贯彻执行的。他们根据喜好谋杀病人，更准确地说是根据讨厌程度。医生和匿名的管理部门有权决定谁有生存价值和谁没有。

安乐死的执行要经过多个步骤。首先医疗机构必须把所有病人登记在表格上，同时医生和助产士有义务报告有特定残疾的孩子。这些登记表会被送往位于动物园街4号的柏林中心，因此针对病人的谋杀被称为"T4行动"。在柏林，那些被认为是"无生存价值的病人"会被医生和管理部门挑选出来。这些官员仅仅依靠文件档案就决定了病人的生死，他们甚至从未见过他们，对他们来说，有时候病人的病征还没有经济因素重要。

任何可能对德国人民群体产生负面影响的行为都必须被阻止。同时，法律还规定，有先天性遗传疾病或者不符合社会和种族期望的人不能繁衍。方法之一是对这些人进行强制绝育。据粗略统计，在纳粹时期大约有35万到40万人被强制绝育，约6000人因手术而成为牺牲品。所谓的"淘汰"，最终以消灭"无生存价值的生命"的形式而存在。

在1940年开始的第一阶段，来自疗养护理院的病人们被移送到所谓的帝国疗养院，在那里他们被谋杀在自建的毒气室里。该行动由中央调控，并于1941年停止，但是病人们的痛苦和死亡完全没有终结。“安乐死”以非中央的方式继续着。医生和护工们亲自动手，别有用心地让相信他们的病人挨饿，或者用死亡针剂将他们消灭。

考夫博伊伦／伊尔塞的疗养护理院里的大致情况是这样的：1940 年和 1941 年，有 684 位残疾人被声名狼藉的“灰车”接走，在毒气室被谋杀。该行动结束后，谋杀在医院内部继续进行。1941 年底，考夫博伊伦设立了“儿童专科部”，几个月后伊尔塞也成立了，目的是尽可能多地谋杀孩子。到战争结束时，那里共有 209 名儿童死亡，其中大多数是被大剂量的药物所杀害的。

1942 年秋天，法尔特豪泽医生开始在他的疗养院实施针对无劳动能力病人的“饥饿膳食”，给他们的食物没有一点儿油脂，只有煮过的蔬菜和水。这种所谓的“E 膳食”（E 是夺走的意思）的后果是灾难性的。病人们都形容枯槁，很多人死于饥饿。1943 年底，伊尔塞开始通过药物系统杀害成年病人，由法尔特豪泽医生下达指示，刚开始加特纳医生也参与其中，但后来他回避了安乐死。当时究竟有多少病人死于饥饿，又有多少病人被药物谋杀，现在已经无从得知。1939 年至 1945 年，在考夫博伊伦和伊尔塞共计死亡了 2333 个病人，这个数字是战前同时期的五倍多，而且几乎是“一战”饥荒年间的三倍。

今天有两个用来纪念被谋杀病人的场所，一个是考夫博伊伦区医院里的纪念碑，另一个是伊尔塞修道院后面那片之前用来埋葬病人的墓地。如今那里只有阶梯式的草坪还暗示着曾经墓地的样子，一排排的木十字架已经消失。恩斯特·洛莎就埋葬在曾经的停尸房旁边的草坪上。

我有时会去那里同恩斯特进行内心的对话。一些人认为他是废物，是屡教不改的小偷，是心理病患，是吉卜赛人；另一些人觉得他是淘气鬼，是令人喜爱的家伙。今天他被描绘成小罗宾汉，是纳粹统治的反叛者。

我在他身上看到了什么？我看到了忧郁和渴望。他渴望自由和爱，渴望隐秘和信任，最重要的是渴望尊重。恩斯特适应不了环境，不愿做出改变，或者不能改变，他想以他原本的样子被接受、被爱。这一点不仅同所有的孩子一样，也和我们每个人都一样。因此恩斯特·洛莎一生的故事有着重要的意义，对我们今天的社会也有着重要的警示：永远不要根据一个人的价值和贡献能力去评判他。因为正是这些不正常、不适应、我行我素甚至残疾的人，让我们深思我们存在的基本价值，他们使我们的生活更加丰富多彩，更加人性化。

罗伯特·多梅斯

时间表

1929 年		
3 月 1 日	安娜 · 安格尔和克里斯蒂安在埃本韦勒（位于绍尔高和拉芬斯堡之间）结婚。	
10 月 25 日	安娜 · 安格尔（1909 年 10 月 25 日出生于比伯拉赫县的乌门多夫）庆祝 20 岁生日。	“黑色星期五”：纽约股市崩盘导致世界经济危机。
11 月 1 日	恩斯特 · 洛莎在奥格斯堡出生。	
1931 年		
1 月 8 日	恩斯特的妹妹阿玛利亚出生。	
1932 年		
4 月 4 日	第二个妹妹安娜出生。	
1933 年		
1 月 30 日		希特勒成为帝国总理。
3 月 24 日		所谓的“授权法”生效。自此阿道夫 · 希特勒取消议会，确立独裁统治权。

续表

1933年		
4月1日		德国国家社会主义工人党策划了第一次针对犹太人的贸易抵制。
5月2日		工会被禁止。
6月3日	洛莎家的第四个孩子克里斯蒂安·洛莎出生。	
7月4日	恩斯特被送往霍赫措尔的孤儿院，他的弟弟和两个妹妹去了奥格斯堡的育婴所。	
7月14日		除了德国国家社会主义工人党，所有政党在德国都被禁止。
9月18日—9月25日		按照宣传部长约瑟夫·戈培尔的命令，在全国范围内开始了第一次大型“乞丐大搜捕”。在这次行动中，警察和冲锋队抓捕了几万名无家可归者。因为监狱不够，很多人被送进劳改所。
9月24日	恩斯特的妈妈安娜·洛莎在奥格斯堡的凡尔湖医院去世，年仅23岁。	
11月24日		《反危险惯犯法》生效。强制将犯罪者送进疗养护理院，以及阉割危险的伤风败俗者。

续表

1934年		
1月1日		《预防遗传病后代法》生效。对可能会有遗传疾病的人进行绝育。
1935年		
4月2日	小克里斯蒂安死亡（估计在育婴所）。	
9月15日		宣布反犹太人的《纽伦堡法案》。这些法令将犹太人排挤出政府部门和德国公民。同时颁布了所谓的《保护血统法》，禁止德国人和犹太人通婚，而且规定，拥有签发的遗传健康证明方可结婚。
9月28日	阿玛利亚和安娜进了霍赫措尔的孤儿院。整整两年里，她们第一次见到了哥哥。	
1936年		
1月25日	爸爸克里斯蒂安被关进达豪集中营。拘禁类别是“义务劳动”，对此不需要法庭判决。纳粹常常用“义务劳动”判处“吉卜赛人和非定居者”。	

续表

1936年		
5月13日	恩斯特第一天上学。	
8月1日—8月16日		柏林举办奥运会。纳粹政府大肆宣传。早在准备阶段，乞丐、妓女和“反社会分子”就被从马路上带走，关押。
1937年		
7月	恩斯特的奶奶芭芭拉·伯利去世。	
1938年		
5月12日		德国军队进驻奥地利，受到民众的一再欢呼，接着贯彻实行了奥地利与德意志帝国的结盟。
4月底（复活节后）	恩斯特升入三年级。	
10月1日		希特勒国防军进驻捷克斯洛伐克，占领苏台德地区。
11月9日		在大屠杀之夜，整个国家的犹太人住房、商店和犹太教堂被破坏。无数犹太人被折磨、殴打、逮捕。大约100人被杀害，30000人被隔离在集中营。
12月24日	爸爸克里斯蒂安从达豪被释放。	

1939年		
5月14日—5月15日		德国军队进驻布拉格，占领捷克，建立波希米亚和摩拉维亚保护国。
8月18日		发布统计残疾儿童和杀害在所谓“儿童专科部”的孩子的公告。“儿童安乐死”先被限制在3岁以下儿童中执行，后来放开至18岁以下。
9月1日		希特勒军队攻打波兰，两天后英国和法国对德宣战。第二次世界大战爆发。
10月		希特勒在私人信件中授权安乐死。该信件日期被倒填于1939年9月1日（战争爆发日）。信件原文如下：国家领袖鲍赫勒和勃兰特博士被授予职权，扩大某些医生的权限，以人道主义的考量对不能治愈的疾病经过严格评判后，可以对病人实施安乐死。
10月9日		所有国内的疗养护理院必须上报具有严重心理疾病的病人，主要是被定级为无工作能力或者不能治愈者。根据申报单，病人们被挑选出来有计划地杀害。这些谋杀今天被称为“T4行动”（以柏林总部办公地址动物园街4号命名）。

续表

1940年		
1月20日		在靠近乌尔姆的纳粹杀戮中心格拉芬内克，开始系统性地屠杀精神病病人。这是六个纳粹自建的杀戮中心里的第一个。大多数病人在毒气室被杀害。
2月15日	恩斯特被移送到马克特因德斯多夫的NSV（国家社会主义人民福利机构）的教养院。	
4月8日		德国军队占领丹麦和挪威。
4月19日	恩斯特加入希特勒少年团。	
5月10日		德国国防军占领荷兰、比利时、卢森堡，打破各国间的中立，同时进攻法国。6月14日，巴黎沦陷。
8月26日		考夫博伊伦和伊尔塞的第一批病人被接走，在安乐死中心被杀害。
1941年		
3月/4月		德国军队进攻南斯拉夫，登陆利比亚。
6月22日		德国国防军未经宣战进攻苏联。在最初的快速胜利后，德国的进攻在10月底莫斯科城前陷入停顿。

续表

1941年		
8月24日		因受到教堂和市民的抗议，希特勒下令停止“T4行动”。根据内部统计，到那时为止，有70273人被毒气杀害。来自考夫博伊伦和伊尔塞的684位病人被带走谋杀。即使“T4行动”正式结束，疗养院内部仍通过药物和限制食物的方式杀害病人。在一些安乐死中心，谋杀仍在继续，牺牲者不再是病人，而是生病的、不受欢迎的集中营的囚犯。
10月13日	克里斯蒂安·洛莎在纽伦堡被逮捕，送进福洛森堡的集中营。那里他作为“再次犯罪的预防性囚犯”被拘禁。也就是说，他流浪的生活方式构成了他被拘留的原因。	
10月25日		写给东部国家专员的“毒气室信件”：安乐死的组织者为消灭犹太人提供毒气杀人技术。而且被解散的杀戮中心的人员也被安置到集中营和消灭犹太人的机构。

续表

1941 年		
12 月 5 日		在考夫博伊伦新建了一个“儿童专科部”。疗养院院长瓦伦丁·法尔特豪泽亲自领导，下令在这里有系统地杀害儿童。负责人是女护工米娜·韦尔勒。到战争结束，有 210 名儿童被杀害，他们中的大多数人死于大剂量的安眠药（药片或注射）。
12 月 11 日		德国和意大利向美国宣战。
1942 年		
4 月 20 日	恩斯特从因德斯多夫被送进考夫博伊伦疗养护理院。他先被安置在儿童部。	
5 月 30 日	克里斯蒂安·洛莎死于福洛森堡的集中营，根据党卫军驻地医生的证明，他死于心脏衰竭。他死时 35 岁（1906 年 7 月 28 日出生在施罗本豪森县的桑迪泽尔）。	英国空军袭击科隆。这是第一次针对德国城市的大型空袭。
8 月或 9 月	恩斯特在考夫博伊伦从儿童部转移到成人部。	8 月，院长法尔特豪泽在伊尔塞开始实行“饥饿膳食”，10 月在考夫博伊伦实行。没有工作能力的病人得到的食物没有油脂、淀粉、糖分。大量病人死于营养不良。

续表

1942 年		
11 月 30 日		巴伐利亚内务部实行“饥饿许可”：疗养院内没有工作能力的病人应该让出部分食物给有工作能力的病人，让他们吃得更好。已经在考夫博伊伦和伊尔塞推行的“饥饿膳食”成为榜样。
1943 年		
2 月 2 日		德国国防军第六军团的剩余部队在斯大林格勒投降。
5 月 5 日	恩斯特从考夫博伊伦被移送到伊尔塞。这是一个由考夫博伊伦共同管理的位于农村的附属机构。	
5 月 13 日		德国非洲军团投降。
8 月起		德国国防军在东线战场全线撤退。
1944 年		
1 月		在伊尔塞开始系统性地用药物和针剂杀害成年病人（可能于 1943 年年底开始）。负责人是护工保罗·海瑟雷。疗养院医生洛塔尔·加特纳一开始也参与了谋杀，但是于 1944 年拒绝合作。

续表

1944 年		
4 月 24 日		护士保利娜·克奈斯勒接任伊尔塞女子病房的工作。她被院长法尔特豪泽特别任命，执行安乐死。
6 月 6 日		盟军在诺曼底登陆，开辟了对阵德国的新战线。
7 月 20 日		密谋刺杀希特勒失败，刺杀行动主要由陆军上校申克·冯·史陶芬贝格领导策划。
8 月 8 日	大约晚上 10 点，恩斯特被先后打了两针吗啡——东莨菪碱镇静剂。在这之前，护工曾试图强行给他喂食药片。	多位参与密谋刺杀希特勒行动的人在柏林被处决。
8 月 9 日	恩斯特被注射致命药剂后死去，未曾恢复过意识。给出的死亡时间是下午 4 点。	
1945 年		
5 月 8 日		德国国防军无条件投降。
7 月 2 日		美国军队进入考夫博伊伦疗养院，发现不久前刚死去的病人消瘦的尸体。最后一个被记录的孩子在 5 月 29 日被杀害，那是美国占领该城市的 33 天后。

词汇表

希特勒（Hitler）：阿道夫·希特勒，1889 年 4 月 20 日出生于莱茵河畔布劳瑙，是奥地利公民。他初中辍学，申请维也纳艺术学院没有成功，之后在维也纳以画明信片为生，后来到了慕尼黑。“一战”初期他报名加入志愿军，成为巴伐利亚军队里的一名二等兵。战后他加入了“德国工人党”，1921 年成为“德国国家社会主义工人党”（NSDAP）的主席。他试图和他的同志们一起颠覆当时的柏林政府，1923 年被武力镇压。希特勒被判五年监禁，但他只在莱希河畔的兰茨贝格服刑了一年。被释放后，希特勒控制了德国国家社会主义工人党，该党在 1932 年帝国大选中成为最大的党派。1932 年才成为德国公民的希特勒，在 1933 年 1 月 30 日被兴登堡任命为帝国总理。他在最短时间内关闭了所有国家法治机构，并且挫败了所有对手，将自己塑造成德国人民的拯救者，建立了一个极端的独裁政权。他实行反人类的种族政策和消灭政策。1939 年他挑起第二次世界大战，到 1945 年大约有五千万人丧生。1945 年 4 月 30 日，希特勒在柏林的“元首地堡”中开枪自杀。

元首 (Führer)：在联邦大总统保罗 · 冯 · 兴登堡去世后，阿道夫 ·希特勒自称是“元首和帝国总理”。他自视为德国人民的元首，同时也要求大家如此称呼他。

黑色星期五（Schwarzer Freitag）：1929 年 10 月 25 日这一天作为“黑色星期五”被载入纽约股市的历史。华尔街在这天和接下来的几天里经历了巨大规模的金融危机。股价暴跌，引起全球经济危机，导致银行倒闭，企业破产和大规模失业。

加杰人（Gadschi）：在杰尼语中指非杰尼人，定居者。

吉卜赛人（Zigeuner）：几百年以来（甚至今天），流浪的人被贬低地称呼为吉卜赛人。这个民族自称为罗姆人，意思是“人”。辛提人是一个和罗姆人相似的民族。辛提人和罗姆人最初来自今天的印度和巴基斯坦，他们朝着基督的西方流浪了大约一千年。今天，“吉卜赛人”这个词在德国是骂人的话，主要是因为纳粹对这个民族的迫害。纳粹把所有“以吉卜赛人方式流浪的人”视为“劣等人”。相应的，辛提人、罗姆人、杰尼人和其他许多流浪的人也同样被歧视和迫害。据估计，纳粹在集中营里杀害了超过 50 万该人群。纳粹的目的是彻底消灭这个民族。即使在今天，流浪的人在很多西欧国家仍然受到歧视。

杰尼人或叶俍什人 (Jenische)：杰尼人在西欧生活了几百年，

在德国他们常被称为“旅行者”。他们的起源众说纷纭。有些人断定他们是罗姆族的一个分支，就称之为“白吉卜赛人”；另一些人相信他们是三十年战争（1618—1648年）难民的后代；他们则自认为是凯尔特人的后裔。他们到处旅行，以手艺为生，主要是锅炉制造工、锅子修补工、编篮工、磨剪子工、流动马戏演员、流动艺人、占卜者、耍熊人或者挨家挨户叫卖商品的小贩，有时还是乞丐。由于他们不定居的生活方式，同流浪者相似的文化和职业类别，杰尼人几百年来被归入吉卜赛人，像辛提人和罗姆人一样被歧视、被迫害。

在20世纪初，这个流浪的民族在巴伐利亚被有计划地监视。1905年巴伐利亚内务部出版了《吉卜赛人之书》，其中有警方搜集的流浪家庭和个人的所有数据。洛莎家的成员们也能在书中找到。从1911年开始，所有“吉卜赛人”都被提取指纹。1926年在慕尼黑警察总局成立了“吉卜赛人警务点”，统计和监视全德国的流浪者。1933年纳粹上台后，他们在数据资料的基础上开始准备民族屠杀。在新出台的关于反社会分子、吉卜赛人和怕工作者的法令中，杰尼人同辛提人和罗姆人一起被包括在内。纳粹杀害了超过50万的“吉卜赛人”，以及无数乞丐和兜售小贩。

反社会分子 (Asoziale)： 德国纳粹对以下人群的统称——被轻视的人、不工作的人或者不能适应社会生活的人。其中包括无家可归的人、乞丐、酒徒、流浪汉、旅行商人，同时还有辛提人、罗姆人，以及杰尼人。在第三帝国，许多“反社会分子”被迫害逮捕，他们被绝育，被关押进疗养院或集中营，在那里被杀害。根据1937年颁布的公告，因违反社会惯例危害到大众的人可以不经过诉讼程序直接被送进集中营——这也是恩斯特·洛莎父亲的命运。

褐衫党人（Braunhemden）：德国国家社会主义工人党成员的统称。希特勒曾把褐色定为“运动色”。工人党党内臭名昭著的武装部队冲锋队成员在20世纪20年代就开始统一穿褐色衬衫，因此工人党的成员被统称为“褐衫党人”。

希特勒万岁（Heil Hitler）：参见希特勒敬礼。

希特勒青年团（HJ）：纳粹的青年活动组织。从1936年年底开始，德国所有10至18岁的少年有义务成为该组织的成员。纳粹用这种方式控制所有青年，按照纳粹的思维模式进行教育。10岁至14岁的男孩加入附属于青年团的少年团（团下有多个小分队，即少年队），被称为“少年团团员”，女孩加入德意志少女联盟。14岁以上的男孩成为希特勒青年团团员，女孩成为德意志女青年联盟的成员。希特勒青年团的任务有每周举行晚会，晚会上所有小组聚会，同时操练队形、正步走，进行野营活动和野外侦察游戏，这样男孩们得到了士兵式的训练。

达豪（Dachau）：1933年建于慕尼黑北部达豪的城郊的集中营，它是第三帝国的第一个集中营，成为后续集中营的典范。

“达豪”很快成了令人恐惧的概念，意味着恐怖和压迫。被送到这里的都是纳粹不喜欢的团体的成员：犹太人、政治反对者、神职人员、同性恋者、“反社会分子”或者“职业罪犯”。他们必须完成强制劳动。虽然达豪不是像奥斯威辛一样的杀戮中心，但是到 1945 年解放为止，这里大约登记了 3 万名死者。此外在达豪集中营有几千个未登记的囚犯失去生命。他们死于饥饿、疾病、精疲力竭、侮辱、挨打、受刑；他们被枪杀、绞死或注射致命针剂。

14、18：第一次世界大战。因为它从 1914 年持续至 1918 年。

元首生日 (Führergeburtstag)：4 月 20 日，阿道夫·希特勒的生日，是纳粹德国特别的日子。全国到处飘扬着旗帜，举行党庆和纪念活动。庆祝日的前一夜，年轻人隆重庄严地加入希特勒青年团。

少年团团员（Pimpfe）：参见希特勒青年团。

汤米（Tommys）: 口语中对英国士兵的称呼。

圣经学生(Bibelforscher)：宗教团体“耶和华见证人”的旧称。它的拥护者在纳粹政权统治下被迫害，因为他们出于极端和平主义拒绝服兵役，也拒绝行希特勒敬礼。

布尔什维克 (Bolschewiken)：起初是对于苏联社会民主人士内部一支小团体的称呼。在纳粹德国是对共产主义者和来自苏联、东欧的低等人群的贬低性称呼。

优等民族 (Herrenmenschen)：在纳粹的种族理论中存在一个优越人种，即金发蓝眼睛的“北方”民族，他们优于其他人种。希特勒和他的理论家们竭力宣扬该人种，也正因如此，他们最终将对所谓的“低等民族”的迫害合理化。纳粹主要将犹太人、“吉卜赛人”和来自东欧的民族纳入低等民族。

国防军 (Wehrmacht)：1935 年后德国武装力量的官方说法。阿道夫·希特勒既是国家元首，也是“国防军的最高指挥”。自 1934 年 8 月开始，所有士兵都对希特勒本人宣誓。

铁十字勋章 (Eisernes Kreuz)：用于表彰德国士兵勇敢的勋章，源于 1813 年。1939 年由希特勒重新提倡，授予勇敢和做出特别贡献的人。

伊凡 (Iwans)：口语中对苏联红军士兵的称呼，也泛指“苏联人”。

隆美尔（Rommel）：埃尔温·隆美尔于 1941 年起担任德国军团北非战场（也就是非洲军团）的统帅。在非洲防御失败后，隆美尔被任命为确保大西洋城墙的陆军最高统帅。以行动大胆、战术灵活闻名的隆美尔被纳粹宣传标榜为人民英雄。1944 年 7 月 20 日刺杀希特勒行动失败后，他因卷入此次行动而失宠。他被指责加入了宣誓活动。希特勒让他选择自杀或接受法庭审判。1944 年 10 月，隆美尔服毒自尽。

集中营（KZ）：1933 年希特勒“夺取政权”后的几个月，在德意志帝国建造了第一批“国家集中营”，里面虐待犯人，常常谋杀犯人。政权的反对者以及所有被新统治者视为有色人种的、政治或社会不欢迎的人，都可能会被逮捕。“你会被关进集中营”这句话很快成为纳粹恐怖的同义词。第一批被非法关进集中营的是共产主义者、社会民主人士和犹太人。接着是宗教教派和修会的成员、两个教派的牧师、同性恋者、“吉卜赛人”和“反社会分子”，后来还有战犯。在纳粹势力范围内共有多少集中营，历史上并无定论。联邦司法部的清单上登记了 1600 多个地方，那里有主营或外营。部分学者认为，集中营的数量应该有清单上的五倍多。从 1941 年秋天开始，在被占领的波兰有六所集中营或是被改建成“毁灭营”或是新建。在这些“杀戮工厂”里进行着针对欧洲犹太人的工业化谋杀。单单在这些集中营里，就大约有 300 万犹太人被毒气杀害，同时还有上千辛提人和罗姆人，波兰和苏联战犯。

纳粹冲锋队（SA）：SA 是“冲锋队”的简称，德国国家社会主义工人党的战斗组织。20 世纪 30 年代初，冲锋队负责会议厅内的群殴和巷战，以及在德国国内发生类似内战状况时进行谋杀和炸弹袭击。冲锋队使用威慑手段协助希特勒上台。在他们完成任务之后，希特勒命令清除冲锋队首领。1934 年开始，冲锋队在政治上几乎毫无意义，主要作为队伍游行和党内活动的装饰。

它被党卫队（SS）取代。该组织起初是希特勒的个人亲卫队，后来在国家领袖海因里希·希姆莱的领导下成为强大的权力机构，它是纳粹恐怖的重要政治工具。党卫队集团不仅犯下无数战争罪行，它们还负责管理和领导集中营以及毁灭营，主要对上百万人进行侮辱、刑讯和谋杀，尤其是犹太人、囚犯。

神奇武器（Wunderwaffe）：当每个人都认识到战争必败无疑时，纳粹不仅反复宣传“最终胜利”在望，而且还提到“秘密武器”，称其最终将为德国人赢得战争。事实上，纳粹狂热研制的新型武器系统，主要是一架填满炸药的火箭，将其对准敌方城市（首先是伦敦）发射。然而大多数“神奇武器”不是还处于实验阶段，就是不会再对战争起决定性作用。

希特勒敬礼（Hitler-Gruß）：起初德国国家社会主义工人党的成员之间通过高举右臂齐眉平举手掌来互相问候。1933 年至 1945 年，希特勒敬礼在整个德意志帝国被规定为义务，作为所谓的“德国式问候”，每个人都需要照做。如果有人没有回应希特勒敬礼，可能会引起极大的不快，甚至受到处罚。在政府书面往来中也必须使用“希特勒万岁”的问候格式。

最终胜利 (Endsieg)：在纳粹德国被持续宣传的核心概念。当权者对最终战胜盟军一再宣誓，用以回击所有抨击和怀疑——很多德国人对此长期坚信不疑。

特别照顾（Sonderbehandlung）：纳粹对恐怖行动的许多隐晦说法之一。如果提到特别照顾，就是指处决，即谋杀。

德国式敬礼 (Deutscher Gruß)：参见希特勒敬礼。

同盟国（Alliierte）：“二战”中反对德国的主要国家的称谓。主要是指美国、苏维埃社会主义共和国联盟、英国和法国。

大西洋城墙 (Atlantikwall)：位于荷兰、比利时和法国沿海的防御工事，1942 至 1944 年间由德国士兵建造。1944 年 6 月 6 日盟军入侵时，该防御工事未能顶住长时间的进攻。

种族 (Rasse)：民族种族主义是纳粹思想体系的一个基础。希特勒和他的理论家们把蓝眼睛金头发的人看作是印欧语系“优等民族”的代表，即雅利安人。当希特勒上台夺取政权后，颁布法律，成立新部门，一方面推动所谓的“遗传健康”和“雅利安”

的后代繁衍，另一方面迫害那些被认为有遗传疾病或非雅利安的人，对他们实施绝育，频繁杀害。这种日耳曼“优等民族”的意识体系成为正当理由，用以歧视、迫害和杀害所有所谓的“非雅利安”人。

致 谢

该书的出版需要感谢许多人的大力帮助。他们耐心回答我的提问，无私奉献他们的时间，告诉我他们的所知所感和回忆。我对他们的回忆尤为珍惜，因为要重拾过去的痛苦画面是非常困难的。这里首先要提到恩斯特·洛莎的妹妹们，阿玛利亚·斯派达尔和安娜·洛莎，她们最后一次见到哥哥分别是8岁和9岁。在阿玛利亚·斯派达尔的帮助下，洛莎家的许多亲戚乐于讲述他们家族的故事。

本书得以问世，最主要归功于迈克尔·冯·克拉纳克医生。他几十年来一直致力于研究巴伐利亚疗养护理院安乐死的历史，同时也非常关注恩斯特·洛莎的命运。要是没有他的鼓励、他大量的背景知识和他乐于助人的精神，就不可能有本传记小说的出现。他和他的夫人卡特琳娜在展览“追思”中整理了纳粹精神病学的概况，并对此做了开拓性的工作。最重要的是，我要感谢他们几年来一直亲切友好地陪伴我，助我开展调研工作。

我还必须感谢许多档案保管员和历史学家。在我问询和做档案调研的时候，他们给予我大量热心的帮助。尤其要提到的是奥格斯堡市的档案管理员格奥尔格·福伊尔，没有他的调查和渊博的当地知识是不可能揭示洛莎家的家族史的。

本书的第二章，也就是在马克特因德斯多夫纳粹教养院的那段，因为未能调查出资料，如果没有安内特·埃伯利的全力帮助是不可能说明清楚的。要感谢她，不仅整理了教养院孩子们的文档，并且为后代保住了这些资料。此外，我还必须要感谢她的责任心和耐心。对我而言，她不仅是研究所谓的“第三帝国的社会有害人群”的专家，而且还帮助我搞清楚了恩斯特的父亲克里斯蒂安的命运轨迹。

我学习编剧和对话写作的时候，电影编导雷欧·希姆很多时候都是我的老师。该书的许多章节都来自雷欧深入的准备工作，以及和他的长久讨论。对此我表示深深的感谢。

本书能够顺利出版，要感谢安娜·科尔夫及其团队的预先信任，以及兰登书屋出版团队的倾力工作。此外，我非常感谢我的审稿人法兰克·格里斯海默对书中人物的移情能力和他对书中故事表达的敬意。

我要特别提到许多以不同方式支持我的朋友中的两位。拉斐尔·辛德勒以他独到的见解让我增强了对恩斯特·洛莎的洞察力。还有海克·贝，她总能在恰当的时间发现恰当的词，是一位极为出色的指导。

最后我还要感谢我的家人，他们数月来陪伴我潜入令人窒息的故事深渊中。尤其要感谢我的至爱西蒙娜，她用最大的耐心和理解陪伴着我，从不放弃对我的信任和希望。致以深情的感谢。

罗伯特·多姆斯

电影版注释

电影《八月迷雾》(也译作《八月的雾》)以历史事件为基础，根据出版的同名小说改编。它侧重于小说最后一章，即恩斯特·洛莎在疗养护理院的阶段，讲述了这位少年短暂的一生。因为和历史事实有些许偏差，电影中的人名和地点——除了恩斯特和他的女友南德尔——经过修改。也就是说，电影中的疗养院院长叫瓦尔特·维特豪森医生(在原著中是瓦伦丁·法尔特豪泽医生)，电影中的“死亡护士”名叫埃迪特·基弗(原著中是保利娜·克奈斯勒)，护工保罗·海瑟雷在电影中的角色名叫保罗·赫克特尔，小说中疗养护理院的所在地伊尔塞在电影中是萨高。电影的拍摄地在北莱茵－威斯特法伦州奥格斯堡和基辛的一家医院和一家修道院，以及下奥地利的一座城堡里。

尽管如此，编剧霍尔格·卡斯滕·施密特、制片人乌利齐·利默和导演凯·威塞尔都尽可能忠于原著地叙述事件。担任影片历史顾问的是常年任职于考夫博伊伦精神病院的院长迈克尔·冯·克拉纳赫教授，他一直致力于揭示纳粹安乐死的犯罪行径。

这部电影演员阵容强大。恩斯特·洛莎的角色由艾沃·皮茨克扮演。其他角色的演员分别是：塞巴斯蒂安·科赫饰演疗养院院长瓦尔特·维特豪森，弗里茨·哈伯兰特饰演修女索菲娅，亨里埃特·康福斯饰演护士埃迪特·基弗，胡莱·赫曼极为出色地诠释了南德尔的角色，托马斯·舒伯特扮演护工保罗·赫克特尔，布兰科·萨马洛维斯基扮演房屋管理员和部门服务员马克斯·威特（原著中是马克斯·里斯），大卫·班南特饰演病友奥亚，卡尔·马科维奇饰演恩斯特的父亲克里斯蒂安·洛莎。

乌利齐·利默的作品《八月迷雾》由凯·威塞尔执导，是一部由科里纳和多尔（维也纳）电影制作有限公司、法国 Studiocanal 电影公司、ARRI 媒体、B.A. 制作公司、恩斯特·埃伯莱电影制作有限公司联合德国电视二台与奥地利广播集团合作出品的影片。影片出资方如下：拜仁电影电视基金公司、NRW 有限公司电影和媒体基金会、德国联邦电影基金会、德国联邦电影局、汉堡石勒苏益格－荷尔斯泰因电影基金有限公司、欧洲电影支持基金会、奥地利电影研究所、奥地利影视外景电影基金会和维也纳电影基金会。